VerlagRegioKom

ÜBER DEN AUTOR

Axel-Johannes Korb, geboren 1979, ist Jurist. Während seiner Studien- und Referendarsjahre absolvierte er Stationen in Frankfurt am Main, Berlin, Wien und Rom. »Der Makel der Freiheit. Roman einer Revolution« ist sein zweites Buch. Sein wissenschaftliches Werk zur Rechts- und Staatslehre der Weimarer Zeit wurde in seinem Veröffentlichungsjahr unter die sieben juristischen Bücher des Jahres gezählt. Axel-Johannes Korb lebt derzeit im hessischen Seligenstadt. »Der Makel der Freiheit« entstand im Jahr 2010 zu größten Teilen in Italien.

Axel-Johannes Korb

DER MAKEL DER FREIHEIT

Roman einer Revolution

VerlagRegioKom

Bitte besuchen Sie uns im Internet:
www.verlagregiokom.de

Vollständige Taschenbuchausgabe, 1. Auflage 2012
Verlag RegioKom GbR, Aschaffenburg

Umschlaggestaltung: Björn Gallinge / Verlag RegioKom GbR
Umschlagabbildungen:
clipdealer.de; Pass für einen abgehenden Kurier aus dem Jahr 1793, akg-images; Johann Wolfgang von Goethe: Freiheitsbaum mit Jakobinermütze, Zeichnung, 1792, akg-images, Original im Goethe-Museum Düsseldorf.
Satz: Verlag RegioKom GbR
Druck und Bindung: Dauphin Druck, Großheubach
Printed in Germany
ISBN 978-3-942061-00-1

PROLOG IM HIMMEL

AUS VIELEN KÖRNERN WIRD EIN BROT. UND AUS den Trauben wächst der Wein. Aus hundert Strichen formt sich ein Bild unter dem Pinsel des Malers. Menschen und Orte reihen sich aneinander wie Perlen auf eine Schnur. So ergibt das Einzelne sein Ganzes.

Die Geschichte, die sich in diesen Blättern erzählt, schöpft aus dem Fundus des Welttheaters, an dessen Firmament Abertausende Sterne leuchten. Doch das, was hier zur Unvergänglichkeit geschöpft, was gleichsam aus der Urflut gezeugt wird, was dem Dunkel zu entreißen und ans Licht zu setzen ist, soll nicht hoch hinausgehen, sondern tief hineinführen, nicht allgemein gesprochen, sondern ganz bestimmt erzählt sein.

Schon schaut man aus Himmelshöhen auf die Erde hinab. Schon sieht man, wie sich blaues Meer und grünes Land, Wüsten und Felsengebirge voneinander trennen. Da sind die Berge und Täler, die Flüsse und Seen, die Dächer der Städte, die Früchte auf den Halmen und die Wipfel der Bäume. Wie Schnee und Regen fallen Worte vom Himmel herab und tränken die Erde.

Es lüftet sich der Vorhang. Er gibt den Blick frei auf jene, die vom Staub genommen sind. Aus ihnen schält sich ein Mensch heraus, der eilig seinen Weg beschreitet. Und schon zieht unbegreiflich schnell umher der Erden Pracht.

I

KILIAN KRAMER PACKTE SEINE SIEBENSACHEN IM schwachen Licht der Kerze. In der Morgendämmerung brach er auf. Noch heute wollte er heimatliche Gefilde erreichen. Aus der Vergangenheit, diesem erstarrten und vereisten Bild, musste wieder Gegenwart und Leben werden. Der ärmliche Gasthof dieser Nacht sollte die letzte Station seiner Reise gewesen sein. Mit eisernem Willen war der große Tagesmarsch zu schaffen.

Er gönnte sich keine Rast. Die Stunden vergingen schnell. Der Morgen schien kurz. Der Mittag verflog. Kilian war nun müde und fror. Die Feuchtigkeit wandelte sich in Frost. Ringsherum lagen die Felder still und brach. Das Braun ihrer Erde vermischte sich mit dem Grau des Himmels. Seine Beine schmerzten vor Ermattung. Die Kälte drang von der Erde herauf und befiel seine Glieder. Die Arme hatte er über Kreuz vor den Körper geschlagen. Der Hut saß ihm tief im Gesicht. Er neigte sich nach vorne und stolperte über die steinige Landstraße.

Weit und breit war Stille, nichts als Acker, mancherorts unterbrochen von Nadelhainen. Die Dörfer, durch die er kam, wirkten verlassen. Frauen zapften an den Brunnen eisiges Wasser, trafen mit anderen zusammen und beschränkten ihre Unterhaltungen auf das Notwendigste. Er spitzte die Ohren, verlangsamte seinen Schritt und lauschte. Sie beklagten sich über den harten Winter, berichteten von Krankheit und Sterben, bestärkten sich gegenseitig in der Hoffnung auf Sonne und Wärme.

Kilian achtete auf das kantenfreie Singen der Sprache mit ihrer Verschleifung der Silben. Sie schien ein einziges, in ihren klingenden Lauten dunkel gefärbtes und endlos dahinrauschendes Zischen zu sein. Er erkannte dieses Idiom als das seiner Heimat wieder. Es konnte nicht mehr weit sein bis nach Hause. Die Zuversicht, die ihn beim Aufbruch in Leipzig im Gedanken an das Altvertraute, den Ort der Geburt, erfasst hatte, mischte sich nun mit Beklemmung und der Befürchtung, dass sich in diesem Landstrich nicht das Geringste verändert, dass sich das Alte in der Gegenwart nicht bewährt habe.

Der heimatlichen Sprache war er in den letzten Jahren entfremdet worden. Nur ganz leicht trübte das umrisslose, dunkle Zischen noch seine Worte und Sätze, genug zwar, um in der Fremde als

Kind des Pfaffenlandes aufzufallen, jedoch zu wenig, um es mit dem knochenlosen Dahinrauschen aufnehmen zu können.

Die deutlichen Umrisse seiner Silben waren das äußere Zeichen einer innerlichen Veränderung. Sie standen für den neuen Menschen, den die fremde Metropole aus ihm gemacht hatte, eine Veränderung, die sich zunächst ungewollt und wie von selbst vollzogen, die er jedoch bemerkt und für gut befunden hatte. Jetzt war ihm, als höre er in seine Vergangenheit hinein, als bedrohten ihn die Mächte von Kindheit und Jugend. Ihm war, als stürmten sie an ihn heran, als wollten sie ihn an sich reißen und mit eisernen Armen umklammern. Er aber würde sich ihnen entgegenstellen und für die Freiheit kämpfen.

Er eilte zügig durch die grauen Dorfstraßen und folgte den Wegen bis zum Fluss. Er wanderte hinunter und immer weiter. Auf offener Flur wurde jedes Geräusch gedämpft. Kaum ein Laut entstieg der Natur. Alles schien auf den frostigen Zustand seines Gemüts Rücksicht zu nehmen, indem es sich vornehm zurückhielt und jede Störung vermied. Die Stille legte sich wie ein Schleier über die Felder. Sie entstieg den Hainen und breitete sich über die Rinde der Weiher und Bäche aus.

In diese Ruhe drang ein Geräusch ein, erst ganz leise, dann anschwellend, schließlich aufbrausend. Kilian drehte sich um. Ein edles Gefährt rauschte heran. Ein Kutscher trieb mit wildem Kommando ein Vierergespann brauner Pferde zum Galopp, die vor einen schwarz lackierten Wagen gespannt waren. Kilian trat eilig zur Seite. Schon rauschte der Tross rücksichtslos und mit großer Geschwindigkeit an ihm vorüber. Die vier Braunen galoppierten, und der Wagen sprang über die Straße. Pferde und Kutsche wollten schon hinter dem nächsten Nadelhain verschwinden, als Kilian der Fahrtwind eisig ins Gesicht schlug.

Die Stille kam wieder zurück, in die sich immer mehr Dämmerung mischte. Das Licht des Tages ging zur Neige. Der Abend drängte heran. Die Kälte fuhr ihm durch Mark und Bein. Er schüttelte sich. Gerne hätte er in diesem Moment die eisige Flur mit einem warmen Wagen getauscht. Aber für eine solche Reise fehlten ihm die Mittel. Den größten Teil seines letzten Geldes hatte er in einem Leipziger Keller auf den Kopf gehauen und damit allerhand bekanntes wie unbekanntes Volk freigehalten. Er hatte am Abend vor der Abreise seine Börse vor den Augen des Wirtes ausgeleert.

Die Münzen klangen hell, als sie auf das Holz des Tresens fielen. Dieser Ton läutete eines der Feste ein, wie sie die große Stadt in regelmäßigen Abständen durchlebte, wenn ein Semester am Ende und das Examinieren abgeschlossen waren.

Noch einmal hatte Kilian das getan, was in Leipzig seine Lieblingsbeschäftigung gewesen war. Er hatte mit seinen Kommilitonen zahlreiche Gläser geleert, um anschließend auf die Bank zu steigen und vor allen Anwesenden die Rede von den alten Zöpfen zu schwingen, die alsbald abgeschnitten gehörten. Bis zum Morgengrauen wurde gelärmt, gesungen und Tumult erzeugt.

Doch die Strafe folgte auf dem Fuße. Ab dem nächsten Tag musste ein Leben geführt werden, das dem eines Landstreichers ähnlich sah, musste um Obdach und Brot hart verhandelt oder gar gebettelt werden. Kilian wusste, dass in der vierspännigen Kutsche, die so rücksichtslos an ihm vorbeigerauscht war, keine Not herrschte, dass dieser Wagen just jene alten Zöpfe beförderte, die man in den Wirtskellern von Leipzig so gerne verspottet hatte. Am Schlag des eleganten Gefährts hatte er das Wappen des Kurfürsten erkannt.

Jetzt hieß es, schnell voranzustolpern, ehe die Dunkelheit weiteres Fortkommen erschweren würde. Er spannte all seine Leibeskräfte an und hatte bald die Gewissheit, dass es nicht mehr weit sein konnte. Alle Bäume und Sträucher am Wegesrand schienen ihm bald aus vergangenen Zeiten bekannt. Auch der graue Himmel war ihm von alters her vertraut, als er plötzlich von einer Anhöhe den in weiter Schleife ausschwingenden Fluss sah, der eine Stadt fest in seinen Armen hielt. Da war die Heimat. Da war das Ende der Reise. Hier unten lag der Ort mit seinen vielen Türmen, mit den trutzigen Mauern und dem bunten Gebälk der Häuser.

Kilian hielt an und rang nach Atem. Der Himmel riss an einer kleinen Stelle auf. Die Sonne drang hindurch und beleuchtete die Steine. Die Türme glänzten silbrig. Die Mauern schimmerten rötlich. Das Gebälk der Häuser blinkte in allen Farben des Regenbogens. Mit den letzten Strahlen des Tages legte die Sonne ihren schwachen Schein um die Siedlung und markierte das Ziel. Für einen Augenblick staunte Kilian, dankte für die glückliche Ankunft und spürte, wie jede Beklemmung von ihm wich.

Freudig rannte er von der Anhöhe hinunter und rief dem Flößer zu: »Hol über, hol über!« Dieser hatte bereits begonnen, seine Fähre am anderen Ufer zu vertauen und sein Tagwerk zu beenden. Kilian aber rief aus Leibeskräften: »Hol über, hol über!«, und winkte mit seinem Hut und den allerletzten Münzen, die er besaß und mühsam aus den Tiefen der schäbigen Rocktasche gekramt hatte.

Der Flößer schaute mürrisch drein. Dennoch stemmte er noch einmal das Ruder, ließ es zu Wasser, setzte das Floß in Bewegung und holte Kilian vom anderen Ufer. Als dieser die Fähre betrat, verschloss sich der Himmel, sodass sich Türme, Mauern und Gebälk vor seinen Augen wieder eintrübten. Wie er sich auf den Fluten der Heimat näherte und wie es bis zum anderen Ufer nur noch einige wenige Meter waren, da überkam ihn die Ahnung, dass er in dieser Stadt vielleicht nicht selig werden würde.

II

MIT SEINER ANKUNFT WURDE GERECHNET. SIE WAR brieflich angekündigt worden, sodass alles bereitet werden konnte. Die Schlafstatt war eingerichtet, neue Kleidung geschneidert. Man hatte den ganzen Hausstand herausgeputzt und wollte mit einem festlichen Mahl den Absolventen willkommen heißen. Die überglückliche Mutter vertraute Kilian nach herzlicher Begrüßung zuerst der Obhut der Magd an. Das zarte junge Mädchen, Barbara mit Namen, geleitete ihn zum Bade, wo er sich seiner Kleider entledigte und unter ihrer Aufsicht in den mit heißem Wasser gefüllten, eisernen Zuber stieg. Das Mädchen schaute verlegen drein und bemühte sich redlich, ihm bei der Handreichung verschiedenster Utensilien behilflich zu sein, wobei sie den Blick auf den Boden geheftet hielt, aber nicht, ohne von Zeit zu Zeit aus den Augenwinkeln auf ihren jungen Herrn zu schielen.

Kilian kratzte all den Dreck von sich ab. Er rasierte sich gründlich und gab seinem leicht gelockten Haar den rötlich-blonden Glanz zurück, auf den er so viel hielt. Auf das Gesicht der Magd, die jung und nett anzusehen war, zauberte sich im Laufe der Verwandlung ein Lächeln, das er, sobald er es bemerkte, eindringlich erwiderte. Er war sich bewusst, dass er ein einnehmendes Wesen besaß. Er hatte seine Wirkung auf das Weibliche in Leipzig von Beginn an in Wort und Tat exerziert. Das Mädchen, das noch keine achtzehn sein mochte und in den Hausstand bei seiner Abreise noch nicht eingetreten war, errötete, als er dem Bade entstieg, um seinen sauberen Körper im Spiegel zu betrachten und seine Glieder zu trocknen. Die neue Kleidung, die er anlegte, konnte die schöne Erscheinung allenfalls unterstreichen, doch keineswegs schmücken. Er streifte sie über, die Kniebundhose, das Leinenhemd, die Weste und den bestickten, samtenen Rock, fühlte sich zufrieden und erfrischt. Er freute sich, seine strapaziöse Reise endgültig hinter sich gebracht zu haben, und vergaß ihre Mühsal. Die Lumpen, die er getragen hatte, ließ er auf dem Boden liegen, strich sich, während er sein Gesicht noch einmal im Spiegel betrachtete, über die glatt rasierten Wangen und schritt hinaus, während die verwirrte Magd geschäftig begann, die Spuren des Bades zu beseitigen.

Noch bevor sich Kilian an seine Familie wenden konnte, wurde er von der Mutter wieder weggeschickt. Der Vater musste der

Erste sein, dem er sich mitteilte. Schultheiß Kramer befinde sich jedoch, trotz der fortgeschrittenen Stunde, noch immer in der Amtsstube. Kilian gehorchte, verließ das Haus ohne Zögern und überquerte den Marktplatz, der schon ganz in eine verlassene Nachtstimmung getaucht war. Er ging ins Fachwerkrathaus hinein und eilte die breite, hölzerne Treppe hinauf. Der Flur des Oberstocks war schlecht beleuchtet. Nur wenige Öllämpchen brannten.

Ihm war angst und bang vor dem Zusammentreffen mit dem Vater. Die Strenge dieses Mannes hatte er täglich ertragen müssen, hatte sich als Kind ständig examinieren lassen, was den Katechismus betraf, hatte sich in das Studium der Rechte treiben lassen, obgleich er es vorzugsweise mit der Philosophie hielt. Vor der Tür wartete er einen Moment, atmete tief ein und nahm seinen Mut zusammen. Ohne anzuklopfen, trat er schnellen Schrittes in die Amtsstube ein.

Der Vater thronte an einem unaufgeräumten Tisch. Er las, indem er, aufgrund starker Kurzsichtigkeit, mit der Nase beinahe die Papiere berührte. An den Wänden prangten eng beieinander die Porträts seiner Amtsvorgänger. Gerade noch ein schmales Plätzchen blieb für ein einziges Bildnis übrig. Dem Eintretenden war, als habe für die Vertäfelung des Raumes ein ganzer Kiefernhain abgeholzt werden müssen.

Bonifaz Kramer schreckte auf, erhob sich und ging gemessenen Schrittes auf seinen Sohn zu. Er begrüßte ihn, indem er stumm und fest Kilians Oberarme drückte. Der Sohn überragte den Vater um einen Kopf, dafür konnte er es in der Breite mit jenem nicht aufnehmen.

Kilian sagte nur: »Vater!«, und seine Stimme vibrierte vor Rührung und Angst zugleich.

Bonifaz antwortete: »Sei gegrüßt, mein Lieber.« Jedenfalls wollte er es sagen, keuchte aber schon nach der ersten Silbe, verfiel in ein schweres Husten und krümmte sich, während er mit der flachen Hand auf seine Brust schlug. Kilian rührte sich nicht.

Ganz im Gegensatz zu ihm bot sein Vater ein grässliches Bild. Seine Haut war porig, seine dichten, grauen Haare wuchsen in alle Richtungen, seine Unterlippe berührte das weit hervorstehende Kinn. Die runden Ohren waren teigig und die Nase wurde durch eine große Warze entstellt.

Bonifazens Lungenflügel befanden sich seit geraumer Zeit in

unbefriedigendem Zustand. Besonders in erregenden Augenblicken versagten sie ihren Dienst, und der daraus folgende Husten ließ den dicken Rumpf in unregelmäßigen Stößen beben. Das erste Wiedersehen mit dem Sohn nach vier Jahren war ein solcher Moment. Der Vater fand nur mühsam in seinen Schultheißensessel hinein. Erst hier kehrten seine Atmungsorgane zu regelmäßiger Arbeit zurück.

»Wie ist es dir ergangen in Leipzig? Deine Briefe habe ich natürlich gelesen, aber sage es mir noch einmal: Wie ist es dir ergangen?«

»Soweit gut. Was möchtest du hören?«

»Nun ja, wie ist das mit dem Studium? Studiert es sich gut in Leipzig?«

»Allerdings, ich wüsste nichts Besseres.«

Das Gespräch stockte, kaum dass es begonnen hatte. Bonifaz tat sich mit dem Menschlichen schwer. Er wirkte in Fällen persönlicher Betroffenheit unbeholfen, eine Unbeholfenheit, deren Kehrseite eine vollkommene Beherrschung des Geschäftlichen war. Nur das Lungenrasseln verriet hinter der mechanischen Pflichterfüllung den im Gefühl Getroffenen.

Dass es so bedenklich im Hals seines Vaters schepperte, erfüllte Kilian mit Genugtuung. Nicht ohne Eitelkeit nahm er den Dreispitz unter den Arm und holte die Lizenziatsurkunde aus seinem bestickten Rock hervor, legte sie auf den Amtstisch und trat wieder einen respektvollen Schritt zurück. Der Vater hielt sie dicht vor die Augen, studierte den lateinischen Text und krümmte sich erneut, als ihn der Husten überkam. Kilian regte sich nicht. Er stand steif da, nahm seine Urkunde wieder an sich und steckte sie zurück in die Tasche.

Nachdem der Husten des Vaters abgeklungen war, sprach er: »Sehr gut. Du hast deine Aufgabe erfüllt. Nun können die großen Dinge kommen. Der Kurfürst wird erstaunt sein und dich bald unter seinen Dienstleuten wissen wollen.«

Diese Worte hatte Kilian vorausgesehen. Nun ging es darum, sich menschlich stramm zu halten.

»Vater, muss ich denn des Kurfürsten Diener werden?«

»Selbstverständlich. Das war von Anfang an der Sinn des Unterfangens. Rechtsgelehrte braucht der vernünftige Staat heute mehr denn je. Herrlich, ich male mir aus, was aus dir werden wird, wenn du ein wenig dein Scherflein beisteuerst … Mein Sohn eines Tages als Reichskammergerichtsrat …« Ein kindliches Lächeln legte sich auf Bonifazens Gesicht.

Kilian ließ sich auf die Bank niedersinken und sah seinem Vater in die Augen. Bonifaz verlor sein glückliches Kindergesicht und ordnete verlegen die Akten auf dem Tisch.

»Dem Kurfürsten kann ich nicht dienen.«

»Oh doch, du kannst es! Was sollte dich daran hindern? Du bist ein Landeskind, entspringst dem Patriziat der Stadt und bist dem hohen Herrn schon dem Namen nach ein Begriff, dafür habe ich gesorgt. Was also sollte dich hindern, ihm zu dienen?«

Kilian begann, seinen Dreispitz in den Händen zu kneten.

»Vater, bei allem Respekt, wenn ich eines nicht möchte, dann ist es ein Leben als Amtmann im Dienst des Kurfürsten. Es sind nicht meine Fähigkeiten, die mich hindern, sondern …«, hier stockte er.

Der Vater fragte ernst: »Was ›sondern‹?«

Kilian holte Luft und stammelte: »… sondern mein Wille hindert mich daran, mich in die Fänge eines Pfaffen zu begeben.«

Sein Widerspruch war lange geplant. Kilian hatte ihn so manche Nacht in seiner Leipziger Stube probiert. Aber das heldenhafte Gebaren dieser Übungsstunden brachte er im Angesicht des Vaters nicht auf. Bonifaz Kramer wurde ernst bis auf den Grund seiner Lunge.

»›Wille‹ sagst du? Was zählt das schon. Wir sind nicht frei, zu tun und zu lassen, was uns gerade in den Sinn kommt. Frei sind wir allenfalls darin, dem Befehl unserer Fürsten zu folgen oder nicht, frei sind wir darin, uns für ein Leben im Wohlstand oder für eines in der Gosse zu entscheiden. Also lass die Träumerei und beherzige meinen Rat: Geh zum Kurfürsten, bewirb dich um eine Stelle und diene ihm!«

Hier erhob sich Kilian, begann, in der Amtsstube umherzulaufen, verschränkte die Arme hinter dem Rücken, setzte auch mehrmals an, um etwas zu erwidern, brachte aber nichts heraus. Die Blicke des Vaters folgten seinen Schritten.

»Denke daran, mein Sohn, wie alt und herrlich unsere Ordnung ist, denke daran, wie gut die Bürger dieser Stadt allezeit mit dem Kurfürsten gefahren sind. Schon seit ewigen Zeiten gibt es das Kloster hier am Ort, das immer der Quell guter Taten gewesen ist. Ich werde es wohl nicht mehr erleben, meine Lungen sind dafür zu schwach, aber du wirst dabei sein, wenn sich der Gründungstag der Abtei zum tausendsten Male jährt.«

Kilian ging weiter sprachlos im Zimmer herum. Er bemerkte das knarrende Parkett, auf dem er wandelte, bemerkte den schiefen Boden, über den er schritt. Alles war morsch. Ihm schien es wie ein Zeichen dessen, was hier verwaltet wurde. Es war ein kleiner Staat, in dem alles auf abschüssigem Gelände einer tiefen Schlucht entgegenrollte, erst langsam, dann schneller, um schließlich mit rasender Geschwindigkeit in den Höllenschlund zu stürzen. Dieses elende Kloster mit seinen schwarz gewandeten, ausbeuterischen Pfaffen konnte er nicht ausstehen. Allein der Gedanke daran, dass sich der Gründungstag einer solchen Einrichtung zum tausendsten Male jähren könnte, verursachte ihm Schmerzen in der Magengegend.

Es klopfte an der Tür. Der Vater gewährte Einlass. Ein junger Mann trat ein, dessen gekrümmte Nase und leicht abstehende Ohren, dessen fliehendes Kinn und hohe Wangenknochen die Aufmerksamkeit des Betrachters in nachteiligem Sinn auf sich zogen.

»Aha, der Sekretarius«, sprach der Vater, »ich denke, ihr kennt euch?«

Es war Rudolf Kuhn, mit dem Kilian gemeinsam die klösterliche Lateinschule am Freiplatz besucht hatte. Der Sekretarius trug einen Stoß Akten unter dem Arm, legte sie auf die Wartebank und begrüßte seinen alten Kameraden, indem er dessen Rechte mit seinen beiden Händen umfasste. Kilian befürchtete eine Umarmung und hielt seine linke Faust vor sich, um den Abstand nicht zu klein werden zu lassen. Dass Rudolf inzwischen zum städtischen Sekretarius aufgestiegen war, hatte er schon durch Briefe erfahren. Jetzt aber sah er ihn in Amt und Würden vor sich, wie er wichtig schien und Miene machte, alles und jeden zu begreifen.

Rudolf war nach Ende der Schulzeit am Ort geblieben. Er hatte anstelle des Studiums die Laufbahn des Beamten eingeschlagen, war Schreiberlehrling geworden, um in den kurfürstlichen Dienst treten zu können. Er war ähnlich hochgewachsen wie Kilian. Bestechen konnte er aber allenfalls mit seiner sanften Stimme, seiner gepflegten Erscheinung und seinen tadellosen Manieren. Schon in der Lateinschule hatte er damit das milde Urteil der Lehrer herausgefordert, das so manchen Mangel an Bildung ausgleichen musste. Früh hatte er gelernt, sich das Gegenüber gewogen zu machen, ohne hierfür Großes leisten zu müssen. Kilian traute ihm kaum über den Weg. Die sanfte, ins Falsett hinüberspielende Stimme lag ihm wie ein Pfeifen in den Ohren.

»Ich störe wohl?«, fragte Rudolf vornehm, »ich wollte nur noch einen Aktenfall mit dem Herrn Schultheiß besprechen. Wenn ich nun aber störe, so gehe ich besser.«

»Er stört nicht«, raunte der Vater, »lasse Er jedoch nur die Akten liegen, wo sie sind, und komme Er in einer halben Stunde noch einmal. Ich befinde mich in wichtiger Besprechung mit meinem Sohn, einem Lizenziaten der Universität zu Leipzig.«

Rudolf verbeugte sich leicht, machte anerkennende Miene, nickte Kilian zu und verließ die Amtsstube.

Wer es nicht besser wusste, der musste den Sekretarius ob seiner Manieren für einen Spross der städtischen Aristokratie halten. Damit saß man jedoch einem Trugbild auf. Der Vater Kuhn handelte mit Vieh aller Art, ein Gewerbe, das zur Vornehmheit kaum taugte. Dennoch hatte er es in dieser Eigenschaft zu einem erklecklichen Wohlstand gebracht, besaß ein Haus im Innersten der Stadt, nicht weit von der Heimstatt Kilians, und ging seinem Gewerbe von Jahr zu Jahr erfolgreicher nach. Die finanziellen Reserven reichten bald zum Kauf zweier angrenzender Anwesen. Schon mutmaßte man, der Viehhändler Kuhn sei der reichste Mann am Platze und horte in seinen Truhen den größten Schatz des Ortes, der jenen des Klosters bei Weitem übertreffe.

Der Sohn des Viehhändlers spürte früh die Unterscheidung zwischen bloßem Reichtum und wohlerworbenem Ansehen, empfand das bäuerlich-polternde Gebaren des Vaters für unschicklich, entwickelte aus dieser Einsicht seine Manieren, versagte sich die zu Hause gebräuchlichen rauen Worte und übte sich nachts im Falsett.

Nachdem Vater Kuhn das Vermögen stetig vergrößert hatte, gingen seine Kinder daran, es in Einfluss umzusetzen. Rudolfs Eintritt in die städtische Verwaltung, sein Heranreifen zum kurfürstlichen Beamten, war die Einforderung jenes Teils, das dem gewerblich Erfolgreichen im Hinblick auf politischen Einfluss bislang noch versagt gewesen war. Nun aber saß der Ohrenbläser als Sekretarius im Rathaus und lenkte den Willen des Schultheißen im Sinne der Geschäfte eines emporgekommenen Viehhändlers. Dabei entwickelte er einen kaum zu bremsenden Eifer, war aber auch ganz der treue Fürstendiener, der die Stadt und ihr Umland noch niemals verlassen hatte und sich im Gegensatz zum Sohn des Schultheißen nicht vorstellen konnte, dass sich eines Tages in der Ordnung der Ämter und Ränge auch nur das Geringste ändern könne. So versuchte er, sich in das Gefüge einzugliedern, um in ihm aufzusteigen und seiner aufstrebenden Familie einen Platz in der Rangfolge zu verschaffen, der ihrem Reichtum ebenbürtig war.

Die Luft in der Amtsstube war staubig. Es roch nach süßlichem Moder. Kilian trat ans Fenster und riss es auf. Der alte Vater jedoch fror sogleich im winterlichen Luftzug. Er stand auf, wollte das Fenster schließen, was sein Sohn allerdings nicht zuließ.

Stattdessen sprach Bonifaz Kramer: »Nimm dir ein Beispiel an deinem Kameraden aus der Lateinschule! Willst du wie ein Taugenichts mit deiner Fiedel über die Berge ziehen? Sei doch vernünftig und folge meinem Rat!«

»Meinem Willen will ich folgen, Vater, nicht der Vernunft des Kurfürsten, die keine ist. Lass mich doch mit den Pfaffen in Ruhe! Überall lauert das Ende, alles ist im Sterben begriffen. Den Toten will ich nicht dienen. Das können andere übernehmen. Rudolf Kuhn ist der Richtige dafür. Soll er sein Lebtag lang die Akten tragen und sich von ihrem Staub ernähren. Einem Pfaffen wie dem Kurfürsten folge ich nicht.«

»Sprich nicht so vom Kurfürsten! Sprich nicht in solch einem rauen Ton von deinem Landesherren und Ernährer!«

»Ich pfeife auf einen solchen Ernährer! Was habe ich mit ihm zu schaffen? Besser wär's, er träte ab und ließe dem Volk, was vom Volk kommt.«

Der Vater war vollends zornig geworden: »Ich sehe schon, dass man dir dort, von wo du kommst, den Kopf verdreht hat. Warum musste es Leipzig sein, warum konntest du nicht nach Wien gehen? Was für Ideen du mit nach Hause bringst!«

»Es ist doch völlig gleichgültig, wo ich gewesen bin. Überall pfeifen es die Spatzen von den Dächern, dass die Alten gehen müssen. Nur dieses unselige Nest hat es noch nicht gelernt. Hier ist alles so schrecklich altmodisch und erstarrt. Aber warte nur, bald wird es mit der ganzen modrigen Herrlichkeit zu Ende sein. Es ist nicht mehr lange hin, dann gibt es auch kein Reichskammergericht mehr …«

Hier setzte es ganz plötzlich eine schallende Ohrfeige, wie sie der Vater so gerne austeilte. Dennoch überraschte sie Kilian im ersten Moment. Er betastete seine Wange, wich Bonifazens Blick aus und setzte sich neben die Akten, die von Rudolf auf die lange Bank geschoben worden waren.

Kilian hatte geahnt, dass es nicht leicht sein würde zu widersprechen. Aber er wusste auch, dass nur auf diesem Wege die Front deutlich, dass nur so allen Schauspielereien ein Ende gemacht werden könnte. Der Vater litt wieder unter seinen unregelmäßigen Lungenstößen.

Er sagte leise und mit kaum erholter Stimme: »Der, welcher flucht, ist schon verflucht. Überall dieses Revolutionsgeschwätz. Nicht einmal dem eigenen Sohn ist noch zu trauen. Auf Schritt und Tritt wird man verfolgt. Die Masse mordet ihren König, wie es in Frankreich schon geschehen ist. Heute hat mich ein Schreiben aus der Hauptstadt erreicht«, Bonifaz Kramer zog ein Schriftstück unter den Akten hervor, »man weiß sich dort nicht mehr zu helfen. Die Stadt verschanzt sich. Die Franzosen sind im Anmarsch und stoßen von Süden vor. Nicht einmal der eigene Sohn …«

Die Weinerlichkeit des dicken Alten in seinem morschen Sessel widerte Kilian an. Die Nachricht überraschte ihn kaum. Es war nur eine Frage der Zeit gewesen, bis die Revolution auf das deutsche Nachbarland übergreifen musste, bis die Rheinstädte in Bedrängnis gerieten und in äußerster Gefahr waren.

»Und ich soll dem Kurfürsten dienen? Nein, auf der Seite der Verlierer werde ich nicht stehen. Lass Rudolf Kuhn das machen, dem steht das Pfaffenwappen ausgezeichnet. Ich wähle mir den besseren Teil.«

»Ich weiß, dass du Rudolf noch nie recht gut leiden konntest …«

»›Noch nie recht gut leiden‹? Das ist wirklich milde.«

Bonifaz Kramer stand auf und suchte den Blick des Sohnes: »Du wirst in Zukunft diese Milde recht gut gebrauchen können.«

Kilian fragte: »Warum soll ich milde sein, wenn es sich über diesen emporgekommenen Schweinehirten doch so trefflich lästern lässt? Sag mir: warum?« Am Ende des Satzes war er laut geworden.

Der Vater zögerte mit der Antwort. Er stammelte: »Dieser ›emporgekommene Schweinehirt‹, wie du ihn nennst … nun … er wird … er wird deine Schwester Katharina heiraten.«

Kilian fuhr von seiner Bank auf, trat an den Tisch, stampfte mit dem rechten Bein auf den Boden auf, dass die Erschütterung durchs Mark fuhr, und fuchtelte ein wenig mit den Armen, denn er wusste nicht, was er vor Zorn noch sagen sollte.

Mit bösem Blick, verkniffenen Lippen und schneller Atmung sah er, wie der Vater scheinbar zufrieden sagte: »Seinesgleichen geschieht.« Und weiter: »Nun geh, Kilian! Geh hinüber ins Haus! In einer Stunde werde ich kommen. Dann feiern wir deine Rückkehr mit einem festlichen Essen. Geh nur und kein Wort mehr von der Revolution!«

Kilian knetete den Hut in seinen Händen, verließ wie ein Wirbelwind die Stube, eilte die Treppe hinunter und floh hinaus auf den Marktplatz. Am erstbesten Pfahl stützte er sich und rang nach Luft, während er aus dem geöffneten Fenster der väterlichen Amtsstube ein Keuchen und Husten vernahm.

III

AUF DEM TISCH BRANNTEN DIE WEISSEN KERZEN IN silbernen Ständern und erhellten die große Wohnstube mit mattem Schein. Die Schatten der mächtigen, hölzernen Deckenbalken flackerten. Hinter den bleiverglasten Fenstern sah man nichts als schwarze Nacht, während die Delfter Kacheln des Ofens Wärme spendeten. Der Vater saß dem Tisch vor, daneben die Mutter Antonia. Kilian und Katharina, seine Schwester, saßen sich gegenüber und scherzten, wie sie es von früher her gewöhnt waren. Florian, der Jüngste, ein dreijähriger Bub und Liebling der Mutter, befand sich nahe bei den Eltern und wusste kaum, wie ihm geschah, wusste kaum, warum man ihn zur Schlafenszeit aus dem Bett geholt hatte, rieb sich wieder und wieder die Augen und wollte mit dem Heimkehrer nichts zu schaffen haben. Essen wollte er schon gar nicht, obgleich es Pfannkuchen gab, die er ansonsten nicht verschmähte.

Kilian lernte den Kleinen, seinen Bruder, erst an diesem Abend kennen. Er versuchte, dessen Herz mit albernen Kinderspielen und Versen zu erobern. Florian aber zeigte kein Interesse und quengelte ob seiner Müdigkeit, bis der Vater ihn züchtigte. Kilian fühlte sich vom bloßen Anblick des kurzen, aber heftigen Gewaltakts peinlich berührt. Dennoch erkannte er in diesem Bübchen schon den Sohn des Vaters, jenes Modell eines hartgesottenen Charakters, der sich durch nichts und niemanden einschüchtern lässt. Auch jetzt, nach der Züchtigung, war Florian zwar zum Weinen zumute. Er unterdrückte diesen Trieb aber mit aller Gewalt. Kilian dachte daran, wie weinerlich er als Kind gewesen war, wie wenig er es hatte ertragen können, wenn der Vater Strenge gezeigt hatte. Er spürte seinen inneren Abstand zu Florian und wusste nicht, wie hieraus ein brüderliches Verhältnis wachsen sollte.

Kilian konnte nur schlecht die Gegenwart des Schultheißen ertragen. Noch weniger konnte er es ausstehen, dass der Verlobte seiner Schwester, dass Rudolf Kuhn mit am Tisch saß. Er brachte nicht die Fähigkeit auf, diesem Emporkömmling in die Augen zu sehen. Trotz seines Denkens von der Gleichheit aller Menschen erkannte er an sich selbst ein aristokratisches Element, an dem es Rudolf mangelte, weshalb er niemals zu einem ebenbürtigen Partner oder gar Anverwandten heranreifen konnte. Dennoch versuchte er mit aller Kraft, an diesem Abend keinen unangenehmen Einstand zu haben.

Die Frauen lachten viel, während Kilian Begebenheiten seines Leipziger Studentenlebens zum Besten gab. Er pries voller Überzeugung die Schönheit der Stadt und die Herrlichkeit der vergangenen Jahre. Von der Universität berichtete er kaum, hingegen mehr von den Freunden, den Kommilitonen, die aus allen Territorien des Reiches und aus aller Herren Länder gekommen waren, um an der Alma Mater Lipsiensis in das Recht eingeführt zu werden. Das hatte er zwar alles in regem brieflichen Verkehr den Eltern bereits mitgeteilt, erging sich aber nun in der lebendigen Nachahmung der Personen - ein Gebiet, das er außerordentlich beherrschte und auf dem er sein schauspielerisches Talent bewies. Zugleich beeilte er sich zu versichern, dass das Zu-Hause-Sein ihn ungleich mehr glücklich mache, was sich allerdings nicht mit der Wahrheit traf.

Kilian wusste, wie sehr es den Vater schmerzen musste, den eigenen Sohn im Widerstand gegen das Althergebrachte zu sehen. Doch konnte er kaum anders, als allerorten zu räsonieren und zu rebellieren. Die Jahre in Leipzig hatten ihm einen anderen Weg gezeigt als jenen, den man in seiner Heimat seit bald einem Jahrtausend ging. Es war ein Weg, der sich von der Idee her bestimmte und der die Vernunft, sei sie geschäftlich oder politisch, zur Nebensache herabstufte. Es war die Idee, die die Welt verändern musste, und nicht das Fügen in die Verhältnisse, die nur Erstarrung zeitigen konnten.

Aber die Distanz zwischen ihm und Bonifaz war gar nicht so groß. Zwischen Vater und Sohn bestand ein stilles Einverständnis, so still, dass man es sich gegenseitig zuzuflüstern niemals gewagt hätte. Mit den Planungen Bonifazens wollte Kilian zwar nichts zu schaffen haben. Die Strategie aber, die der Vater mit der Verheiratung Katharinas verfolgte, musste er gutheißen, auch wenn er der Meinung war, das Unternehmen sei zum Scheitern verurteilt. Denn der Wille der Kuhns war kaum zu überschätzen.

Beiden war die Misslichkeit der Lage gänzlich bewusst. Selbstverständlich war Rudolf der Spross von einer Art Schweinehirt, selbstverständlich war er ein Emporkömmling, der alles daran setzte, das stinkende Gewerbe seiner Herkunft durch politischen Einfluss zu veredeln. Bonifaz war gewillt, über die schlechte Herkunft des »Falsettisten« hinwegzusehen, da ihn das Geschäftliche stets mehr interessierte als das Menschliche. Katharinas Verheiratung mit dem Spross einer Aufsteigerfamilie mochte ihn, was die Frage der Mitgift betraf, zwar ein Vermögen kosten. Er witterte jedoch die wirtschaftliche Chance, die diesem Unterfangen innewohnte. Das Bündeln des Vermögens mochte politische Kräfte freisetzen, die die Stadt seit den Tagen ihrer verlorenen Reichsfreiheit nicht mehr gesehen hatte. Vielleicht würde man demnächst stärker auf das allzeit verlässliche Geld setzen müssen. Wer wusste schon, was mit dem Kloster und dem Kurfürsten eines Tages geschehen würde?

Dies aber war ein Kalkül für die nächste Generation, für sich selbst konnte Bonifaz Kramer nichts mehr erwarten. Er hatte erreicht, was zu erreichen war, und war als Fremder zum einflussreichen und wohlhabenden Schultheißen herangereift. Nicht einmal der Schatten des mächtigen Klosters fiel auf ihn.

Dennoch war es ihm verwehrt, die Hoffnung auf eine Veränderung der Umstände offen zu formulieren. Diese Gedanken behielt er für sich und zog seinen allzeit geschwätzigen und aufmüpfigen Sohn nicht ins Vertrauen, um nicht selbst am Ende als Verräter dastehen zu müssen.

Katharina schmückte an Rudolfs Seite die Szene nur eingeschränkt. Denn in dem Maße, in welchem Kilian das weibliche Geschlecht für sich zu gewinnen wusste, wurde das männliche durch die matronenhafte Erscheinung der Schwester abgeschreckt. Sie war die Tochter ihres Vaters. Die zum Übergewicht neigende Statur und der hiermit freilich im Zusammenhang stehende, nicht zu zügelnde Appetit hatten das Mädchen in seinen Jungfrauenjahren deformiert.

Katharina berichtete, wie der Vater eines Abends mit seinem Sekretarius aufgetaucht sei, wie er diesen in die Wohnstube gebracht habe, wie Rudolf ein Sträußchen aus der Rocktasche hervorgeholt und mit zitternder Stimme um ihre Hand angehalten habe. Sie erzählte, wie sie zunächst nicht gewusst habe, was sie sagen sollte, wie sie den Augenkontakt zur Mutter gesucht habe, um sich in diesem bedrängten Moment Rat zu holen. Antonia aber war eingeweiht und nickte eifrig. Alles war vorbereitet, die entscheidenden Gespräche waren zwischen den Eltern, dem Bräutigam und seiner Familie schon geführt worden. Im Augenblick der Verlobung konnte Katharina nicht anders, als ja zu sagen.

Nun meinte sie, alles werde gut und ließ sich dazu hinreißen, von Glück und Freude zu sprechen, was allerdings nicht überzeugt klang. Obgleich Kilian Bedauern fühlte, dachte er, dass im Grunde alles in Ordnung sei. Hatte nicht auch Bonifaz seinen gesellschaftlichen Rang einer glänzenden Heirat zu verdanken?

Kilian hielt sich an den Befehl des Vaters und unterließ jedes politische Gespräch, schwätzte nicht von der Revolution und den Franzosen, nicht von Barrikaden oder Pfaffen. Nur einmal wurde er herausgefordert.

Rudolf fragte: »Sag, Kilian, warum bist du zum Studium gerade nach Leipzig gegangen? Wäre es nicht besser gewesen, an eine rechtgläubige Universität zu gehen?«

Da sah Kilian seinem künftigen Schwager nun doch in die Augen, warf ihm einen Blick zu, der ihn seine ganze Minderwertigkeit spüren ließ und sagte: »Ach was, katholisch oder protestantisch, was macht das schon für einen Unterschied? Bei uns in Leipzig war es gleichgültig, zu welcher Partei man sich zählte. Dort war nur eines wichtig: die Humanität, das Menschsein an sich, sonst nichts.«

»Aha ..., die Humanität ..., soso ...«, erwiderte Rudolf, indem er die Augenbrauen nach oben zog und überlegen nickte.

Kilian empfand dieses Gebaren als Beleidigung, sein Blick verfinsterte sich, er holte tief Luft und setzte zu einer revolutionären Tirade an, als der Vater laut und deutlich sagte: »Gut ist's.« Dabei schaute er derart streng drein, dass Kilian Angst bekam. »Langweile uns nicht mit solchem Geschwätz! Jetzt bist du wieder zu Hause. Hier wird geredet, was ich für richtig halte. Nichts weiter davon!«

Kilian wagte es nicht, ein weiteres Wort zu sprechen. Auch Rudolf wollte nichts mehr von Leipzig wissen. Die Damen ihrerseits sahen betreten drein. Eine peinliche Stille legte sich über die festliche Tafel. Doch der kleine Florian durchbrach sie. Er rieb sich die Augen und flehte die Mutter an, dass sie ihn wieder ins Bett entließe. Sie fügte sich.

Kilian bewunderte sie. Mit ihr verband ihn herzliche Zuneigung. Von ihr hatte er auch sein einnehmendes Äußeres geerbt. Trotz ihrer bald fünfundvierzig Jahre war sie eine schöne Frau von jugendlichem Reiz geblieben. Bonifaz Kramer war zu glauben, wenn er erzählte, wie er in jungen Jahren durch den bloßen Anblick in Liebe zu Antonia, der Tochter des reichen Goldschmieds, entbrannt sei. Er habe bereits beschlossen, dieses zarte Mädchen zu ehelichen, bevor er mit ihr das erste Mal gesprochen habe. Kilian betrachtete seine Mutter immer wieder mit Bewunderung und empfand Mitleid für diese zierliche Person, die einen so hässlichen, gewaltigen Mann ertragen musste. Er meinte, dass sie unter Bonifaz litt, der mit seiner beherrschenden Art keinerlei Widerspruch zu dulden schien.

Doch in all diesen Dingen täuschte Kilian sich. Denn zum einen fragte der Vater seine Frau in jeder wichtigen Angelegenheit um Rat, bevor er eine Entscheidung traf. Zum anderen liebte Antonia Kramer ihren Mann auf innige Weise, ohne dies vor den Kindern durch Worte oder Taten auszudrücken. Ihre Liebe war derart stark, dass sie ganz regelmäßig starke körperliche Aufwallungen empfand, die sie zwangen, sich ihm hinzugeben, wobei sich ihre Energie entlud und das lange, rötliche Haar löste. Hier musste sich Bonifaz ganz ihrem Willen beugen, ohne dass er auch nur im Geringsten berechtigt gewesen wäre, sich zu widersetzen.

Der Rest des Abends verlief im Plauderton. Alle wechselten ein paar Worte miteinander. Nur der Heimkehrer und sein ehemaliger Schulkamerad kamen nicht mehr miteinander ins Gespräch. Kilian beobachtete, wie der künftige Schwager mit verlangenden Blicken nach der jungen Magd schielte, die sich um die Versorgung der Festtafel kümmerte. Er meinte in einem Moment, in dem sich Barbara unbeobachtet wähnte, zu erkennen, wie sie Rudolf einen verschwörerischen Blick zuwarf. All das widerte Kilian an. Er wünschte sich wieder in seine enge Leipziger Kammer zurück, die für ihn ein Hort der Freiheit gewesen war, wohingegen ihm die edle Wohnstube des Kramerhauses mit ihren bleiverglasten Fenstern, ihrer festlichen Tafel und dem Ofen mit den blauweißen Delfter Kacheln ein einziger Graus wurde, kaum dass er nach Hause zurückgekehrt war.

Aber er schwor sich, diese Abscheu niemandem mitzuteilen, zumal die Mutter glücklich schien, den verlorenen Sohn wiedergefunden zu haben. Nachdem man sich am Wein gütlich getan und den Gast in aller gebotenen Höflichkeit verabschiedet hatte, ging Kilian in seine Kammer, fiel auf seine Schlafstatt nieder und befand sich nach wenigen Augenblicken tiefen Atmens in einem traumlosen Schlaf.

Obwohl der Morgen alsbald die Nacht aus der Kammer vertrieb, drehte sich Kilian noch lange in den Laken und Decken, ehe er sich der Wäsche widmete, die nicht abgelegte Kleidung ordnete und die Mutter am Frühstückstisch aufsuchte. Der Vater sei nach kurzer Nacht wieder in das Rathaus gegangen, sagte sie. Kilian war selig, dass er sich dem Schultheißen nicht schon am Morgen aussetzen musste.

Er machte sich bald auf, um bei einem Spaziergang seine alte Heimat neu zu entdecken. Er nahm seinen Hut, trat aus dem Haus und fand sich im Treiben des Marktes mit seinen Gerüchen, Geräuschen und Gauklern wieder. Es gestaltete sich angesichts des Trubels nicht leicht, den Platz zu überqueren. Er bemerkte, wie sein elegantes Erscheinen inmitten der Bauern und Handwerker auffiel, wie sehr er sich durch Vornehmheit von allen Übrigen abhob. Mancher fragte sich, mit wem man es hier zu tun habe. Andere wiederum meinten, ihn zu erkennen, grüßten zaghaft, indem sie die Hand an den Hut führten oder den Kopf fast unmerklich neigten, ohne dabei die Miene zu verziehen. Kilian konnte sich seiner Wirkung sicher sein, konnte wissen, dass seine Anwesenheit den Gegenstand zahlreicher Gespräche bilden würde. Er genoss seinen Auftritt.

Mit Fremden kam man in dieser Stadt, die in einem mittelalterlichen Mauerring sämtliche Häuser, Kirchen und Türme auf engem Raum begrenzte, nur schlecht zurande. Kilian meinte, nach all den Jahren in der berühmten Universitätsstadt zu spüren, dass sich diese Begrenzung nicht allein auf das Räumliche beschränke, sondern sich ins Persönliche übertrage.

Das Markttreiben war allerdings mit jenem Leipzigs vergleichbar. Es war ein einziges großes Gewimmel von Menschen. Er streifte zwischen den Ständen umher, betrachtete die Waren, die die Bauern im Nieselregen feilboten, schaute den flatternden Hühnern in ihren beengten Käfigen und den grunzenden Schweinen in den notdürftigen Koben zu, wie sie ihre letzten Lebensstunden fristeten. Das Geschrei der Händler und Trödler im knochenlosen Idiom der Heimat bewunderte er wegen seiner Lautstärke und beobachtete das geschäftige Umherwandern der Kauflustigen mit ihren Körben und Wagen voller Viktualien.

Er blieb bei dem einen oder anderen Gaukler stehen, der seine Künste den Gaffern darbot, damit diese ihn mit klingender Münze dafür entlohnten. Jeder buhlte um die Gunst des Publikums. Eine kurze Weile verharrte er bei einem Jungen, der, kaum den Kinderschuhen entwachsen, nicht nur mit einer immer weiter steigenden Anzahl lederner Bälle jonglierte, sondern überdies seinen Körper in Bewegung setzte und dabei zu wilden Sprüngen anhob, sodass sich alles zusammen in einem einzigen Strömen befand. Vor allem das Gesicht dieses Knaben erregte Kilians Aufmerksamkeit. Es war voller Sommersprossen und verzog sich während der Übung vor Anstrengung derart, dass die Fratze mit ihren vielen künstlichen Falten das strömende Bewegungsspiel beinahe ganz vergessen machte. Dem Blödgesichtigen, der barfüßig auf dem lehmigen Boden klebte und sich mit der Kraft seiner Schenkel immer wieder geräuschvoll davon löste, lief dabei das Wasser von der Stirn, obgleich der Morgen kalt war.

Die Fuhrwerke, die sich am schmalen, mühsam frei gehaltenen Durchweg des Platzes stauten, trieben mit ihren Rädern den Dreck des Bodens in die Höhe. Kilian bemerkte, wie ein besonderes Gefährt aus Richtung des großen Stadttors auf den Platz einfuhr, das von vier braunen Pferden gezogen wurde. Es war just jene schwarze Kutsche, die gestern unter den heiseren Schreien ihres Lenkers rasant an ihm vorbeigerauscht war. Er erkannte sie nicht zuletzt wegen des prächtigen Wappens am Schlag. Jetzt bewegte sich der Wagen langsam. Die edlen Pferde wirkten ruhig. Der Kutscher saß hochaufrecht auf seinem Bock. Ein Raunen ging durch die Menge, als sich das Gespann auf der Mitte seiner Durchfahrt befand. Man bekundete Ehrfurcht, verneigte sich oder beugte die Knie. Kilian allerdings blieb aufrecht stehen und versuchte, einen Blick durch die Scheiben zu erheischen. Schemenhaft erkannte er eine gepuderte Perücke, ein edles geistliches Gewand und einen überheblichen Blick. Am meisten missfiel ihm das ehrfürchtige Flüstern der Menge um ihn herum.

»Ihr Knechte und Fürstendiener, ihr Jünger der Pfaffen«, dachte er sich, »was seid ihr doch so schwach. Verjagt sie von ihren Thronen und stürzt ihre Kutschen in den Fluss!«

Wie er sich diese Gedanken so feierlich durch den Kopf gehen ließ, drängte es ihn, sie öffentlich auszusprechen, sie seinen Mitmenschen kundzutun, damit sie mündige Bürger würden und einen Ausgang aus ihrer Misere fänden. Aber die Lippen blieben ihm verschlossen, als er an den Vater dachte. Hier, in dieser Stadt, war eine solch revolutionäre Rede nicht möglich. Im Rathaus saß Bonifaz Kramer und wachte darüber, dass die Bauern und Bürger treue Diener des Kurfürsten seien. Was war das doch für eine Vergangenheit, in der man hier lebte!

»Wartet nur«, dachte er, »auch euch holt die Gegenwart ein. Die Zukunft ist im Kommen, die Vergangenheit im Schwinden. Bald werdet ihr aufstehen, bald werdet ihr auf diesem Platz eine Revolution veranstalten. Frankreich hat gezeigt, dass so etwas möglich ist. Auch bei uns wird es möglich sein - und zwar bald.«

So setzte Kilian unverrichteter Reden seinen Spaziergang fort und besuchte die Stätten seiner Kindheit und Jugend, als seien es Museumsstücke, mit denen er nicht mehr viel zu schaffen habe, als seien es Zeugnisse einer untergegangenen Kultur, die nur zur Freude der Zuschauer von allerhand Schauspielern bevölkert würden.

IV

KILIAN RICHTETE SICH BALD NACH SEINER RÜCKkehr einen stetigen Tagesablauf ein. Am Morgen wand er sich längere Zeit in seinen Decken und Laken. Gegen Mittag brach er auf, um das alltägliche Theater zu erkunden. An den dunklen Abenden streifte er ziellos durch die einsamen Gassen, als ob er etwas suche, was er hier vor Jahren verloren hatte. Dieses Leben war eintönig und schlug ihm aufs Gemüt. Bald wurden ihm die Beobachtungen langweilig. Seine Heimat war eben keine Großstadt wie Leipzig. Sie war ein Landstädtchen mit zu viel Stolz. Sie war eine Siedlung auf der geistigen Höhe eines Bauernkaffs. Trost fand er in der Hoffnung, dass es bald Frühling werden würde. Sehnsüchtig erwartete er ihn, der sich noch nicht einstellen wollte, erwartete das Grün der Wiesen und das Gelb der umliegenden Felder, ersehnte die Wärme der Sonne und das frische Blau des Himmels.

Er wandte sich an Bruder Jeremias, der die Apotheke des Vaters verwaltete. Bonifaz Kramer war eigentlich Apotheker und Eigentümer eines entsprechenden Geschäfts mit dem Namen »Cosmas und Damian«. Man hatte es vor vielen Jahren nicht gerne gesehen, wie sich der junge Medicus aus dem Rheinischen hier niedergelassen hatte, wie er die einzige Tochter des reichen Goldschmieds ehelichen konnte, gleich nach dessen Verscheiden die Werkstatt des Schwiegervaters schloss und die kurfürstlichen Beamten bestach, um sich kurz darauf den Äskulapstab an die Tür zu heften und eine Apotheke zu eröffnen. Damit trat er in Konkurrenz zum bald tausendjährigen Kloster und wurde von den Brüdern misstrauisch beäugt, die ihre Kräuter in einem kleinen und geheimnisvollen Gärtchen hinter undurchdringlichen Mauern heranzogen. Von ihnen hatte Bonifaz Kramer keine Hilfe zu erwarten.

So tat er es ihnen gleich und legte hinter seinem frisch geerbten Hause am Marktplatz ein nicht unbeträchtliches Feld voller Heilpflanzen an. Lauter kleine, nach Süden ausgerichtete Parzellchen bebaute er mit den verschiedensten Gewächsen. Er hatte sie unterteilt in ihre Zwecke. Hier wuchsen die Kräuter gegen Schlafstörungen, dort jene gegen Irritationen des Magens, hier blühte das Mittel gegen Hautkrankheiten, dort dasjenige gegen Herzbeschwerden oder Gliederschmerzen. Die Liste sowohl der Krankheiten als auch der Kräuter, die gegen sie gewachsen waren, schien unendlich. Bonifaz Kramer hatte alles feinsäuberlich auf einem Plan verzeichnet, der dem Wirrwarr des Gartens Ordnung und Nutzbarkeit verlieh. Er erntete, um das von der Erde Gespendete mit Fleiß und Wissen zu faden Pülverchen und bitteren Säften zu verarbeiten.

Das anfängliche Misstrauen, das man dem umtriebigen Neuen mit dem Dialekt des Rheinlandes entgegengebracht hatte, wich bald dem Interesse an seinen Erzeugnissen. Man war nicht mehr darauf angewiesen, beim Kloster um Milde zu bitten, sondern konnte bei Bonifaz Kramer alles auf schnellem und unkompliziertem Wege käuflich erwerben. Beeindruckt bewunderte man die Heilkunst des Mannes, der in seinen Mörsern die Rohstoffe zerstampfte, der Mixturen aus den verschiedensten Destillaten herstellte und dabei virtuos die genauen Rezepturen der Arzneien aus dem Kopfe hersagen konnte. Der Erfolg gab ihm recht. Er schien heilende und zugleich goldene Hände zu haben. Bald schwor man lästerlich auf seine Mittel.

Mit der Gesundheit der Bürger vermehrte er jenes Vermögen, das ihm durch taktisch glänzende Heirat zugefallen war. Dennoch verstand er es, bescheiden zu wirken – eine nutzbringende Fähigkeit in diesen Breiten.

Zu den Klosterbrüdern nahm er freundlich Kontakt auf und war stets auf Ausgleich bedacht. Man konnte voneinander lernen. Sie, deren jahrhundertealtes Monopol durch die Ansiedlung des rheinischen Geschäftsmannes und der Apotheke »Cosmas und Damian« betroffen war, sie, die allen Grund zur Vorsicht haben mussten, misstrauten ihm nicht mehr lange. In ähnlicher Virtuosität, wie er die Arzneien mischte und die Einwände des Klosters gegen ihn zum Schweigen gebracht hatte, verstand er es, zunächst die Kranken und dann auch die Gesunden für sich zu gewinnen, sodass es nur eine Frage der Zeit war, bis Bonifaz Kramer durch die Wahl der Zünfte auf den Schild gehoben wurde, um nach kurfürstlicher Sanktion das höchste städtische Amt zu bekleiden, das einem Ungeweihten überhaupt zufallen konnte: das des Schultheißen.

Die Apotheke war unterdessen zum unverzichtbaren Element des städtischen Lebens herangereift, sodass das Gewerbe für die Jahre der Amtsausübung nicht ruhen durfte. Das politische Geschick Bonifaz Kramers erwies sich in der Bestellung seines Stellvertreters. Bruder Jeremias, der junge Zögling des Klosterapothekers, bekam die Aufgabe übertragen. Der alte Abt war überglücklich. Zum einen konnte vom neuen Schultheißen Treue erwartet werden. Zum anderen erlangte das Kloster wieder das Heilmonopol.

Der Ehrwürdige Vater nickte gütig und hoffte insgeheim, dass es sich nicht allein um eine Zwischenlösung handeln möge, sondern Jeremias endgültig der Nachfolger des Apothekers werden würde. Er überlegte: Zwar hatte der Apotheker zwei Söhne. Von Kilian meinte man jedoch zu wissen, dass er dem Heilwesen durch sein Leipziger Studium der Rechte endgültig entrückt worden war und sich unterdessen revolutionäre Hirngespinste in seinem Kopf festgesetzt hatten. Von Bonifazens zweitem Sohn Florian erwartete der Abt kaum etwas. Es stand in den Sternen, ob der Knabe überhaupt imstande sein würde, den Weg der Lateinschule einzuschlagen, um es später dem Vater gleichzutun und sich auf der Universität der Medizin hinzugeben. Der alte Abt setzte also auf den jungen, begabten Jeremias und konnte in dieser Hoffnung alsbald verscheiden.

Der schwarz gewandete Benediktinermönch Jeremias mochte nur um weniges älter sein als Kilian. Es war bereits einige Jahre her, dass er seine Gelübde abgelegt und die Tonsur genommen hatte. Er wirkte zunächst auf der Krankenstation des Klosters, ehe ihn der alternde Apothekenpater zu sich holte und begann, ihn in der Heilkunst zu unterweisen. Jeremias zeigte Talent und Neigung. Bald wurde er aus der Ausbildung entlassen, während sich sein Förderer dem geistlichen Leben zuwandte, um den Rest seiner Tage ohne seiner Hände Arbeit verbringen zu können. Jetzt pflegte Jeremias Bonifazens Kräutergarten, er lernte, das Verzeichnis der Parzellchen zu lesen, erntete, zerstampfte im Mörser und richtete die faden Pülverchen und bitteren Säfte her.

Kilian machte sich bei »Cosmas und Damian« nützlich. Der Zwist, der Vater und Sohn beschäftigte, durfte nicht nach außen dringen. Beiden war daran gelegen, in der Zwischenzeit, bis Kilian sich für eine bestimmte Laufbahn entschied, Ruhe zu bewahren. Kilian war schon in der zweiten Woche nach seiner Heimkehr tunlichst bestrebt, den Eindruck eines Taugenichts zu vermeiden. Er erinnerte sich aus diesem Anlass der Kindheits- und Jugendtage, in denen er dem Vater in seinem Betrieb zur Hand gegangen war, und meldete sich bei Bruder Jeremias, der den Zögling der Familie

Kramer im Gedenken an den gütigen und auf Einfluss bedachten Abt nicht allzu gerne bei sich sah. Er ließ ihn nur kleinere Arbeiten verrichten, ließ ihn kehren und säubern, ließ ihn die Zutaten bereitlegen und abwiegen, obgleich Kilian im Heilgeschäft längst kein Grünschnabel mehr war.

Sobald er sich nämlich in Kindheitstagen des Lesens bemächtigt hatte, widmete er sich der Lektüre von lateinischen Folianten pharmazeutischen Charakters aus der väterlichen Bibliothek. Damit hatte es keinesfalls die Bewandtnis, dass er dieser Wissenschaft schon früh Zuneigung entgegenbrachte oder sich im Lateinischen, von dem er zu dieser Zeit keinen blassen Schimmer hatte, üben wollte. Es waren vielmehr die zahlreichen bunt verzierten Illustrationen dieser Bücher, von denen er sich magisch angezogen fühlte. Es waren Herbarien der unterschiedlichsten Gewächse, die über die Enden der Erde verstreut waren und bezüglich derer Kilian nicht die Hoffnung besaß, sie eines Tages selbst in Händen halten zu können. Das Interesse richtete sich mehr auf die bunten Bilder als solche. Er prüfte die detailreich kolorierten Zeichnungen und befand sie für gut, ja: für außergewöhnlich.

Der Vater interpretierte dieses ständige Blättern in den Folianten nicht richtig. Er witterte eine Neigung zur Apothekerkunst und übertrug dem baldigen Lateinschüler die Fertigung einfacher Erzeugnisse nach ebenso einfachen Rezepten, wenn auch unter aufmerksamer Aufsicht.

In diesen Jahren seines jungen Lebens wurde Kilian Zeuge eines Unfalls. Während er sich der Herstellung einer simplen Pille zur Schmerzlinderung widmete und hierzu eifrig an den Schubladen zog, um die Zutaten zu sammeln, hantierte der Vater mit kleinen Fläschchen, die er allezeit in verschlossenen und hochgelegenen Schränken aufbewahrte. Zahlreich standen sie bald vor ihm auf dem Tisch. Er sann über eine neue Mischung nach, vertiefte sich in seine vorläufig notierten Rezepturen und stieß beim Nachschlagen in einem seiner prächtigen Folianten gegen eine Phiole, die plötzlich auf der Anrichte zu kullern begann.

Mit beiden Händen griff er danach, als gelte es, das Leben zu retten, erreichte jedoch nichts, beschleunigte die Bewegung vielmehr, sodass das Glas hinunterfiel, auf dem steinernen Boden auftraf, in tausend Scherben zersplitterte und stinkende Dämpfe freisetzte. Der Vater bedeutete Kilian noch, sich zu entfernen. Der Junge befolgte diesen Befehl sogleich, während Bonifaz selbst den Schaden zu begrenzen suchte und sich nach den Scherben bückte. Die Folge war ein Röcheln und Husten, ein Keuchen und Rasseln, das der junge Kilian aus dem Nebenzimmer eine Weile belauschte, ehe es verstummte.

Aus Sorge um den Vater kam er zurück und fand Bonifaz bei nur halbem Bewusstsein auf dem Boden liegend. Er holte die Hilfe zweier starker Männer vom Marktplatz, die den beleibten Apotheker zwei Treppen hinauf in sein Bett schafften und in seidene Kissen legten, wo es unter der Aufsicht eines von der Mutter herbeigerufenen Paters noch Tage dauern sollte, bis er zu vollem Bewusstsein zurückfand. Als er wieder wach war, sprach er im Flüsterton von verbrannten Lungen, die seither äußerst empfindlich auf seine Gemütslage reagierten und ihren Dienst nur unregelmäßig versahen.

Bruder Jeremias hörte man bei der Apothekenarbeit kaum atmen. Sein Menschsein schien auf eine höhere, geistlichere Ebene übersetzt zu sein. Mit gerader Haltung stand er in schwarzer Kutte an den Arbeitstischen. Selbst beim Ziehen und Schließen der zahlreichen Schubladen war kaum ein Laut zu vernehmen. Bei den Anweisungen, die er Kilian erteilte, beschränkte er sich auf wenige Worte. Selten sprach er. Wenn er es aber tat, fielen Sätze, die in Kilians Kopf noch Stunden nachhallten.

Bruder Jeremias betete ständig, ohne seine Stimme dabei zu gebrauchen. Er formte mit den Lippen langsam die Worte der Litaneien. Kilian bewunderte diese Versunkenheit, die seinem eigenen Temperament so wenig gleichkam. Dennoch übertrug sich auf ihn während der gemeinsamen morgendlichen Arbeitsstunden ein Gutteil dieser Ruhe, die er sonst nicht kannte. Auch war es ihm von Zeit zu Zeit unheimlich, an der Seite eines Heiligen zu arbeiten, insbesondere wenn sich Jeremias beim Läuten der Klosterglocken auf den steinernen Boden niederkniete, das Brevier zückte und das Stundengebet flüsterte. Hier war er ganz entrückt, war nicht mehr Bruder Jeremias, sondern der Schatten eines Menschen, dem die Welt nur noch ein flüchtiges Flimmern war.

Des Nachmittags und Abends ging Jeremias in die Häuser der Siechen und brachte ihnen ihre Arznei. Kilian durfte ihn begleiten. An den Betten der nächtlich Sterbenden, seien es nun Bürgersleute, Bauern, Handwerker oder Viehhändler, kniete Jeremias, bis sie ihren Geist ausgehaucht hatten. Ihre Schmerzen linderte er durch seine Mittel und stummen Gebete. Er stellte ein elfenbeinernes Kreuz in das Blickfeld des Scheidenden und entzündete daneben zwei Kerzen. Die Sterbenden formten noch einmal still ihre Lippen, wie Bruder Jeremias es tat, ehe sie der Seligkeit entgegensahen, ihre Körper jede Spannung verloren und sich zu bloßen Hüllen wandelten. Kilian stand in diesen nächtlichen Räumen im Licht der Kerzen und beobachtete die Verwandlungen, was ihm jedoch nur selten gut bekam. Sein Gemüt wurde schwer. Seine Verdauung versagte.

Öfter machte er sich an den Abenden mit dem Volke gemein, streifte durch die Wirtshäuser der Stadt und saß mit jenen auf langen Bänken und an breiten Tischen, von denen er wusste, dass sie nicht seinesgleichen waren. Sie hatten unrasierte Gesichter und Schwielen an den Händen, waren ungebadet und sammelten den Dreck unter ihren Fingernägeln. Wenn es jedoch um das Stemmen der Krüge ging, waren sich Kilian und seine zeitweiligen Gefährten einig. Da sangen und scherzten sie, da stießen sie an und verfluchten den Tag mit seiner Arbeit auf dem Feld und in den Werkstätten. Sie lobten den Abend mit seiner Vergnügung und fühlten sich geehrt, dass Kilian in seinem bestickten, samtigen Rock unter ihnen weilte und tat, als müsse er auch auf das Feld ziehen oder in der Werkstatt den Hammer auf den Amboss schwingen.

Nur als er versuchte, auf den Bänken politische Reden zu schwingen, wie er sie von Leipzig her gewöhnt war, machten seine Gefährten lange Gesichter und verstanden seine Worte nicht, während der Wirt mit strengem Blick zur Ruhe gemahnte. In diesen Augenblicken wurde sich Kilian des Unterschieds zur Universitätsstadt mit ihrem freien Geist und ihren Freigeistern bewusst. In der Heimat war alles so eng wie die Gassen.

So musste es schon sehr viel Bier sein, bis er seine politischen Reden vergaß und sich dem Geschwätz über das Weibsvolk anschloss, das ihn nicht wirklich interessierte. Wenn ihm in den Wirtsstuben die Luft zum Atmen fehlte oder wenn er des gemeinen Volkes überdrüssig war, so ging er zu Maria, die des Tags den Bauern bei verschiedener Feldarbeit zur Hand ging und bei Dunkelheit in ihrer Kammer nahe der Stadtmauer ebenso verschiedenen Herrenbesuch empfing.

Wenn er aber nicht mit Jeremias die Sterbenden in den Tod begleitete, nicht in den Wirtshäusern der Stadt saß und auch nicht der vielfältigen Maria einen Besuch abstattete, rekelte er sich abends bequem auf der häuslichen Ofenbank und sah den Damen des Hauses bei ihren Beschäftigungen zu. Man stickte und strickte, man flickte und nähte. Man tat es nicht aus Notwendigkeit. Die Damen des Hauses widmeten sich diesen Arbeiten vielmehr zum Zeitvertreib und werkelten zumeist an Erzeugnissen, die kirchlicher Verwendung zugeführt werden sollten. Denn an geistlichem Schmuck und kunstvoll verzierten Kaseln und Alben war in einer Stadt voller Pfaffen und Altäre großer Bedarf.

Kilian betrachtete die matronenhafte Erscheinung seiner Schwester und die kleine, zierliche Gestalt seiner gealterten Mutter, von der er das rötlich-blonde, leicht lockige Haar und das energische Wesen geerbt hatte. Er blickte in dem Raum umher und kam sich vor wie in einem gemalten Idyll. Er selbst hockte betrachtend und ins Denken versunken auf der warmen Bank vor den Ofenkacheln, die blau und weiß strahlten, während im Schein der Kerzen die Schatten der Deckenbalken tanzten.

Bonifaz war nur selten zugegen. Es schien, als ernähre er sich zumeist vom Staub der Akten. Er traf sich zu politischen Beratungen, mittels derer die militärische Bedrohung, ihr etwaiger Erfolg und dessen Konsequenzen erhitzt erörtert wurden.

In der Wohnstube prangte auch ein Madonnenbild des Meisters Matthias, der ein Spross der Stadt gewesen war, der in den fernen Generalstaaten sein malerisches Glück gemacht und darüber seine Heimat nicht vergessen hatte. Er hatte Kaufleute an den Ort seiner Geburt geschickt, damit sie zu günstigen Preisen klein geratene Kopien großformatiger Ölbilder verkauften, die von seinen Werkstattgesellen hergestellt worden waren. Eines davon hatte die Familie des Goldschmieds erwerben können.

Dieses Geschäft war nun gut dreihundert Jahre her, der Meister Matthias schon lange tot. Jedes überkommene Bild galt seinem Besitzer bald als Heiligtum und der Meister Matthias als größter Sohn der Stadt, der ihren Ruhm in die Welt hinausgetragen hatte, auch wenn man sich dort nicht daran erinnern konnte, von wo er eigentlich ausgegangen war. Kilian betrachtete das alte Madonnenwerk, bewunderte sowohl das rote Ornat als auch den goldenen Reif am Arm der braun gelockten Jungfrau, kam aber nach der Untersuchung ihres wächsernen Gesichtes mit dem entrückten und unnahbaren Ausdruck zu dem Schluss, dass ihm die Maria, die in ihrer Kammer an der Stadtmauer verschiedenen Herrenbesuch empfing, immer noch besser gefalle.

Wenn sich die matronenhafte Schwester und die zierliche Mutter abends nicht der Handarbeit widmeten, so lasen sie in dicken Büchern schaurige Geschichten von Geistersehern und geheimnisvollen Vorkommnissen. Auch Kilian versuchte sich von Zeit zu Zeit in dieser Beschäftigung, kam allerdings nie weit. Lesen war seine Sache nicht, wenn auch nicht so, dass er damit Schwierigkeiten gehabt hätte. Anstatt zu lesen, lag ihm am Gespräch. Nur zeigten sich die beiden Damen nicht allzu gesprächig, zumal wenn er die Rede von den alten Zöpfen schwang.

Schon in Leipzig musste er sich dem Universitätsbibliothekar immer wieder neu ins Gedächtnis rufen, wenn er sich zum Besuch im Bücherarchiv durchgerungen hatte. Seine Besuche dort waren selten, was jedoch nicht dahin gehend missverstanden werden darf, dass er kein Interesse an der Staatswissenschaft gehabt hätte. Viel lieber als etwas zu lesen, ließ er es sich vorlesen, zumal wenn theoretisiert oder philosophiert wurde. Er hörte so von Thomasius und Wolff, von Montesquieu, Rousseau und Voltaire. Er sog alles auf wie ein Schwamm und verarbeitete es in seinem Herzen. Im Anschluss an die morgendlichen Vorlesungen verzog er sich sogleich ins Kaffeehaus, um dort die Rede zu üben, die in seiner Heimatstadt nicht auf fruchtbaren Boden fallen wollte. Die vielen Gleichgesinnten taten hier ihr Übriges. Sie förderten den Drang des Kommilitonen zum Politisieren und spendeten regelmäßig großzügig Beifall.

Seine Geige rührte Kilian nur noch selten an. Vor seinem Aufbruch zum Studium hatte er es auf ihr zu einer gewissen Meisterschaft gebracht, sodass man in der Stadt bald um die musikalische Begabung des Kramersohnes wusste. Nun lag sie ungestimmt in ihrem eingestaubten Kasten. Was hatte der Vater gesagt? Hatte er nicht gesagt, Kilian solle nicht wie ein Taugenichts über die Berge ziehen? Vorerst hielt sich der Sohn daran.

Eines Tages aber wagte er es, nahm den Kasten vom Schrank, öffnete ihn, nahm das Instrument vorsichtig in seine Hände, zog die Saiten fest und stimmte es. Wie er übte, seine Finger zu setzen und den Bogen zu führen, kam die Musik wieder. Sie formte sich unter seinen Händen aufs Neue. Dem edlen italienischen Instrument entstieg ein schöner Klang. Die Töne durchströmten das alte Apothekerhaus und setzten einen Zauber frei, der in Kilian verschüttete Erinnerungen hervorrief.

Als er sich die verstaubten Noten einer alten Partita vornahm, kam ihm in den Sinn, was, oder besser: wen er bislang zu besuchen unterlassen hatte. So packte er die Geige sogleich wieder in den Kasten, nahm ihn unter den Arm, stürmte die Treppen hinunter und hinaus ins Freie. Durch die bevölkerte Stadt bahnte er sich seinen Weg, vorbei am Klosterhof, in dem er die schwarz lackierte Kutsche mit dem kurfürstlichen Wappen am Schlag stehen sah, vorbei an den vielen Kirchtürmen und ihrem Geläut, hinaus zum Obertor. Er würde ihn wiederfinden, er würde mit ihm musizieren, mit ihm, den er über das revolutionäre Geschwätz beinahe vergessen hatte. Es trieb Kilian Kramer hin zum Feld, hin zum Bach, hin zur Mühle und hin zu Hyazinth.

V

SIE SASSEN AN DEN ENDEN EINER LANGEN TAFEL, aßen von silbernen Tellern und tranken aus geschliffenen Gläsern. Der eine trug sein geistliches Gewand, der andere Kniebundhose und Weste, den Kragen lässig geöffnet. Die Perücke hatte er etwas abseits auf dem Tisch abgelegt. Seine Haare standen in alle Richtungen ab.

Beide waren nach der Jagd in die Prälatur zurückgekehrt, hatten sich von den Küchenbrüdern die Erträge ihrer Unternehmung zubereiten lassen und verspeisten das üppige Mahl genüsslich und schweigend. Die Lautlosigkeit der abendlichen Geselligkeit war die Folge von Müdigkeit und Hunger. Der in Weiß und Gold gehaltene Raum war vom Licht des gewaltigen Kronleuchters durchflutet. An den Wänden prangten großformatige Ölbilder. Die Öfen setzten stoßweise immer wärmere Luft frei, sodass ein Fenster geöffnet bleiben musste, um die Temperatur erträglich zu halten.

Mitten in diese feierliche Abendstimmung hinein wurde dem Jüngeren flüsternd Besuch gemeldet. Nur mit Widerwillen bedeutete er mittels einer unscheinbaren Handbewegung, man solle einlassen. Wenige Augenblicke später stand ein kleiner Mann in der Tür, der vorsichtig zwischen ihren beiden Flügeln haltmachte, um zuerst dem Zivilen, dann dem geistlich Gewandeten einen respektvollen Blick zu entbieten. Schließlich wagte er sich in die Mitte des Raumes und blieb an der Tafel in Höhe eines Porzellanaufsatzes stehen, auf dem in einem Idyll Hirten und Frauen tanzten, während andere Figürchen zwischen filigranen Blumen auf der Flöte bliesen. Einen unendlichen Moment rührte sich der Besucher im Bann der Schäferszene kaum, verneigte dann aber sein Haupt mehrfach tief, wandte sich abwechselnd nach links und nach rechts.

Der Zivile schob seinen silbernen Teller beiseite und sah den Ankömmling fragend an, der sein Gesicht nun zum Boden kehrte. Er wurde ungeduldig und hieb mit der Faust auf die Tafel, dass die geschliffenen Gläser hüpften.

»Nun, hätte Er die Güte, sich vorzustellen?! Oder will Er uns für den Rest des Abends demonstrieren, wie gut Er mit dem Kopf zu nicken imstande ist?«

»Beruhigt Euch, Dalberg!«, warf hier sein Gegenüber ein, »erkennt Ihr denn einen Eurer eigenen Beamten nicht wieder? Das ist Hardy, er ist ein Neuling hier.«

Der Genannte begann seine Zunge zu bewegen, innerlich die Worte zu sortieren und zu stammeln: »Ganz recht …, ganz recht …, neu in der Stadt. Wenn ich mich untertänigst vorstellen darf: Hardy mein Name, Edmund Hardy. Meines Zeichens hiesiger kurfürstlicher Vogt. Es ist mir eine Ehre durchlauchtigster, hochfürstlichster Koadjutor, auf Eurem Territorium …«

»Ich bin nicht ›Durchlaucht‹«, unterbrach Dalberg den kleinen Mann mit dem kahlen Kopf, »und ebenso wenig ›hochfürstlich‹. Es handelt sich auch nicht um ›mein Territorium‹, sondern um das des Kurfürsten. Allenfalls mit der Bezeichnung Koadjutor liegt Er richtig.«

Hardy begann erneut, mit dem Kopf zu nicken, verneigte sich mehrmals und schlug dabei die Augen nieder. Wieder blieb er eine Weile stumm. Wieder hieb Dalberg mit der Faust auf den Tisch und wandte sich ungeduldig an sein Gegenüber.

»Abt Marcellus, was will dieser Mensch hier, der mir den Buckel macht?«

»Hardy«, sagte der junge Abt gütig, »setzt Euch zu uns und teilt uns mit, was Euch zu uns führt!«

Der Vogt fuhr erschrocken herum und blickte den Abt an. Zugleich wurde ihm vom livrierten Bedienten ein Stuhl herangeschoben, ein Gedeck an der Tafel in Höhe des Schäferspiels aus Porzellan zurechtgelegt und von den üppig gefüllten Platten serviert. Der Vogt ließ sich nieder, saß nun aufrecht auf einem gut gepolsterten Stuhl, wandte sich zu Dalberg und stotterte aufs Neue.

»Gestatten, Euer Eminenz …?« Hier setzte er aus, als ob seine Lippen versagten.

Dalberg sagte laut: »Herrgott! Ich bin auch nicht ›Eminenz‹. Ich gedachte, mein Diner nach einem langen Tag in Ruhe einnehmen zu können, Er aber scheint mir, ein Tagdieb oder Taugenichts zu sein.«

»Nicht doch, Euer Gnaden … Ein Tagdieb? Ich? Es ist nur, ich habe …, ich habe einen Grund für mein Erscheinen.«

»Und der wäre?«

»Ich habe Euer hochfürstlichen …«, hier räusperte sich Hardy vernehmlich, »dem hochwürdigsten Herrn Koadjutor aus der kurfürstlichen Hauptstadt ein Schreiben zu überbringen, das vor etwa einer halben Stunde an die Vogtei per reitendem Boten übermittelt wurde. Es ist seit Tagen bekannt, dass Ihr in der Stadt weilt. Ich dachte, es wäre gut, es an Euch unverzüglich weiterzuleiten.«

Dalberg hatte sehr wohl registriert, dass Hardy schon mit einem Schriftstück in der Hand in den festlichen Saal eingetreten war, dass er es aber vor Aufregung ausdauernd in den Händen geknetet hatte. Der Vogt überreichte das Papier dem Bedienten, der es an den Koadjutor weiterleitete. Dieser fasste es nur mit spitzen Fingern an und betrachtete das Siegel der kurfürstlichen Kanzlei. Der Abt blickte hinüber und sorgte sich ob des Inhalts. Seit Tagen erwartete man Nachricht aus der Hauptstadt. Hier war sie endlich. Plötzlich pochte das Herz laut in seiner Brust.

Dalberg aber sagte in größter Ruhe: »Er ist von unvergleichlichem Scharfsinn, der Herr Vogt. Es ist tatsächlich seine Pflicht, mir dies hier zu bringen. Er ist brav ..., brav und tüchtig. Ein guter Bote. Er gefällt mir sehr.«

»Immer zu Diensten«, stammelte der so gelobte Gast an der vornehmen Tafel, »... immer zu Diensten, hochfürstliche ..., durchlauchtigste ...«

Dalberg blitzte den kahlen Vogt mit scharfen Augen an, der daraufhin wieder verstummte und den Blick erneut gen Boden neigte.

»Esse Er etwas und sei Er ruhig! Er täte gut daran. Ich bitte Ihn inständig: Esse Er etwas!«

»Aber Euer Gnaden ... es ist Passionswoche. Erlaubt die untertänigste Frage: Sollte man nicht fasten?«

»Er ist mir der Rechte, mich etwas zu fragen. Essen soll Er, der Herr Vogt, essen und schweigen.«

Hardy, der sich fromm an die Fastengebote hielt und eine ungelüftete Zimmerblässe davongetragen hatte, nahm gehorsam das Besteck in die Hand, machte sich am Braten zu schaffen, öffnete den Mund, wobei hinter seinen wulstigen Lippen kleine, spitze Zähne zum Vorschein kamen, und steckte den ersten Bissen widerwillig hinein. Als er endlich zum Schweigen gebracht war, wirkten Abt Marcellus und Koadjutor Dalberg zufrieden.

Das Schriftstück wurde entfaltet und gelesen. Dalberg hob alsbald die Augen auf und starrte einen Augenblick ins Leere. Dann schmiss er das Papier in den Teller, sodass es in der Bratensoße landete. Er sprach langsam und vernehmlich: »Die Hauptstadt ist genommen.«

Er stand derart schnell vom Tisch auf, dass sein Stuhl umfiel. Die Lehne schepperte laut auf dem Parkettboden. Dem Vogt blieb in diesem Moment der Bissen im Halse stecken. Er würgte, ehe er sich mit einem Glas Wein Abhilfe schaffte.

Abt Marcellus hingegen sah auf der festlichen Tafel herum und sprach: »Was wird nun aus uns?«

Dalberg begann, im festlichen Zimmer auf und ab zu schreiten: »Das Jagdvergnügen werden wir wohl abstellen müssen.«

»Auch in dieser Situation seid Ihr um keinen Scherz verlegen, Dalberg.«

»In der Tat«, Dalberg umkreiste mit auf dem Rücken verschränkten Armen die Tafel, »meinen Humor gedenke ich, nicht zu verlieren. Manchmal ist alles zum Lachen. Aber eines sage ich Euch, Abt Marcellus, es kommen große Veränderungen auf uns zu, auf Euch und mich und auch auf das kleine Vögtlein hier. Jetzt ist es soweit. Die Hauptstadt war die letzte Festung. Die Truppen der Revolution werden am Rhein nicht stehen bleiben. Sie werden nach Osten vordringen und bald auch vor den Toren dieser kleinen Stadt stehen. Wenn Ihr ihnen dann keinen Einlass gewähren wollt, so werden sie die Mauern beschießen und in kürzester Zeit der alten Herrlichkeit ein Ende bereiten. Glaubt mir, Ihr tätet besser daran, Euch ihnen in die Arme zu werfen, als ihnen in den Arm zu fallen. Denn von dieser Armee geht das Neue aus, und das Alte wird nicht mehr sein.«

Jetzt richtete der Abt seinen Blick auf den im Raum umherkreisenden Dalberg: »Meint Ihr das wirklich? Wie könnt Ihr nur so wenig zuversichtlich sein? Die Franzosen kommen, ja - aber sie werden auch wieder gehen.«

»Das mag sein. Aber sie werden etwas hinterlassen, sie werden in den Köpfen etwas freisetzen, von dem die Menschen bisher nicht zu träumen gewagt haben. Sie werden den Gedanken der Freiheit zurücklassen.«

Abt Marcellus erwiderte: »Wie könnt Ihr so reden? Ihr als Geistlicher, Ihr seid doch selbst betroffen. Ihr wollt einmal Kurfürst und Kanzler des Reiches werden. Dennoch gebt Ihr Euch mit dem revolutionären Pack ab, das marodierend durch unser Land zieht.«

»Ihr solltet Euch gut überlegen, was Ihr sagt. In zweifacher Hinsicht. Zügelt Eure Zunge und denkt nach, bevor Ihr sprecht! Kurfürsten und Kanzler, Kaiser und Könige? Ich weiß nicht, ob es das noch geben wird. Sie haben aber eine Chance. Nur die Äbte und Bischöfe, die werden es schwer haben. Eure Zukunft, lieber Marcellus, ist ungewiss, meine nicht.«

»Die Franzosen waren vor mehr als dreißig Jahren das letzte Mal hier. Sie sind gekommen und wieder gegangen. Alles blieb so, wie es war. Die alte Ordnung wurde erhalten. Wer hat nicht schon versucht, das Neue zu schaffen und das Alte zu beseitigen? Erst waren es die Bauern mit ihren Mistgabeln und dann die Schweden mit ihrer Häresie. Wir aber haben sie besiegt, im Kampfe und im Geiste. Seit bald tausend Jahren sind wir hier. Wir werden hier auch bleiben.«

Hardy verfolgte den Disput mit Unbehagen, aß aber weiter, weil es der Koadjutor so befohlen hatte. Je hitziger die Worte gewechselt wurden, desto mehr Wein trank er, sodass sich seine ungelüftete Zimmerblässe ins Rötliche wandelte.

Dalberg hingegen machte eine bedeutungsvolle Pause, trat dicht an den sitzenden Marcellus heran und hauchte: »Tausend Jahre sind genug!«

Danach ging er an den Sekretär, der in einem Winkel des Saales aufgestellt war, setzte sich und fuchtelte an den Federn herum: »Ich muss sofort an den Kurfürsten schreiben, um das Weitere abzustimmen, außerdem an den Kaiser in Wien. Wir wollen sehen, was aus der Sache wird. Es stehen große Veränderungen bevor … große Veränderungen …«

In all seinem Tatendrang stieß er beim Hantieren ein Tintenfass um. Die Flüssigkeit verteilte sich auf der Schreibplatte und lief ihm über die Kniebundhose. Er sprang auf, betrachtete das Missgeschick und erzürnte sich. Er hob ein weiteres Tintenfass vom Sekretär auf, blickte auf Hardy, der allmählich Gefallen am Braten zu finden schien, stellte sich neben ihn und schleuderte das Objekt mit aller Wucht zu Boden. Hardy erschrak und musste wieder würgen. Auf den Dielen breiteten sich Scherben und ein großer schwarzer Fleck aus.

Dalberg zeigte auf die Tür und polterte: »Er sollte jetzt besser gehen und zu Hause weiterfasten.«

Der Vogt beendete einen Hustenanfall mit zwei Schlucken Wein, stand auf und begann wieder mit seinem ehrfürchtigen Nicken, allerdings mit der Abänderung, dass er sich dabei mit der Serviette die Mundwinkel säuberte und weinselig wankte.

Er ging rückwärts zur Tür und stotterte: »Hochfürstliche Eminenz, ich …«

Dalberg schrie: »Hinaus!« und Edmund Hardy verschwand durch die Flügeltür, stolperte die Treppen hinab, durchquerte das Vestibül und fühlte sich befreit, als er die klare Luft des Winters atmete. Noch einmal sah er hinauf zu den erleuchteten Fenstern der Prälatur. Plötzlich fror ihn sehr und er rannte davon.

Drinnen richtete der Bediente am Sekretär sofort neues Papier und neue Tinte her. Dalberg setzte sich und schrieb. Nachdem er fertig war und das Siegelwachs auf das Papier träufelte, sagte er zum Abt, der immer noch am Ende der Tafel saß, dessen Blick aber wieder leer war: »Goethe hatte recht.«

Der Abt stutzte: »Womit?«

Dalberg presste seinen Siegelring in das heiße Wachs: »Er hat mir vor nicht allzu langer Zeit geschrieben. Er hat mit seinem Weimarer Fürsten der Schlacht von Valmy beigewohnt und die Revolutionstruppen gegen die Preußen siegen sehen. Er schrieb mir, es beginne nun eine neue Epoche in der Weltgeschichte. Aufseiten der Franzosen stehe die historische Notwendigkeit.«

Marcellus erwiderte trotzig: »Ihr und Euer Goethe – dieser elende, nichtsnutzige Träumer, der ganz Deutschland mit seinem Schreiberdunst vernebelt. Eure Zeit in Erfurt hat Euch den Kopf ganz verwirrt. Seid redlich, Dalberg, und lasst die Träumer aus dem Spiel!«

Dalberg überreichte die versiegelten Briefe dem Bedienten, schritt ruhig auf den Abt zu, nahm sich den gepolsterten Stuhl, auf dem der Vogt gerade noch gesessen hatte, und rückte dicht an Marcellus heran.

»Träumer nennt Ihr sie, und Träumer sind sie. Aber das Träumen hat eine Revolution ins Rollen gebracht. Der erste König musste sein Haupt schon unter die scharfe Schneide der Guillotine legen. Wer weiß, wie viele noch folgen werden? Glaubt mir, Abt Marcellus, mit der Klosterherrlichkeit ist es bald vorbei! Die Träumer gewinnen die Oberhand, ihnen gehört die Zukunft. Die Idee wird mehr zählen als das alte Recht. Die Idee wird ihr eigenes, ganz neues Recht schaffen. Wer sich gegen das Neue wehrt, der wird darüber den Kopf verlieren.«

Marcellus schwieg eine Weile betreten. »Ihr seid ein unverbesserlicher Illuminat, Dalberg. Wenn ich nicht wüsste, dass Ihr Priester, Domherr und Bischof wärt, ich könnte es nicht glauben. Zählt nicht der Glaube mehr als das Wissen, zählt es nicht mehr, wenn wir Gott vertrauen?«

»Schweigt doch, Marcellus! Ich bitte Euch: Schweigt und redet nicht von Dingen, die Euer kleines Herz nicht fassen kann! Ihr haltet mir meinen Goethe vor. Dann halte ich Euch Euren Gott vor.«

Dalberg nahm die Gabel des Abtes vom Teller, spießte ein Stück Braten auf und hielt es vor die Augen seines Gegenübers: »Euer Städtchen ist so beschränkt. Ihr seid alle nur die Sklaven Eurer Mauern. Denkt doch daran, dass es dahinter noch Tausende von Meilen weitergeht, dass die Sterne nur auf ihre Entdeckung warten.« Dabei kreiste er mit der Gabel in der Luft.

»Es mag sein«, sagte der Abt verbittert, »dass die Sterne nur auf uns warten, dass es Millionen von Meilen in den Weltraum hinausgeht. Aber genauso weit geht es auch in uns Menschen hinein. Merkt Euch das, Dalberg, merkt Euch, wie groß der Kosmos ist, der ohne Sterne und Sonnen auskommt!«

Die Stimme der Abtes war gegen Ende seiner Worte feindselig geworden. Der Koadjutor lehnte sich zurück, steckte die Daumen in die Westentaschen, schmunzelte und begann, laut zu lachen. Er lachte, dass es im festlichen Raume nur so schallte.

Nachdem Dalberg sich wieder beruhigt hatte, wurden die Anweisungen gegeben. Sofort möge man Schultheiß Bonifaz Kramer vom zu erwartenden Herannahen der Revolution verständigen. Der Nachtwächter solle die Nachricht bei nächster Gelegenheit in der Stadt verbreiten. Es sei Ruhe zu bewahren. Dalberg gab Order, seine vierspännige Kutsche vorzubereiten, zog sich in das kaiserliche Kabinett zurück, in dem er die vergangenen Tage und Wochen genächtigt hatte, ließ sein Gepäck zusammenraffen und kleidete sich in edle Gewänder, die seines Ranges würdig waren, obgleich er lieber den Jagdanzug trug. Doch dort, wo er nun hinfuhr, musste er amtlich als Koadjutor erscheinen und seine Bedeutung durch das Ornat unterstreichen. Er wollte noch in dieser Nacht in die Zweitresidenz gelangen, wo er den Kurfürsten vermutete, danach sollte es nach Prag weitergehen.

Der Diener erschien und meldete Reisefertigkeit. Unten im Hof bestieg Dalberg das schwarz lackierte Gefährt mit dem kurfürstlichen Wappen am Schlag. Auf dem Kopf trug er die frisch gepuderte Perücke.

Zum Abt, der ihn verabschiedete, sprach er noch: »Ich wünsche Euch Glück, lieber Marcellus. Begeht würdige Ostertage! Und denkt an meine Worte: Den Träumern gehört die Zukunft!«

Dann gab er das Zeichen zum Aufbruch. Das Gefährt setzte sich in Bewegung und verschwand durch das schmiedeeiserne Tor in die schwarze Nacht.

VI

BONIFAZ SAH ES NICHT GERN, WENN KILIAN AN DEN Nachmittagen mit dem Geigenkasten unter dem Arm das Haus verließ, um damit durch Feld und Wald zu streifen. Er hatte sich seinen Sohn noch einmal zur Brust genommen, hatte ihn an die Übereinkunft erinnert, hatte ihn ermahnt, sich nützlich zu machen, sei es in der Apotheke bei Bruder Jeremias oder wo auch immer, gerade jetzt könne man keine Träumereien gebrauchen, es gelte, sich auf den Krieg vorzubereiten. Das sei eine harte Sache und habe nichts mit nutzlosem Zeitvertreib zu tun.

Als Taugenichts wollte sich Kilian nicht bezeichnen lassen. Er verwies auf seine morgendliche Tätigkeit in der Apotheke und beklagte sich zugleich über den Apothekenbruder, der es nicht duldete, wenn sich sein Gehilfe aufwändigen Prozeduren zuwandte und hierzu in den dicken Folianten mit ihren farbigen Darstellungen schmökerte. Bruder Jeremias schlage ihm das Buch regelmäßig unter der Nase zu. Bonifaz wollte davon nichts hören. Kilian dachte, der Grund für seine Abneigung gegen diese Berichte sei die Vermutung, der Sohn entziehe sich bequem dem Unbequemen.

Bonifaz Kramer konnte es hingegen nicht ertragen, wie sein Sohn zum Diener pfäffischen Gehabes wurde. So ermahnte er ihn zwar in aller Deutlichkeit zum Schaffen, wusste sich aber hilflos und akzeptierte in aller Heimlichkeit den Drang Kilians, mit dem Geigenkasten unter dem Arm ins Freie zu kommen, um die engen Mauern der Stadt an den Nachmittagen hinter sich zu lassen und für einige Stunden das Weite zu suchen.

Erst aus der Ferne vermochte es Kilian, versöhnlich auf die Stadt zu blicken. Die Mauern, die bunten Balken, die vier Tortürme und die eng gedrängten Dächer schauten weit über alle Land. Am prächtigsten nahm sich das Ensemble der leicht erhöht liegenden drei Kirchen mit ihren fünf Türmen aus. Sie reckten ihren roten Sandstein in den Himmel, während es schien, als wollten ihre Schieferdächer das Grau des Spätwinters spiegeln. Die Klosterbasilika selbst war mit einem goldenen Verkündungsengel bekrönt, der in seinem Glanz alles Übrige festlich überragen und beherrschen mochte, obgleich er sein Fähnchen doch nur nach dem Wind richtete.

Dass sich die Sonne schon seit Wochen nicht mehr gezeigt hatte, bedrückte Kilian auf weiter Flur weniger als in der engen Stadt. Hier draußen wirkte das Leben leichter und heiterer. Sein Blick glitt über das flache Land. In der Ferne grüßten die bewaldeten Hügel. Verstreut fanden sich die kleinen Weiler der Bauern. Er pfiff sein Liedchen weg und konnte das Ausschlagen der Bäume kaum erwarten.

Kilian liebte den rauschenden Bach, der seinen Weg geleitete, liebte das in steter Bewegung befangene Mühlrad und liebte den grünen Wiesenhang, auf dem das Müllerhaus wie eine Kapelle thronte. Hier traf er seinen Freund Hyazinth, den jungen Müller, der die Maschinen klappern ließ und dessen Gesicht stets weiße Staubspuren zeigte.

Hyazinth war ein kleines Männlein, kräftig von Statur und ohne jeden äußeren Reiz. Sein Kinn wurde von einer tiefen Grube in zwei Hälften geteilt. Seine Augen waren von grauen Kreisen umrandet, seine Arme schwer und muskulös. Des Morgens lieferten die Bauern ihre Säcke auf Karren und Wagen an, um sie noch am selben Tage abzuholen. Hyazinth schleppte sie hinein zu den großen Trichtern, wo er ihren Inhalt dem ratternden Mahlwerk anvertraute, um schließlich das Mehl in den gleichen Säcken wieder hinauszubefördern. Trotz aller Reizlosigkeit des Äußeren schritt er bei diesem anstrengenden Schleppen stolz daher, schaute würdig drein, feierte auf diese Weise seine wichtige Aufgabe und war ein wenig stolz, dass die Mühle des Klosters seiner großen, vom Vernunftzeitalter durchdrungenen Maschine unterlegen war.

Kilian war von der Technik der gewaltigen Mahlmaschine fasziniert. Er konnte kaum glauben, welche Kräfte das Wasser des unscheinbaren Baches aufbrachte, um das Mühlenrad anzutreiben und eine Unzahl von Stangen und Steinen in Bewegung zu setzen. Er bewunderte die Ingenieurskunst, die dieses Maschinenwerk hervorgebracht hatte. Oft saß er im Mühlenraum auf einem Schemel, legte sein Kinn in die Hände und betrachtete, wie der starke, kleine, edle und würdige Hyazinth einen Sack nach dem anderen in die Trichter wuchtete. Wenn Kilian in diesem Raum eine Weile ausharrte, so trug auch er Spuren davon, wurde vom weißen Nebel eingehüllt und konnte alsbald seinen Namen mit großen geschwungenen Buchstaben in den Staub des Geigenkastens schreiben, den er auf den Schoß gelegt hatte.

Wenn aber das Mühlenrad nicht lief, wenn es einmal nichts zu mahlen gab, dann vertrieben sich Kilian und Hyazinth ihre Zeit beim Musizieren. Hier lagen Sinn und Zweck der Freundschaft. Kilian stimmte die Geige, während sich der junge Müller an sein Hammerklavier setzte und einspielte. Ihrer beider Virtuosität ergänzte sich. Man spielte Sonaten in galantem Stil. Rauf und runter bewegten sich die Finger auf Geigenhals und Tasten, mal schmetternd, mal lyrisch, mal fröhlich, mal bedrückend. Kilian ließ die Geige singen, während Hyazinth dem Klavier ungeahnten Ausdruck entlockte. Das Musizieren war ihnen ein Spiel, bei dem sie ihre Gemüter austobten, die durch Bildung und Arbeit kanalisiert und verfremdet waren. Sie fühlten sich ungebunden und entkamen für Augenblicke der Welt mit ihren Mühlenrädern, Apotheken und Kanzleien.

Kilian lag weniger an Hyazinth als am Musizieren. Die Klänge der Gemeinsamkeit sah man nicht, sie waren flüchtig. Sie kannten keine Mauern und ließen sich nicht einsperren. Die Töne verteilten sich im Raum und suchten das Weite. Hier waren keine engen Gassen, keine Mauern, keine Türme, keine Pfaffen. Die Musik kannte keine Schranken. Kilian fühlte sich in eine bessere Welt entrückt.

Bei Hyazinth war ihm so wohl zumute, wie zuletzt auf einer Wirtshausbank in Leipzig.

Der Freund führte ein abgeschiedenes Leben, versenkte sich ins Musikalische, arbeitete stetig an seinem Instrument und las an langen Abenden im Schein der Kerzen Partituren und unendliche Romane. Schon sein Vater, der alte Müller, war von besonderem Schlag gewesen. Er hatte Hyazinth auf die Lateinschule geschickt. Dort war der Sohn eines Handwerkers allezeit unangefochten Primus gewesen, während sich die Kinder der Stadtpatrizier mit lateinischer Grammatik und Algebra sehr schwertaten. Das Klavier hatte der alte Müller sich und seiner Familie vom Munde abgespart, hatte es aus der kaiserlichen Hauptstadt Wien bezogen, nachdem des Sohnes Talent beim Unterricht auf dem Klostercembalo offenbar geworden war. Das Hammerklavier des Müllers, auf dem sich Hyazinth so vortrefflich begabt zeigte, war das beste, modernste und schönste Instrument im gesamten pfäffischen Kurfürstentum. Es war das einzige Möbelstück, bei dem sich Hyazinth die Mühe machte, den weißen Staub zu entfernen, der sich tagtäglich über allen Böden und in allen Ritzen ausbreitete.

Bald nach Erwerb des Hammerklaviers war der alte Müllermeister verstorben. Der weiße Staub war Tag für Tag in die Ritzen seiner Lunge eingedrungen und hatte ihm schließlich das Atmen unmöglich gemacht. Hyazinth hatte keine andere Wahl gehabt, als ihm im Müllersamt nachzufolgen. Die eigene wirtschaftliche Not, die Unverzichtbarkeit der Mühle für das tägliche Brot hatten ihn dazu getrieben, obgleich der alte Müller es lieber gesehen hätte, wenn sich Hyazinth gemeinsam mit Kilian zum Studium nach Leipzig begeben hätte. Dazu war es nicht gekommen, nicht zuletzt galt es, die Mutter zu versorgen, die dem Vater im Lungenleiden nachgefolgt und schon seit geraumer Zeit das Bett zu hüten gezwungen war. Hyazinth aber liebte sein einsames Leben und die Musik. Er träumte nachts wie tags davon, selbst einmal zu komponieren.

Doch so musikalisch sprudelnd sich Hyazinth auch zeigte, im Gespräch war er verstockt und einsilbig. Seine Interessen konzentrierten sich allein auf die Musik und nicht auf die Politik. Kilian brachte ihm eines Tages die Nachricht vom Anrücken der Revolution, schrie sie sogleich heraus, als er noch atemlos im Türrahmen stand und Hyazinth beim Stemmen der Säcke antraf. Der junge Müller quittierte die Neuigkeit nur mit einem Kopfnicken. Was war schon eine Revolution gegen die harmonische Kühnheit eines Bach? Was konnten Tausende von Soldaten noch Schreckliches anrichten, wenn doch Mozart schon lange nicht mehr unter den Lebenden weilte? Die Aufregung Kilians war ihm fremd.

Letzterer ärgerte sich über diese stumpfe Teilnahmslosigkeit an der Weltveränderung, redete auf Hyazinth ein, vermochte es jedoch nicht, ihm auch nur einen Satz hierüber zu entlocken. Anstatt sich mit der Wirklichkeit zu beschäftigen, versank Hyazinth tief in Romanwelten. Anstatt sich gegen den Lauf der Dinge zu stemmen, widmete er sich dem spanischen Ritter von der traurigen Gestalt, seinem treuen Gefährten, der schönen Geliebten und den unbezwingbaren Mühlen, die so ganz anders als die Seine funktionierten. Kilian blieb nur so lange in Rage, wie sie nicht Musik miteinander machten. Die Wichtigkeit der weltlichen Dinge ging bei diesen Gottesdiensten an der Kunst verloren.

Was bedeutete es schon, dass sich unter der städtischen Bürgerschaft Angst breit machte, dass die Menschen in großer Hast ihr Leben ordneten, von dem sie nicht wussten, ob sie es noch lange behalten würden? An allen Altären der Stadt, ob in den Kirchen oder im Freien, wurde ohne Unterlass gebetet. Die Klosterbrüder spürten, dass sie zur Seelsorge gebraucht würden, und sei es auch das letzte Mal. Die Handwerker inspizierten eifrig die mürbe Stadtmauer, besserten sie stellenweise aus und dachten, mit Mörtel und rotem Sandstein den Kanonen der Franzosen wehren zu können. Im Grunde aber bestand Gewissheit über die Aussichtslosigkeit einer Abwehr.

Kilian wurde das Atmen immer schwerer. Er wollte kaum mehr zurück in das Pfaffennest. Ihn kostete es Überwindung, durch die Tore zu schreiten und die Weite des Feldes gegen die Enge der Stadt einzutauschen.

Eines frühen Abends, nachdem er sich von Hyazinth verabschiedet hatte, war ihm der Gedanke an das enge Fachwerkhaus am Marktplatz derart zuwider, dass er, anstatt auf die Stadt zuzugehen, eine andere Richtung einschlug und weiter den leichten Hang hinaufwanderte. Nachdem er einige Minuten gegangen war, kam er auf eine weite Wiese. Sonnenlicht breitete sich aus. Es duftete herrlich. Er schritt über das Grün und kam an einen Quell, der sanft sprudelte und sich aus seiner rötlich-sandsteinernen Einfassung in ein kleines Bächlein ergoss. Rundherum standen Blumen, die ihre Blütenkelche verschämt zur Erde hängen ließen.

Dennoch konnten nur sie es sein, die derart dufteten. Kilian war plötzlich, als werde er von seinen Sinneseindrücken übermannt und betäubt. Seine Beine zitterten. Sein Herz schlug schneller. Er ließ den Geigenkasten auf die Erde sinken, zog seinen bestickten Rock aus und legte sich der Länge nach hin. Der Himmel riss auf. Da öffneten sich die Blumen - es waren schneeweiße Osterglocken - und reckten sich zur Sonne hin. An den Stängeln prangten die jungfräulichen Blüten im Schein des Abendlichts. Sie verströmten ihren betörenden Duft.

Da schien es Kilian in seinem betäubten Dämmerschlaf, als wirbelten die Blumen rund um ihn her. Er spürte auch die wärmenden Strahlen auf seinem Gesicht. Er war von Glück erfüllt. Die Aue war schön wie kaum jemals zuvor. Innerhalb weniger Augenblicke war es Frühling geworden. Alles schien ihm wie ein Zauber. Er wusste kaum, wie ihm geschah.

Seit Monaten hatte sich die Sonne nicht mehr gezeigt. Nun leuchtete sie rötlich und warm am Abendhimmel. Er fühlte sich, als würden ihn die Blumen ein Stück weit dem Himmel entgegenheben. Der Quell sprudelte. Die Sonne leuchtete. Die Osterglocken wirbelten. Es war ihm wie Erlösung. Es war Karfreitag.

VII

BONIFAZ KRAMER UND SEIN SEKRETARIUS EILTEN durch die Nacht. Sie liefen durch die Gassen und über die Plätze, während es vom Himmel in Strömen goss. Ihnen voran ging ein Klosterbruder samt Laterne, der beide aus dem Rathaus geholt hatte. Am Klostertor erhielten sie Einlass und kamen über den Hof hin zur Prälatur, wo ihnen der Bediente mit dem schiefen Gesicht öffnete. Im Vestibül wurden sie ihrer Unansehnlichkeit gewahr, bemerkten, wie ihnen der Dreck an Schuhen und Hosen klebte, wie ihre Kleider durchnässt waren, und sie versuchten durch das Abklopfen der Strümpfe und Kniebundhosen, ihre Erscheinung zu verbessern. Sie erreichten nur wenig, kümmerten sich aber nicht weiter darum. Schließlich hatte sie der Abt zu dieser späten Stunde und an diesem ungewöhnlichen Tag zu sich gerufen, da machte es nichts, wenn die Eile, die sie aufwandten, der Kleidung anzusehen war.

Sogleich wurden die Flügeltüren zur Abtswohnung geöffnet. Im Saal saß Marcellus auf einem goldgefassten und mit rotem Samt bezogenen Stuhl, hinter ihm stand Edmund Hardy, der kahle Vogt, und schaute missgünstig auf die beschmutzten Vertreter der städtischen Bürgerschaft, wobei er seine spitzen Zähne zeigte.

»Ehrwürdiger Vater …«, sprachen die Eintretenden, nachdem sie sich vor den Abt gekniet und den Ring an seinem Finger geküsst hatten. Bonifaz Kramer hatte Mühe, sich nach der Ehrbezeugung wieder aufzurichten, wohingegen sein Sekretarius Rudolf Kuhn den Rücken nicht zu sehr krümmte und nur flüchtig den Ring mit den Lippen streifte.

»Ich freue mich, dass es den Herren so schnell gelungen ist, in meinem bescheidenen Hause aufzutauchen, wenn auch der Anlass meines Rufes nur wenig erfreulich ist.«

Der Schultheiß und sein Sekretarius warfen sich einen kurzen erschrockenen Blick zu, ehe Bonifaz Kramer fragte: »Und dürfte ich fragen, Ehrwürdiger Vater, welcher Unerfreulichkeit wir entgegensehen müssen?«

Der Abt ließ sich vom Vogt ein Schriftstück reichen und sprach: »Es ist ein neues Schreiben von unseren Agenten in der Hauptstadt eingetroffen. Unser Vogt hier hat es mir soeben überreicht …«

»Ganz recht, ganz recht, habe ich …«, bestätigte Hardy stolz.

Marcellus fuhr fort, indem er in das Schreiben sah, als ob er es zur Gedächtnisstütze brauchte, obgleich er schon jedes Wort auswendig kannte: »Das Revolutionsheer hat die kurfürstliche Hauptstadt verlassen und den Rhein überquert. Es befindet sich auf dem Vormarsch nach Osten.«

Einen Moment herrschte Stille.

»Nicht möglich!«, sagte Rudolf Kuhn schließlich, taumelte ein wenig, ließ sich auf einer gleichfalls mit rotem Samt bezogenen und goldgefassten Chaiselongue in der Nähe des Ofens nieder.

»Mit Verlaub, Ehrwürdiger Vater«, fragte Bonifaz Kramer, »wie lange, schätzt man, braucht das Heer, um bei uns anzulangen?«

»Diese Frage habe ich mit Vogt Hardy bereits begonnen zu besprechen, bevor der Herr Schultheiß und sein Sekretarius eingetroffen sind. Wir schätzen, dass uns noch etwa eine Woche bleibt. Es kommt ganz darauf an, in welcher Weise die Franzosen vordringen, ob sie belagernd und plündernd gegen die Städte und Dörfer ziehen, oder ob sie mit offenen Armen von der Bevölkerung empfangen werden.«

»Ganz recht, ganz recht …«, bestätigte Hardy ein weiteres Mal.

Rudolf Kuhn hatte sich unterdessen auf seiner Chaiselongue ein wenig beruhigt. Er fragte jammernd: »Wer sollte diesem Pöbel, diesem Revolutionspack schon die Arme ausbreiten, wenn es über das Land zieht? Man wird für den Kurfürsten kämpfen, überall und auf breiter Front.«

»Der Herr Sekretarius ziehe keine voreiligen Schlüsse«, ermahnte ihn Marcellus.

Dem Abt war der Ärger anzumerken. Seit bald einem viertel Jahrhundert hatte er in diesem Provinzkloster ein gottgefälliges Leben geführt, um an das einzige Amt in dieser Gegend zu gelangen, das seinem Ehrgeiz entsprach. Kaum war er zum Ehrwürdigen Vater eines ganzen Landstrichs geworden, kamen die Franzosen und bedrohten ihn in seiner Stellung, drohten damit, alles zu vernichten, was seit bald tausend Jahren existierte. Trotzdem hatte er eine gewisse Weitsicht nicht verloren, die seiner Intelligenz geschuldet war. Mit Besonnenheit stellte er sich der Lage.

Zu Rudolf Kuhn sprach er: »Der Kurfürst ist weit weg. Vorerst wird er sich in Sicherheit in seiner Zweitresidenz befinden. Wenn allerdings die Armee anrückt, wird er es sicherlich vorziehen, am kaiserlichen Hof in Wien Schutz zu suchen. Wenn aber das Land seinen Herrn verliert, so weiß ich nicht, ob es noch zu halten sein wird. Es gibt nämlich noch eine zweite und viel aufrüttelndere Nachricht.«

Der Abt machte eine wirkungsvolle Pause, sah noch einmal in das Schriftstück und räusperte sich.

»Nun ..., wie soll ich es sagen ...? Um es kurz zu machen: Es scheint, als habe sich die Bevölkerung der Hauptstadt selbst auf die Seite der Revolution geschlagen.«

Bonifaz wurde ein wenig bleich, sein Sekretarius stützte das Gesicht in die Hände.

Der Abt fuhr fort: »Unsere Agenten berichten, dass sich schon am Tag nach der Besetzung ein sogenannter Jakobinerclub gegründet habe, man eifere den Geschehnissen von Paris nach, man errichte Freiheitsbäume mit Jakobinermützen an der Spitze, drucke in Massen Flugschriften, Plakate und Proklamationen und beleidige allerorten unseren Kurfürsten sowie den König von Preußen.«

»Ganz recht, ganz recht, so tut man es ...«, bestätigte Hardy zum wiederholten Mal.

Bonifaz setzte zu sprechen an, hustete aber zuvor noch einmal enorm, ehe er mit keuchender Stimme sagte: »Ehrwürdiger Vater, von wem gehen diese infamen Insultationen aus?«

»Nun, diese Sache ist besonders ärgerlich, Herr Schultheiß. Es ist nicht das Bauernvolk oder die kleine Bürgerschaft. Nein, es sind die Herren von der kurfürstlichen Universität, Professoren, die der Kurfürst selbst in die Hauptstadt berufen hat, Studenten, die dem Kurfürsten ihren Eid geleistet haben, und Männer der Kirche, die unter allen die lautesten Schreier zu sein scheinen. Sie fordern, eine Konstitution auszuarbeiten, die man dann parlamentarisch beschließen wolle. Was mag man davon halten!«

Von der Chaiselongue drang die brüchige Stimme Rudolf Kuhns herüber: »Was man davon halten soll, fragt Ihr? Erst setzt man die Städte unsäglichen Kanonaden aus, man plündert und brandschatzt, wobei mancher sein Leben lassen muss. Dann vergessen jene, die dem Kurfürsten am meisten verpflichtet sind, auch noch, woher sie kommen, und werfen sich dem Jakobinerpack in die Arme, schmücken ihre fetten Häupter mit den Mützen der Revolution. Was soll man davon halten ...?«

Hier sprang der Sekretarius von der Chaiselongue auf und begann, sich dem Abt bedrohlich zu nähern, seine Stimme hatte alle

Brüchigkeit verloren und schlug ins Kämpferische um: »Es sind doch alle an diesen Universitäten einem Bazillus der Zeit verfallen, der sie wehrlos macht. Was machen die Franzosen daraus? Sie veranstalten eine Revolution und töten einen König.« Bei dem letzten Wort zeigte Rudolf Kuhn mit dem Finger auf Marcellus.

Der kahle Vogt Hardy rief sogleich: »Nicht doch, nicht doch, Sekretarius ...«

Der Abt hingegen blieb ruhig auf seinem goldgefassten Sessel sitzen und sagte: »Fahrt nur fort, Sekretarius! Es scheint Euch etwas auf der Seele zu brennen.«

Der Angesprochene tat, wie der Abt es ihm geboten hatte: »Diese verdammten Illuminaten zerstören das Werk von tausend Jahren. Sie haben sich auch unter uns festgesetzt. Fragt nur den Herrn Schultheiß hier!«

Der Vogt, der neu in der Stadt war, wurde stutzig und fragte: »Was ist denn mit dem Herrn Schultheiß?«

Bonifaz Kramer errötete, begann zu keuchen und zu husten.

Rudolf Kuhn ließ sich nicht abhalten: »Er hat seinen Sohn auf die Universität gesandt, nach Leipzig, in dieses protestantische Sodom, damit er sich dort vom Bazillus der Revolution infizieren lasse und ihn hier einschleppe. Auf dass wir wehrlos sind, wenn die Franzosen anrücken, auf dass wir ihnen die Arme öffnen.«

Der Schultheiß erwiderte keuchend: »Mein Sohn ist Lizenziat der Universität Leipzig. Er hat die Rechte studiert und nicht die Revolution!« Er versetzte seinem Sekretarius eine schallende Ohrfeige und schäumte vor Zorn: »Das merke sich der Sohn eines Schweinehirten: Mein Sohn wird dem Kurfürsten ein guter Beamter sein!«

Danach brach ein gewaltiges Röcheln los. Bonifaz ließ sich auf einem mit rotem Samt bezogenen und goldgefassten Sessel nieder. Rudolf Kuhn hingegen hielt sich die Wange und kehrte zu seiner Chaiselongue am Ofen zurück.

Der Abt aber erhob die Hände und sprach laut: »Man beruhige sich und gedenke des Ortes, an dem man streitet! Mir scheint die Vertretung der Bürgerschaft nicht ganz einig zu sein. Dennoch, Herr Schultheiß, auch mir ist zu Ohren gekommen, dass es Seinen Sohn von Zeit zu Zeit in die Wirtshäuser der Stadt treibt und er revolutionäre Reden schwingt... Wie dem auch sei: Wir müssen uns entscheiden, ob wir den Franzosen in den Arm fallen, oder ob wir ihnen die Arme ausbreiten.«

Niemand sagte etwas. Der Sekretarius strich prüfend über seine Wange. Der Schultheiß erholte sich nur mühsam von seinem Anfall. Der Vogt krallte seine Finger vollends verwirrt in die Lehne des Stuhles, auf dem Abt Marcellus nicht die geringste Würde eingebüßt hatte, während das bürgerliche Volk um ihn herum in Streit befangen gewesen war. Die Soutane und das tiefschwarze, seidene Scheitelkäppchen geboten Respekt. Allein das prächtige, mit Halbedelsteinen verzierte Silberkreuz an der Brust war etwas in Schieflage geraten.

Nach der Stille sprach er: »In den letzten Tagen war Dalberg, der kurfürstliche Koadjutor, mein Gast bei der Jagd.«

Beim Ausspruch dieses Namens begann der Vogt eingedenk seiner Begegnung mit dem Genannten zu würgen. Marcellus aber übertönte die Geräusche, indem er fortfuhr: »Er rät uns, die Tore unserer Stadt für das Revolutionsheer zu öffnen. Ich bin seiner Meinung. Wenn wir uns nicht verschanzen, haben wir eine gewisse Chance, verschont zu bleiben. Wenn wir uns ihnen aber entgegenstellen, werden unsere Mauern eingerissen, unsere Häuser geplündert und die Kirchen angezündet. Woher sollten wir die Soldaten nehmen, die sich der hochgerüsteten Armee opfern? Wir haben nur die Bürger dieser Stadt und die Bauern des Umlands. Die Preußen sind einstweilen geschlagen, sie kommen uns kaum zu Hilfe. Der Landgraf ebenso. Mit Mistgabeln und alten Musketen aber werden wir den Kanonen und Gewehren der Revolution nicht Herr.«

»Ihr habt recht«, antwortete Bonifaz Kramer keuchend aus seinem Sessel, »wir stellen uns ihnen nicht entgegen, wir empfangen sie. Ich schließe mich Eurer Meinung an.«

»Was ist mit Ihm, Sekretarius?«, rief Marcellus zur Chaiselongue hinüber.

»Ich bin vom Bazillus der Revolution nicht befallen«, sagte Rudolf Kuhn, »schließt die Tore und fügt Euch in das Geschehen! Für den Kurfürsten zu sterben, ist immer noch besser, als zum Sklaven der Illuminaten zu werden. Dalberg hat leicht reden. Er ist nicht besser als die Revolutionäre. Er sucht nur sein Vergnügen. Bei der Jagd spuckt er große Töne. Wenn es aber darum geht, für eine Sache einzutreten, sucht er seinen Vorteil, denkt an die Karriere und lässt alle über die Klinge springen, auch die, bei denen er gerade noch zu Gast gewesen ist.«

Marcellus antwortete nicht, fragte vielmehr weiter: »Was ist mit Ihm, Herr Vogt?«

»Ich bin ganz Eurer Meinung, Ehrwürdiger Vater, ganz Eurer Meinung.«

Schließlich bat der Abt noch einmal um das Handzeichen.

»Damit ist es also beschlossen, drei zu eins, wir warten ab, unternehmen nichts und hoffen auf die Hilfe Gottes.« Dann machte er eine kurze Pause, ehe er fragte: »Soll man denn gleich in der Stadt verkünden lassen, dass das Revolutionsheer binnen einer Woche zu erwarten sein wird?«

Der Schultheiß erhob sich: »Bedenkt, Ehrwürdiger Vater, dass beim nächsten Aufgang der Sonne das Osterfest anbricht! Tut den Bürgern noch den Gefallen, diesen Tag ohne die Sorge um ihr Leben sowie ihr Hab und Gut zu begehen.«

Marcellus nickte: »Er hat recht. Man darf das Volk nicht unnötig beunruhigen. Es bangt schon jetzt. Es wird sich nichts ändern, wenn man es noch vor dem Ostermorgen mit einer neuen Schreckensnachricht versieht. Die Menschen werden sich allenfalls von der Feier der Auferstehung ablenken lassen. Das Fest ist vorbereitet, nun soll es gefeiert werden.«

Der Vogt bestätigte: »Ganz recht, ganz recht, Ehrwürdiger Vater …«, verstummte aber gleich wieder. Nur vom Sekretarius, der sich auf der mit rotem Samt bezogenen und golden gefassten Chaiselongue immer noch die Wange hielt, war kein Ton zu vernehmen. So ging der Abt über ihn hinweg und erklärte die Zusammenkunft für beendet.

Er läutete nach dem Bedienten mit dem schiefen Gesicht. Die Flügeltüren öffneten sich. Der Vogt ließ den Stuhl des Abtes los. Der Sekretarius erhob sich widerwillig. Beide verließen unter leichten Verbeugungen den hellen Saal, während Marcellus den Schultheiß noch einmal zu sich winkte.

Bonifaz Kramer neigte sein Ohr zu ihm: »Gebe Er Acht, dass der Sohn nicht zum Problem werde! Seine Launen sind stadtbekannt. Außerdem ist mir zu Ohren gekommen, dass Seine Tochter den Sekretarius zu ehelichen bereit ist. Mir scheint aber, hier sei allerhand im Argen. Passe der Herr Schultheiß nur auf sich und seine Familie auf! Nun gehe Er! Wir sehen uns morgen im Hochamt.«

Bonifaz Kramer küsste ehrfürchtig den Ring des Abtes und verließ unter Verbeugungen den Saal.

VIII

AM OSTERMORGEN ZOG EINE LEICHTE, KÜHLE Bläue über den Himmel. Die nassen Straßen schimmerten im fahlen Schein der dämmrig verschleierten Sonne. Ohne Unterlass läuteten die Glocken der Stadt und schallten weit über die Dächer und Mauern in das Land hinein. Überall legte man die festlichsten Gewänder an, schmückte sich mit Blumen und Bändern, parfümierte sich mit den herrlichsten Düften. Kilian liebte das Osterfest - nicht wegen der pfäffischen Reden, vielmehr wegen all des Schmucks, wegen all der prächtigen Ausstattung, die zu diesem Anlass zutage gefördert wurde. Die Stadt wimmelte von bunten Fahnen. Die Mauern waren mit grünen Kränzen versehen, und die Menschen in ihrer festlichen Tracht brachten das Pflaster, die bunten Balken und den roten Sandstein zum Schwingen. Die Stadt leuchtete in ihrem wunderbarsten Gewand.

Hatten sich in den letzten Jahren immer wieder Spannungen zwischen Kloster und Bürgerschaft wegen der teuren Prachtentfaltung ergeben, so verstummte diesmal jedwede Kritik angesichts der Schrecken eines Krieges, über dessen weiteren Fortgang man noch im Ungewissen war. Die Furcht vor fremden Militärtruppen vereinte die Bürgerschaft mit der Geistlichkeit. Alle wandten gemeinsam ihre Kräfte auf, um die Festtage in gewohnter Form auf würdigste Weise zu begehen. Sie wollten feiern, als ob es das letzte Mal sei. Sie zelebrierten die Lust am Schmuck in vollen Zügen - ganz so, wie sie es das letzte Jahrhundert mit seiner Verliebtheit in das Verspielte und Verzierte gelehrt hatte. Denn in der Luft lag trotz allen Blüten- und Parfümdufts ein Hauch von Moder und Ende. Über den Himmel zog das Sternbild des Abschieds, das jeder für sich und auf seine eigene Weise deutete.

Kilian begann den Tag bei Sonnenaufgang im Bade. Er schrubbte seine Haut im metallenen Zuber, bevor er sich dem Müßiggang im heißen Wasser hingab, eine Zeitlang nur in die Luft starrte und die Magd Barbara bat, das Fenster zu öffnen, damit er das festliche Geläut der Kirchen in der Stadt und der Kapellen auf dem Lande besser hören konnte.

Beim Ankleiden ließ er sich helfen. Das junge Mädchen legte ihm stumm, mit leicht geöffnetem Mund und halb geschlossenen Augen, die Kleider um den Leib, während er zärtlich über ihren

Arm fuhr, als ob es für das Herrichten von Kragen, Weste und Rock vonnöten sei. Als sie mit dem Schnüren der Schuhe fertig war, sah er sie noch einen Moment an, was sie derart verwirrte, dass sie den tönernen Wasserkrug, der neben ihr auf dem Boden stand, umstieß und sich sogleich zur Erde bückte, um die Scherben aufzulesen. Kilian indes machte in seiner Feiertagstracht einen weiten Schritt über das kleine Unglück und begab sich hinab, wo er in der Stube von der Familie mit Worten der Anerkennung für sein Äußeres empfangen wurde, die er sogleich allen Übrigen erwiderte.

Die Eltern, Kilian und seine Geschwister, schlossen sich dem Strom der Menschen an, die sich auf dem Weg zur Klosterbasilika befanden. Hier, auf den Plätzen und in den Gassen, wirkte es wie eine Prozession, als sich der Weg hin zur mächtigen alten Kirche immer stärker kanalisierte und das Vorankommen immer schwerer wurde. Die festliche Stimmung verbat jede Hektik. Man sorgte sich nicht wegen der Verspätung.

Die Kramers näherten sich allmählich der edlen Halle, näherten sich langsam deren drei Türmen, aus denen sich unentwegt ein Glockenschwall über die Stadt ergoss. Als Kilian mitsamt Familie schließlich durch das üppige Portal in das alte Gemäuer eingetreten war, spielte bereits die Musik zum Hochamt, klangen die Fanfaren, dröhnte die Orgel und stieg der Chorgesang in die Höhe des stuckverzierten Gewölbes. Die Menge stand dicht gedrängt. Man bahnte sich gemächlich einen Weg durch den unbestuhlten Raum, wobei der gesellschaftliche Rang den Eintretenden Platz verschaffte. Die Herren nahmen ihre Hüte ab, schwenkten sie feierlich, um zu grüßen, und setzten sie daraufhin an die Brust. Die Damen verneigten sich vornehm.

Die Familie des Schultheißen postierte sich nicht weit von der Kanzel entfernt. Im Raum war wenig innere Andacht, vielmehr gelöste Feierlichkeit zu spüren. Man plauderte, während das Orchester das Geschehen untermalte, kam nur dann zur Ruhe, wenn virtuos musiziert wurde, amüsierte sich jedoch im Allgemeinen als bunte Menge im österlichen Treiben und bestaunte die über und über mit grünen Girlanden verzierte monumentale Arkadenreihe – ein Schmuck, den die Klosterfratres sorgsam und fleißig über Nacht hergerichtet hatten. Hinter dem geschwungenen Chorgitter traten die vornehmen Gewänder der im Chorgestühl knienden

Mönche in einen harten Gegensatz zum farbenfrohen Aufmarsch der Bürgerschaft. Hier vorne wurden an den verschiedensten Altären von den Klosterpatres gleichzeitig mehrere Messen gefeiert, während der Abt in der Nähe des bald tausendjährigen Grabes des Stifterpaares auf seinem Thron Platz nahm. Das Sonnenlicht brach sich im aufsteigenden Weihrauchdunst. Der Nebel stieg in die Kuppel bis zum Kreis der Erzengel, die hier in dicken Stuckrahmen aufgemalt waren und mit ihren Flammenschwertern über das Volk in der Tiefe wachten.

Jetzt konnte es nicht mehr allzu lange dauern, bis Marcellus die schwarzmarmorne Kanzel erklomm, bis er die festliche Menge mit seiner Anwesenheit bekrönte, bis er die Stimme zu seiner Osterpredigt erhob. Sein ehrwürdiges Amt stieg an diesem Tage zu höchster Würde und Autorität empor. Mit einem heftigen Paukenwirbel endete die Musik, nachdem sich der Chor im Hallelujasingen überschlagen hatte. Das Gitter öffnete sich. Vor Marcellus schritten Leuchterträger, Weihrauchschwenker und der Akolyth mit dem hocherhobenen Evangeliar in seinem edelsteinbesetzten, silbernen Einband. In der Hand hielt der Abt den Hirtenstab. An der rechten Hand prangte der Ring als Zeichen seiner geistlichen Gewalt. So zeigte er sich unter dem Schalldeckel dem ganzen Volk, das ehrfürchtig alle Plaudereien und frohen Ostergrüße abstellte, um sich ganz den Worten seines Hirten zuzuwenden.

Der Ehrwürdige Vater schlug das reich verzierte Evangeliar auf. Einen Moment herrschte vollkommene Stille in der edlen Halle.

Dann donnerte es von der Kanzel: »Christus ist auferstanden: Halleluja!«

Sogleich hoben die Trompeter ihre langen Instrumente hoch, um mit vollen Backen von der Empore eine Fanfare zu blasen, die so manchem aus Freude über das glückliche Ereignis die Tränen in die Augen trieb. Wie klein waren sie hier alle, die Schafe im Kirchenschiff! Wie unbedeutend wirkten sie in ihrem bunten Putz gegenüber der Vornehmheit des goldseidenen Abtes! Wie unbedeutend war ihre Arbeit in den Werkstätten, auf den Feldern und in den Weinbergen! Wie gewöhnlich kämpften sie um ihr täglich Brot, um der Ewigkeit noch ein Weilchen zu entgehen.

Wie herrlich war Marcellus! Jeder, der Rang und Namen hatte, stand dicht an dicht mit seinem Nächsten und sah hinauf. Die Bürgerschaft erwartete von ihrem Hirten Trost und Zuversicht. Sie erwartete, dass er sich äußere zu dem, was ihnen und auch ihm selbst bevorstehe.

Sie gaffte in Ehrfurcht hinauf, als der Abt mit langsamen und klaren Worten ansetzte: »Die wahre Freiheit des Menschen ist die Freiheit in Gott.« Schon ging das erste Raunen durch die Menge. »Gegen die Könige dieser Welt kann man kämpfen und siegen, nicht aber gegen den Allmächtigen.«

Von einer entlegenen Stelle der gewaltigen Basilika erhob sich Applaus, den der Abt jedoch übertönte: »›Warum weinst du?‹, fragte der Unerkannte die Maria am leeren Grab, die gekommen war, um den Leichnam des Herrn zu salben. Nur fand sie ihn nicht. Denn der Gärtner, der Unerkannte, war der Auferstandene selbst. Ich frage euch daher: Warum sollten wir weinen? Was kann uns geschehen auf der Wanderung durch das Erdental, wenn wir wissen, dass Jesus Christus den Fesseln des Todes entronnen ist, wenn wir wissen, dass das Leben kein Ende hat, wenn wir wissen, dass uns keine Kanonen und keine Gewehre trennen können von der Liebe unseres Gottes?«

Kilian verfolgte die Predigt mit großer Neigung. Der Abt füllte sein Amt aus, wie er es von seinem Vorgänger nicht hatte lernen können. Der alte Ehrwürdige Vater, der nun seit einigen Monaten in seiner Gruft nahe der Vierung ruhte, war ein gütiger Mensch, aber keinesfalls ein guter Redner gewesen. Wie anders war das mit Marcellus, der es in seiner Vortragskunst mit den Schauspielern des Leipziger Theaters hätte aufnehmen können, der seine Rede der antiken Tragödie nachbildete. Er sprach frei, stand aufrecht auf der Kanzel, umklammerte mit der Linken den Hirtenstab, während er mit der Rechten seine Worte gestisch unterstrich und vor allem die nach oben geöffnete Hand zu den Menschen ausstreckte, als sei es jene des Auferstandenen, in der man die Wundmale erkennen müsste.

»Ich frage euch noch einmal: Warum weint ihr unter dem Joch der Welt, wenn ihr wisst, dass Jesus Christus der Gärtner ist, der eure Seele wie einen Acker bestellt, auf dass reich im Jubel geerntet werde, was unter Tränen gesät ward? In den Gärten der erwachenden Natur schenkt er uns Blumen und Kräuter. Ihre Herrlichkeit gibt uns den Vorgeschmack auf die Ewigkeit, auf das Paradies, das den erwartet, der sein Kreuz auf sich nimmt und Jesus nachfolgt. Warum weint ihr also?«

Die Pausen saßen. Die Worte waren gewählt. Das Gesicht des Ehrwürdigen Vaters hatte einen Ausdruck, als spreche aus dem Menschen im goldseidenen Gewand ein heiliger Prophet. Man folgte im ganzen Kirchenschiff den klaren Sätzen, wollte einige Male zum Jubel ansetzen, bemerkte aber sogleich, dass dieser Ort nicht zu solcherlei Erwiderungen bestimmt war. Nur die Apostel über den Gesimsen blieben ganz stumm. Sie umfassten ihre Marterwerkzeuge, als seien es die Anker der Rettung, und folgten mit ihren Blicken der Rechten des Ehrwürdigen Vaters.

Aber halt: Was war das? Als Kilian seinen Blick über die Menge schweifen ließ, sah er durch einen engen Spalt ein Mädchen, das er nicht kannte. Ihre Erscheinung vereinnahmte seine Aufmerksamkeit, obgleich sie selbst den Worten des Abtes in größter Erregtheit folgte. Sie stand unmittelbar vor der Kanzel und hatte den Kopf in den Nacken gelegt. Ihre Brust hob und senkte sich in kurzen Abständen.

Doch welche Anmut, welche Schönheit! Die braunen, lockigen Haare fielen ihr über die Schultern, machten ihre Erscheinung der eines Engels gleich. Ihr roter Mantel strahlte über alle anderen Farben ringsum. Ein goldener Reif an ihrem Arm schimmerte herrlich in den Sonnenstrahlen, während der Abt donnerte: »Ich aber sage euch: Es gibt nur eine Freiheit, der wir entgegengehen. Es ist die Freiheit im auferstandenen Jesus Christus. Alles andere ist nichts als Gerede und Geschwätz, nichts als Lug und Trug, nichts als Flitter und Tand der Vergänglichkeit.«

Kilian löste sich unbemerkt von der Familie, um dem Objekt seiner Bewunderung ein wenig näher zu kommen. Während der glänzenden Predigt des Marcellus betrachtete er nur noch dieses Mädchen, sah, wie es gierig den Worten lauschte, wie sich seine Brust bewegte. Ganz vertieft war er in seine Schönheit, seine Anmut und die himmlischen Falten seines Gewandes. Für einen Augenblick versank er in tiefste Anbetung.

Noch einmal rief der Abt: »Die wahre Freiheit ist die Freiheit in Gott. Freuet euch, sage ich euch! Christus ist auferstanden. Amen. Halleluja!«

Wieder hoben die Trompeter ihre Instrumente und schmetterten von der Empore eine feierliche Fanfare. Der Abt verließ die Kanzel, während die Menge zu tosendem Applaus ansetzte. Auch Kilian applaudierte, ohne zu wissen warum. Er hatte nur Augen für dieses eine wunderschöne Mädchen, das sich die Stirn hielt, als ob es gelte, wieder zur Besinnung zu kommen und der drohenden Ohnmacht zu wehren.

Die bunt geputzte Bürgerschaft geriet bald wieder in Bewegung, sodass sich der Spalt schloss und Kilian die Rotgewandete nicht mehr betrachten konnte. Das feierliche Credo wurde angestimmt. Das Orchester begann, wieder zu tönen. Der Chor sang jubilierend. Der Applaus mündete in Plaudereien. Die gleiche gelöste Osterstimmung kam auf, wie sie schon vor dem gewaltigen Auftritt des goldseiden gewandeten Marcellus geherrscht hatte. Man besprach die Worte des Ehrwürdigen Vaters, befand sie für mutig, war ganz benommen und fühlte sich innerlich gerüstet für all das, was kommen möge.

Nur Kilian wollte sich, von seinem Vater auf die Osterbotschaft angesprochen, nicht äußern. Der Sohn konnte sich kaum an ein Wort des Abtes erinnern, obgleich er noch wusste, dass Marcellus auf den Bühnen Leipzigs eine gute Figur gemacht hätte. Seine Gedanken waren gefesselt. Seine Hände zitterten leicht. Sein Herz schlug höher als je zuvor. »Was für eine Schönheit!«, dachte er bei sich, »was für eine Anmut!«

Als aber nach einer weiteren Stunde das Hochamt mit dem Lob an die Königin im Himmel abgeschlossen war, drängte das bunt geputzte Volk unter dem gewaltigen Dröhnen der Orgel an die Pforten der Klosterbasilika. Wieder war es eine Prozession, wieder hieß es warten, bis man durch die engen Ausgänge hindurchgelangte. Kilian sah sich um, doch hatte er die Rotgewandete mit dem braun gelockten Haar und dem goldenen Reif aus den Augen verloren.

Als er aber ins Freie gelangt war und es nur noch galt, das baufällige, aber ebenfalls festlich verzierte Atrium zu durchqueren, grüßte der Vater, der wenige Schritte vor ihm ging, mit dem eifrigen Schwung seines Hutes auf die andere Seite hinüber. Dort stand jenseits von Rasen und Brunnen ein vornehmer Herr unter den schattigen Arkaden, der mit spitzen Zähnen herüberlächelte. Während dieser seine mit albernen Federn verzierte Kopfbedeckung zog, um seine Glatze zu zeigen und den Gruß Bonifaz Kramers ebenso schwungvoll zu erwidern, bemerkte Kilian das besagte Mädchen daneben, blieb stehen und schaute ihm ins Angesicht.

Beider Blicke trafen sich. Die junge Frau lächelte verlegen. Dann sah sie aber gleich wieder zu Boden, als Kilian von Bonifaz fortgezogen wurde.

IX

OBGLEICH KILIAN DIE ROTGEWANDETE VOR DEM Ostertag niemals gesehen hatte, wusste er doch, dass sie ihm zu diesem Zeitpunkt nicht das erste Mal unter die Augen gekommen war. Er hatte ihr Bildnis schon lange, schon sein ganzes Leben hindurch, in seinen Erinnerungen mit sich herumgetragen. Er dachte hier an das Madonnenbild, das ein Gesandter des Meisters Matthias, des größten Sohnes der Stadt, vor Jahrhunderten der Familie überlassen hatte, und das nun an würdigem Platze in der großen Wohnstube des Hauses am Marktplatz hing.

Der Anblick der innigen Teilnahme an den Worten des Abtes Marcellus durch diese schöne Frau erfüllte das kleine Gemälde mit Leben. Farben wurden plötzlich zu Fleisch und Blut. Die starre, unnahbare Haltung wandelte sich in fließende Bewegung. Die abgewandten Augen schienen die seinen zu suchen, der vornehm geschlossene, kleine Mund zum Lächeln zu neigen. Malerei und Wirklichkeit flossen ineinander. Der entrückten Madonna wurde eine menschliche Seele eingehaucht. Kilian verbot sich von Stund an, an jene Maria mit dem vielfältigen Herrenbesuch in ihrer Kammer an der Stadtmauer zu denken. Jeder Gedanke an sie kam ihm vor wie Verrat und Betrug.

Am Abend des Ostertages, nach all den Festlichkeiten, war er der Letzte in der Stube, versank Stunden und Stunden in die Betrachtung des kleinen Porträts und musterte es von nah und fern. Er schmiegte seinen Rücken an die warmen, blauweißen Delfter Kacheln und sann darüber nach, wie er es fertig brächte, das im Innern so schmerzlich gefühlte Verlangen, diese große Begierde nach dem schönen Mädchen, zu stillen.

Der Magd Barbara, die zu später Stunde das Kerzenlicht zu löschen gekommen war, gebot er streng, davon abzulassen. Er trug ihr auf, einen weiteren Scheit Holz ins verglimmende Ofenfeuer zu legen. Vergessen waren die Berührungen nach dem morgendlichen Bade, vergessen die Blicke beim Ankleiden.

Mit Widerwillen fachte sie die Glut des Ofens an und spürte, dass eine andere erloschen war, die zwar nur schwach, aber doch stetig geflackert hatte. Sie erinnerte sich der verschwörerischen Blicke Rudolf Kuhns, wusste nicht, ob sie darin Trost finden sollte, schloss den Ofen lautstark, genauso wie die Tür zur Stube, und entschwand zart schluchzend in die Küche.

Beim ersten Licht des neuen Tages brach Kilian auf, diesmal ohne den Geigenkasten unter dem Arm, um Hyazinth von seiner inneren Verfasstheit zu berichten. Der junge Müller indes schüttete seine Säcke über den Trichtern aus und sprach kein Wort, wuchtete mit den starken Armen Korn und Mehl, während der Freund auf seinem Schemel saß, sich vom weißen Staub umhüllen ließ und jubelnd berichtete, wie sich die Brust der Madonna hob und senkte, wenn sie den Worten des Abtes lauschte, wie sie sich ihre Stirn hielt, nachdem Marcellus geendet hatte, wie sie Kilian zulächelte, als er sie auf der anderen Seite des Atriums in der Nähe des Kahlköpfigen entdeckte, und wie sich ihre Blicke einen Moment lang trafen.

Hyazinth verstand nur, dass es heute mit der gemeinsamen Musik nichts werden würde, setzte sich nach einer Zeit leidenden Zuhörens allein an seinen Hammerflügel und spielte. Kilian verließ die Mühle, ohne sich zu verabschieden. Ihn zog ein starker Drang hin zu den Mauern und den Türmen mit ihren bunten Balken, dem roten Sandstein und den grauen, sich im Himmel spiegelnden Schieferdächern. Er streifte suchend durch die Gassen der Stadt und stürzte sich in das Gewimmel des Marktes, um die Gesichter, die ihm unter die Augen kamen, mit jenem zu vergleichen, das ihm vom Meister Matthias überliefert war. Sie schlugen ihm entgegen, die Mäuler, die blöde geöffneten Mundwinkel, die tiefen Furchen, die aufgeschwemmten Fetten und die Ausgemergelten.

Dann war es wie im Traum. Es war ihm, als habe sein steter innerer Gedanke den Gegenstand seiner Begierde selbst erzeugt. Er erblickte in einiger Entfernung zwei Damen beim Einkauf. Die eine beriet sich eifrig mit den Händlern, während die andere artig dahinter mit einem großen Korb im Arm wartete. Tatsächlich. Sie war es. Kilian schwand eine Zeitlang der Atem bei ihrem Anblick. Sie trug den roten Mantel. Ihr kleiner Mund war geschlossen, neigte aber zu einem gütigen Lächeln. Er näherte sich ihr im Schutz vieler geschäftiger Menschen, bis es nur noch zwei oder drei Schritte waren und er den blumigen Duft ihres braun gewellten Haares wahrnehmen konnte. Er schlug sich in einen Spalt zwischen den Marktbuden und wartete inmitten stark riechender Forellen auf der einen und flatternder Hühner in engen Käfigen auf der anderen Seite.

Die eine der beiden Damen, es musste die Mutter sein, war immer noch im Handeln begriffen, als Kilian sich ein Herz fasste, mit einem großen Schritt hervortrat und das Handgelenk der Rotgewandeten umfasste, um sie zu sich in den Spalt zu ziehen. Es gelang ihm ohne Schwierigkeiten. Er spürte keinen Widerstand. Er hörte keine Laute des Schreckens. Die unverschämte Handlung glückte, als ob das Mädchen Derartiges erwartet hätte.

Dennoch wusste die junge Frau im ersten Moment kaum, wie ihr geschah, erinnerte sich aber seines Anblicks und ihres Lächelns im Atrium vor der Klosterbasilika. Sie betrachtete ihn, fasste sich und zog die Mundwinkel leicht nach oben. Kilians Herz schlug geschwind. Er atmete schnell, hielt ihr Handgelenk umfasst und versank im Anblick ihrer wunderbaren Augen. Unter dem roten Umhang hob und senkte sich ihre Brust. Beide verband in diesem Augenblick eine starke Kraft, eine unerklärliche Zuneigung und eine unaussprechliche Erwartung.

»Wie schön!«, sagte Kilian. Es galt nun, die Gelegenheit nicht verstreichen zu lassen. So ließ er ihre Hand los und legte die seine an ihre Hüfte. Sie genoss die zärtliche Berührung und schloss ihre Augen leicht. Er fuhr weiter über ihren Körper und fühlte ein starkes inneres Verlangen. Schließlich umfasste er sie fest mit beiden Armen. Sie atmete immer schneller. Ihre Augen schlossen sich ganz. Ihr Mund öffnete sich leicht. Kilian hatte kaum anderes erwartet. Er war es gewohnt, dass ihm die Frauen nicht lange widerstanden, konnte es aber dennoch nicht fassen, dass es ihm bei dieser außergewöhnlichen Schönheit derart schnell gelungen war, sie an sich zu ziehen.

Dennoch stieg in ihr plötzlich Widerstand auf. Die Vernunft verdrängte das Gefühl der Zuneigung aus ihrem Körper, bis sie schließlich die Augen aufriss und sich mit aller Kraft aus der Umklammerung Kilians löste, bevor es zum ersten Kuss gekommen war.

»Nein«, flüsterte sie und drückte sich an das Holz der Budenwand, »nein!« Kilian hatte zum ersten Mal ihre Stimme gehört.

Er sammelte sich und sagte: »Komm mit mir! Ich werde dir einen Ort zeigen, an dem ich der einzige Gärtner bin. Alles blüht und gedeiht dort wie im Paradies. Komm mit mir!«

Sie wusste nicht, was er meinte und was sie erwidern sollte. Sie blieb stumm, als von draußen die Mutter vorsichtig suchend ihren Namen rief: »Elisabeth!«

Die junge Frau hielt sich mit der Hand ihre Stirn, als wolle sie in Ohnmacht fallen, fing sich aber wieder und fand noch die Zeit, Kilian einige zarte Worte ins Ohr zu flüstern. Er genoss den sanften Hauch ihres Atems und schöpfte Hoffnung aus dem, was sie sagte. Dann entwich sie aus dem Versteck. Er sank auf den schlammigen Boden, lächelte vor Freude zerstreut in sich hinein und rang nach Luft.

Er war bereichert um ihren Namen: Elisabeth. In der Nacht sprach er dieses eine Wörtchen mit seinen hellen Silben vor sich hin, als ob es gelte, die sanften Töne einer Violine nachzuahmen. Er fand keinen Schlaf. Er öffnete das Fenster seiner Stube und ließ den Mond mit seinen kalten Strahlen auf seine Brust scheinen, wo dieser ein Feuer anfachte, das ohne Unterlass brannte.

»Würde doch nur bald diese Nacht vorübergehen«, dachte sich Kilian, während er den süßen Namen flüsterte. Aber glücklicherweise hatte sie ihm ins Ohr geflüstert, wo er sie am frühen Morgen des neuen Tages treffen könnte: an der Mariensäule auf dem Kirchhof.

X

NOCH BEVOR DIE SONNE MIT IHREN STRAHLEN DIE Dunkelheit vertrieb, beendete Kilian die schlaflose Mondnacht und eilte durch die Gassen der Stadt. Der Nachtwächter wunderte sich über den jungen Mann, der es zu dieser Stunde so eilig hatte, erkannte ihn aber als den Sohn des Schultheißen, hatte auch schon von seinen revolutionären Hirngespinsten gehört und nahm daher dies hitzige Laufen in der kühlen Dunkelheit als die Gewohnheit eines Sonderlings hin, ohne sich dadurch weiter von der Ausführung seines Amtes abhalten zu lassen. Stattdessen hob er die Laterne in die Höhe, blies sanft in das Horn und kündete die fünfte Morgenstunde: »Hört ihr Leut' und lasst euch sagen …«

Kilian hatte bald das Obertor passiert und wanderte schnellen Schrittes hin zum Müllerhaus. Die Mühle stand an ihrem kleinen Hang noch still im weißen Nebel der frühen Dämmerung. Das Mühlrad schien wie festgefroren im Bach. Nichts klapperte, nichts trieb die ratternden Maschinen an. Kein Laut war hier draußen zu vernehmen.

Es zog ihn ein wenig weiter, bis er zu jener Blumenwiese kam, auf der er am Karfreitag so sonderbar geträumt hatte. Da standen sie wieder, zahlreicher als zuvor, die jungfräulich weißen Osterglocken, deren Blütenblätter im fahlen Schein des Mondes im Westen und der Dämmerung im Osten schimmerten. In ihrer Mitte sprudelte der Quell aus seiner rötlich-sandsteinernen Fassung. Wieder erschienen ihm die Blumen herrlich weiß. Sie waren tatsächlich von makelloser Schönheit, unbefleckt und ohne jeden Tadel. Er bückte sich und roch an ihnen, sog ihren verlockenden Duft ein und strich über ihre starken Blätter.

Wieder betörte und betäubte ihn dieser Frühlingshauch. Neuerlich verlor er jede Herrschaft über seinen Körper. Ihn durchfuhr ein anhaltendes Schütteln. Kilian sank willenlos auf die Knie, streckte sich der Länge nach aus und versank für wenige Minuten in einen dämmrigen Schlaf.

Als sämtliche Glocken der städtischen Türme zum morgendlichen Angelus einsetzten, schlug er die Augen auf, richtete sich auf, kniete sich und begann, einige der zahllosen Blumen zu pflücken. Er umfasste bald einen großen Strauß von ihnen. Als es so viele waren, dass er mehr nicht hätte mit seinen beiden Händen fassen können, verließ er diesen zauberhaften Ort.

Auf dem Kirchhof herrschte dichter weißer Nebel. Es war still. Er hielt Ausschau nach Elisabeth. Er fand sie nicht, legte daher die makellosen weißen Blumen der sandsteinernen Madonna zu Füßen und wartete in einiger Entfernung nahe des Laurentiuskirchleins.

Der Nebel hatte sich noch nicht gelichtet, als er bemerkte, wie sich ein Mädchen im roten Mantel, die Kapuze über dem Haupt, zu Füßen der Maria kniete und einen Rosenkranz hervorzog. Sie schien zu beten, während sie die Perlen zwischen Daumen und Zeigefinger hindurchgleiten ließ, schaute aber suchend zwischen den Grabkreuzen hindurch. Kilian näherte sich langsam. Das Gesicht des Mädchens hob sich. Sie streifte ihre Kapuze vom Haupt.

Da war es wieder, dieses leicht gewellte, braune Haar, dieses entrückte Lächeln und das hübsche Gesicht. Er zog vornehm seinen Hut und wollte ihr entgegengehen, als aus Richtung der mächtigen Klosterbasilika unvermittelt eine zahnlose Alte aus dem weißen Nebel hervortrat und auf die Mariensäule zuging, um sich neben Elisabeth niederzuknien und gleichfalls den Rosenkranz zu zücken. Elisabeth streifte die Kapuze wieder über ihr Haupt und gab vor, ganz im Gebet zu versinken.

Kilian verbarg sich hastig hinter einem breiten und aufwändig verzierten eisernen Grabkreuz und hoffte, dass dieser Rosenkranz schnell vorbeigehen möge. Die zahnlose Alte machte aber keinerlei Anstalten, sich zu entfernen.

Vielmehr stutzte sie, als sie die herrlichen Blumen zu Füßen der Säule liegen sah, war ganz verwirrt und stammelte vor sich hin: »Solche Blumen …, zu dieser Jahreszeit …, das kann nicht sein.«

Sie wandte sich an Elisabeth und fragte leise: »Wenn ich Euch bei Eurer Andacht stören darf. Aber: Wisst Ihr, was es mit diesen reinen und makellosen Blumen auf sich hat?«

Elisabeth jedoch tat, als bete sie unter ihrer Kapuze zu inbrünstig, um die Worte der Alten hören zu können. Sie drückte die Perlen ihres Rosenkranzes noch fester zwischen Daumen und Zeigefinger, formte die Lippen zum Ave Maria, flehte in ihrem Inneren aber, dass die Alte sich wegscheren möge.

Diese versank hingegen immer tiefer in ihre Andacht und bat die Jungfrau um Hilfe in dieser bedrängten Zeit. Immer wieder murmelte sie: »Ein Wunder, ein Wunder …«

Die zahnlose Alte kannte und erkannte das Mädchen nicht. Sie nahm nur das Edle ihres Körpers zur Kenntnis, achtete auf die Gemessenheit ihrer wenigen Bewegungen und war beeindruckt von ihrer scheinbaren Frömmigkeit. Im Denken der Alten hatte die Jungfrau selbst diese weißen Blumen vom Himmel gesandt, um zu trösten, um den Menschen Halt zu geben, während sich der Drache der Revolution mit schnellen Schritten dem gläubigen Volk näherte, um es zu verschlingen. Die Rotgewandete zu Füßen der Jungfrau hingegen war in ihren Augen die Botin, wenn nicht gar mehr: eine Heilige oder die Madonna selbst. Hier vermischte sich vieles, flossen Wirklichkeit und Eingebung ineinander, verschmolzen Sorgen und Wünsche.

Kilian wurde angesichts der religiösen Inbrunst, wie sie die Frauen zeigten, unheimlich zumute. Er sah, dass hier kein Durchkommen mehr war, dass die Alte nicht von ihrem Platze weichen würde. Er konnte nicht mehr hoffen, mit Elisabeth allein zu sein. Er türmte, versuchte ihr zuvor noch einen Blick zuzuwerfen, noch einmal ihre Augen zu den seinen zu lenken. Er ließ aber schnell davon ab, als er bemerkte, wie flehend Elisabeth unter ihrer Kapuze zur Jungfrau aufschaute.

Nachdem er das Weite gesucht hatte, kniete sie noch eine ganze Weile und entschwand dann in Richtung des Laurentiuskirchleins, wo sie der weiße Nebel des Kirchhofs sorgsam umschloss.

Wieder durchlitt Kilian eine schlaflose Nacht, wieder zog er vor Sonnenaufgang am Nachtwächter vorbei, wieder pflückte er auf der Blumenwiese nahe des Müllerhauses im letzten Mondenschein der Nacht die prächtigen Osterglocken mit dem betäubenden Duft, die zahllos und dicht gedrängt rund um den sprudelnden Quell standen, eilte zurück in die Stadt und legte einen großen Strauß von ihnen auf dem Kirchhof der Madonna zu Füßen.

Auch an diesem Morgen kam Elisabeth. Aber nur einen Augenblick später trat die zahnlose Alte erneut aus dem weißen Nebel hervor. Beide knieten vor der Jungfrau nieder, zückten ihre Perlenschnüre und begannen, diesmal die Worte gemeinsam zu flüstern. Kilian wollte kaum seinen Augen trauen, als nach und nach immer mehr Menschen aus dem Nebel auftauchten. Es waren die verschiedensten unter ihnen, Männer und Frauen, Kinder und Alte, Bürger und Bauern, Handwerker und Geistliche. Kilian meinte auch, Bruder Jeremias zu erkennen, wie er die Anrufungen in innerer Aufgeräumtheit auf den Lippen formte. Eine Wallfahrt war im Entstehen begriffen. In der Stadt sprach man noch am selben Tage von der »immer lilienbekränzten Jungfrau vor Sankt Laurentius«.

Kilian konnte sich die Angelegenheit nicht anders erklären, als dass die Nachricht vom Anrücken der Revolution einerseits und die Stimmung des prächtigen Osterfestes andererseits zu einer besonderen Empfänglichkeit der Stadtbewohner gegenüber dem vermeintlich Unerklärlichen geführt hatte. Er pflückte zwar lediglich weiße Osterglocken. Aber in den Augen der Menschen, die sie auf dem Kirchhof sahen, waren es jungfräuliche Lilien. Er meinte, die Angst vor den Franzosen habe bewirkt, dass man jetzt zum Sehen von Unsichtbarem neige und das Sichtbare zum Ungreifbaren umdeute. Doch ging ihm bei all diesem Nachsinnen nicht auf, warum es gerade Elisabeth sein musste, die im Mittelpunkt dieser geheimnisvollen Geschehnisse stand.

Trotz aller Unheimlichkeiten konnte er selbst nicht anders, als auch am dritten Morgen hinaus zur Wiese zu ziehen, dort die herrlichen Blumen zu pflücken und sie noch vor dem Eintreffen der Wallfahrer der Madonna zu Füßen zu legen. Er wusste nicht, welche Macht ihn hierzu trieb, ob es die Begierde war, Elisabeth zu gefallen, ob es der Wille war, den Menschen in ihrer Verzweiflung den Halt nicht zu nehmen, oder ob es nicht doch eine besondere Kraft gab, die ihn selbst zum Werkzeug herabgestuft und ihm die Herrschaft über seinen Körper genommen hatte. Er beobachtete die ersten Momente der morgendlichen Andacht im weißen Nebel und wurde trotz allem in seiner Zuneigung zu Elisabeth bestärkt. Dann türmte er wieder, um der Menge nicht aufzufallen.

An diesem dritten Morgen schritt auch Abt Marcellus vor die immer lilienbekränzte Jungfrau vor Sankt Laurentius, kniete sich würdig neben Elisabeth auf die kalte Erde des Kirchhofs und flüsterte mit der Schar der Anwesenden. Mit dem schwarzen Scheitelkäppchen auf dem Haupt und dem silbernen, mit Halbedelsteinen verzierten Kreuz auf der Brust verlieh er der Wallfahrt seine ganze Autorität. Er wollte nichts Genaues über die Herkunft der Heiligen neben ihm wissen, um in dem Glauben zu bleiben, dass in seiner Stadt, in seinem geistlichen Bezirk, eine makellose Frau aufgetreten sei, um den Menschen und nicht zuletzt ihm selbst ein wenig Halt zu verschaffen.

Zur gleichen Zeit trafen Nachrichten von Plünderungen und Brandschatzungen ein. Sie betrafen Weiler, Dörfer und Städtchen in der Umgebung, deren Bedeutung jener der fast tausendjährigen Klostersiedlung an der Flussbeuge nicht im Geringsten gleichkam. So wollte sich Marcellus kaum ausmalen, was mit der mächtigen Basilika geschehen möge, wenn die Königsmörder erst in die Mauern der Stadt eingedrungen sein sollten.

Er beruhigte sich bei dem Gedanken, dass man beschlossen hatte, den Eroberern ohne Waffengewalt entgegenzutreten, bekam es aber mit der Angst zu tun, wenn er die Möglichkeit erwog, dass sich die Bürger wie in der Hauptstadt mit den Eindringlingen gemein machen könnten, dass sie sich der Revolution anschlössen und ihren Ehrwürdigen Vater womöglich an das Kreuz nagelten, das er für seine Herde zu tragen bereit war.

Am vierten Morgen standen die Wallfahrer bis weit in die Stadt hinein, um mit der rot gewandeten Elisabeth zur Madonna auf der Säule zu beten, auf dass sie vom Unheil verschont würden. Die Nachricht, dass sich zu Füßen der sandsteinernen Maria vor Sankt Laurentius allmorgendlich das Wunder einer Lilienbekränzung vollziehe, hatte sich rasch verbreitet. Man erzählte sich, dass eine unbekannte Heilige im roten Mantel dort den Rosenkranz flüstere. »Groß ist die allzeit Lilienbekränzte!«, rief man allenthalben auf den Plätzen und in den Gassen. Die Stadt verzeichnete einen Pilgerstrom, wie sie ihn seit vielen Hundert Jahren nicht mehr erlebt hatte, obgleich sie doch immer schon Wallfahrtsort gewesen war.

Vor bald tausend Jahren hatte der Stifter der Abtei, der mitsamt seiner Frau so würdig in seinem schwarzmarmornen Hochgrab in der Klosterbasilika ruhte, veranlasst, dass man die Gebeine zweier Heiliger aus Rom an die Flussbeuge bringe. Man raubte die Märtyrer aus den Katakomben und verschaffte ihnen hier eine würdige Kirche. Jetzt ruhten sie in der Krypta in einem artig verzierten, silbernen Schrein. Kaum einer schenkte ihnen mehr Beachtung. Kaum einer wollte diese Asche mehr anbeten.

Stattdessen loderte auf dem Gräberfeld zwischen den Kirchen ein geistliches Feuer, das ohnegleichen war. Man zog die Perlen zwischen Daumen und Zeigefinger hindurch und sprach den Rosenkranz mit einer geheimnisvollen Unbekannten, die allmorgendlich aus dem weißen Nebel hervortrat, um nach Beendigung ihres Trostgebets wieder in ihn zu entschwinden. Auf sie richteten sich alle Hoffnungen. Selbst der goldglänzende Verkündungsengel auf der Spitze des Vierungsturms richtete sein Fähnchen nicht mehr nur nach dem Wind, sondern sah mit Neugierde auf die Menge in der Tiefe.

Auch am fünften Morgen war der Pilgerstrom weiter angeschwollen. Kilian ließ es sich zum wiederholten Male nicht nehmen, das Schauspiel hinter dem eisernen Grabkreuz für einige Augenblicke zu beobachten. Das Stück, das hier gegeben wurde, war nicht zuletzt sein Verdienst. Denn die Wiese am sprudelnden Quell hatte schließlich er entdeckt. Es waren sein Hände, die die Osterglocken gepflückt und der Madonna zu Füßen gelegt hatten. Ein wenig erfüllte ihn dies mit Stolz. So wollte er beobachten, was er angerichtet hatte.

Die Rotgewandete schien an diesem fünften Tage besonders unnahbar. Die Kapuze saß ihr auffällig tief im Gesicht. Kilian wandte sich bald ab, um vom Kirchhof zu türmen. Er umrundete im weißen Frühnebel die Apsis des Laurentiuskirchleins, um unerkannt zu entkommen. Der Nebel lichtete sich. Er wollte gerade hinab in Richtung Flusstor schreiten, schaute durch eine Scharte in der Mauer und konnte in der Ferne die Forellenfischer erkennen, wie sie auf dem ruhigen Wasser ihre Netze auswarfen, konnte erkennen, wie der Fährmann dem »Hol über!« der Wartenden an den Ufern folgte, als er selbst ein lockendes Rufen vernahm.

Er sah sich um. Tatsächlich stand hinter ihm Elisabeth, die im Schutze der brüchigen Mauer des Laurentiuskirchhofs ihre Kapuze lüftete und Kilian ihr braun gewelltes Haar und ihr zärtliches Lächeln zeigte. Er schritt auf sie zu und konnte seinen Augen kaum trauen, war auch dadurch verunsichert, dass sie heute statt eines roten einen blauen Mantel trug.

Als er dicht vor ihr stehen blieb und nicht weiterwusste, sprach sie mit schöner Stimme: »Fürchtest du dich?«

Er schüttelte den Kopf und stand wie angewurzelt da.

Sie sagte: »Ich habe mein Versprechen gehalten. Ich war am besagten Orte zugegen. Wo aber warst du?«

Kilian konnte nichts erwidern. Ihm hatte es die Sprache verschlagen.

Elisabeth tröstete ihn: »Fürchte dich nicht! Meine Magd kniet in meinem Mantel bei der Madonna, während ich den ihren angelegt habe. Du hattest wohl kaum den Mut, mir entgegenzukommen. Dennoch bedanke ich mich für die schönen Blumen, die du mir zum Geschenk gemacht hast. Leider konnte ich sie nicht nach Hause tragen.«

Kilian fand zu seiner Sprache zurück: »Es freut mich, wenn dir meine Blumen zugesagt haben. Außerdem steht dir Blaues besser als Rotes. Du bist wunderbar, Elisabeth.«

»Hab Dank für dies Kompliment. Wie ich heiße, weißt du ja bereits. Wie aber ist dein Name?«

Kilian nannte den seinen und dachte an die schlaflosen Träume, in denen er den ihren wonnevoll mit all den herrlich glänzenden Silben auf den Lippen bewegt hatte. Er nahm ihre Hand, bemerkte den Reif an ihrem Arm, strich zärtlich über dessen goldenglatte Oberfläche und bewunderte die bläulich durchäderten Finger.

Sie flüsterte: »Seit ich dich am Ostertag das erste Mal gesehen habe, gehst du mir nicht aus dem Sinn. Als du mich auf dem Markt zu dir zogst, dachte ich, es sei um mich geschehen. Doch brauchte ich noch Zeit. Wie schmerzlich war mir zumute, als du mich auf dem kalten Boden des Kirchhofs allein hast knien lassen, als du mich gezwungen hast, die fromme Miene aufzusetzen.«

Ihre Stimme blieb sanft, nahm aber einen vorwurfsvoll-flehenden Ton an. Kilian betrachtete noch immer die Finger ihrer rechten Hand, als sie zart mit ihrer Linken über seine Wange strich. Bald sah er auf und blickte ihr in die Augen.

Sie aber redete: »Wenn du doch nur ein Wort sagen würdest. Ich wage es nicht, dir meine Gedanken mitzuteilen. Ich spüre Schmerz, spüre ein ungestilltes Verlangen, dem nur du abhelfen kannst.«

Hier begann ihre Brust, sich wieder erregt zu heben und zu senken. Sie drückte Kilians Wange an die ihre und flüsterte ihm ins Ohr: »Nimm alles hin. Herz, Seele und Mut … Nimm alles hin. Ich bitte dich ...« Tränen erregter Verzweiflung rannen aus ihren Augen.

Kilian umarmte sie und formte die herrlich glitzernden Silben ihres Namens auf seinen Lippen: »Elisabeth!« Und noch einmal: »Elisabeth!«

In diesem Augenblick drang durch den morgendlichen Nebel ein erster Sonnenstrahl und traf das Paar.

»Hier können wir nicht bleiben«, sagte Kilian, löste seinen Körper von ihr, bedeckte ihr Haupt wieder mit der Kapuze, fasste sie am Arm und zog sie schnell fort aus dem Licht. Sie folgte ihm willig, ließ nicht ab von seiner Hand und eilte mit ihm zum Flusstor hinaus, dann am Ufer entlang, um schließlich dem Bachlauf weiter zu folgen.

Kilian konnte nicht eilig genug vorankommen. Als Elisabeth stolperte, umfasste er ihre Hüfte knapp unterhalb der Brust, um sie zu sich heraufzuziehen.

Sie fragte: »Wohin bringst du mich?«

Er antwortete: »Zu einem Zaubergarten.«

Sie ließ sich diese Antwort gefallen und fügte sich weiter in den Willen des schönen, starken Mannes mit seinen rötlich-blonden, leicht gelockten Haaren und seinem klaren Verlangen. So kamen sie am Müllerhaus vorbei, sahen, wie sich das Rad im rauschenden Bach drehte, und hörten, wie die Maschinen darinnen laut ratterten. Die Säcke standen an der Eingangstür. Kilian fürchtete, dass Hyazinth hervortreten und sie beide entdecken könnte. Der junge Müller kam jedoch nicht heraus, obgleich er die beiden bemerkt hatte. Er betrachtete die Szene vom Schemel seines Hammerklaviers aus, blickte durch die eingetrübte, kleine Scheibe ins Grün, vor dem Kilian und Elisabeth eilig vorbeizogen, während die siechende Mutter in ihrem Bett keuchte.

Schließlich gelangten Kilian und Elisabeth auf die Wiese am sprudelnden Quell, auf die die morgendliche Frühlingssonne in ihren schönsten Strahlen schien. Sie stand auch diesmal voll herrlich-jungfräulicher Blumen.

Sie lösten ihre Hände voneinander. Elisabeth entfernte sich einige Schritte, ging zwischen den Osterglocken hindurch und betrachtete die Pracht, die ihr ganz und gar nicht natürlich vorkam. Sie kniete sich und roch an den Blüten. Sie pflückte eine Blume aus einem unendlich scheinenden Meer. Ihr Mund öffnete sich leicht und lächelte.

Zu Kilian sagte sie: »Es ist alles, als sei es ein Wunder.«

Er kniete sich neben sie, erfreute sich an der weißen Blütenpracht und an den wärmenden Strahlen der Sonne. Er nahm die gepflückte Blume aus ihren Händen, legte sie beiseite, umfasste das Mädchen, zog ihren Körper an sich, nahm den blauen Mantel hinweg und küsste sie, während sie sich bereit machte, sich ihm hinzugeben. Kilian flüsterte ihr ins Ohr: »Groß ist die allzeit Lilienbekränzte!«

Und Elisabeth dankte der Madonna auf der Säule, dass all die innigen Gebete, die sie in den kühlen Morgenstunden kniend auf dem kalten Boden mehr gedacht als geflüstert hatte, erhört worden waren.

Bald aber verging der warme Sonnenschein. Sogleich zog ein kühler Wind auf. Kilian und Elisabeth hielten in einem Moment allerhöchster Erwartung inne, als sich unerwartet ein Schuss löste. Dröhnend donnerte der Schall in Wellen über das Feld. Gewaltig war sein Tönen. Niemals zuvor hatten beide dergleichen gehört. Sie sahen sich ungläubig an. Ihre Herzen rasten geschwinder als zuvor. Ein weiteres Mal tönte es wie Donner über das Land und dann auch noch ein drittes Mal. Da war ihnen klar: Hier schossen die Kanonen. Die Stunde der Revolution war da.

XI

DREI GESCHOSSE HATTEN DIE MORSCHE STADTmauer in Mitleidenschaft gezogen. Die Befestigung stürzte in der Nähe des Haupttors ein und begrub unter sich die Kammer der vielfältigen Maria. In der ganzen Stadt waren die lauten Schüsse zu hören. In den Häusern und auf den Straßen wusste man sofort, was sie bedeuteten, wusste, dass das Heer der Revolution vor der Tür stand. Man hielt kurz inne, bat die allzeit lilienbekränzte Jungfrau vor St. Laurentius um Hilfe, verkroch sich in den dunkelsten Winkeln und bangte um Leben und Besitz. Dann setzte das Kanonenfeuer wieder aus. Alles war ruhig.

Durch diese erwartungsvolle Stille eilten der Schultheiß mitsamt Sekretarius, der Vogt und der Abt. Sie hatten vereinbart, sich am Haupttor zu treffen, um dem Feind friedlich entgegenzutreten. Sie wussten, dass sie von dieser Seite aus angegriffen würden. Von hier kamen die Soldaten aus Richtung Hauptstadt. Hier wandte sich die Stadt dem freien Feld zu. Hier präsentierte sie sich einer fremden Armee in ihrer ganzen Breite und Überschaubarkeit. Es war ihre schwächste Stelle.

Nachdem sie sich durch wissende Blicke begrüßt hatten, geboten die vier dem Wächter des Haupttors aufgeregt, ein weißes Laken aus dem obersten Turmfenster wehen zu lassen. Die Wächter der vier Stadttore hatten schon vor Tagen Order erhalten, die Türen trotz Kanonenbeschusses sperrangelweit geöffnet zu lassen. So zog der Frühlingswind durch die Befestigungsanlagen, während der Schultheiß Kramer vor Betroffenheit schwer hustete. Seinem Sekretarius standen die Schweißperlen auf der Stirn. Der Vogt Hardy zitterte am ganzen Körper. Der Ehrwürdige Vater gab äußerlich Ruhe vor, war aber innerlich aufgelöst.

Marcellus befürchtete das Schlimmste für sein Kloster und für sich. Er beneidete die drei anderen in diesem Moment um ihre Bürgerlichkeit und die Kniebundhosen, die sie tragen durften, während er der Revolution in der schwarzen Soutane mitsamt Scheitelkäppchen und silbernem, halbedelsteinverziertem Brustkreuz entgegentreten musste. Dennoch war es seine Aufgabe voranzugehen.

Er zögerte nicht lange, durchschritt das Turmgebäude, überquerte den Graben und verließ durch das Zugbrückenhäuschen die Befestigung zu den Feldern hin, während die drei Bürgerlichen in gemessenem Abstand folgten.

Das erste Mal, als er dieses Stadttor genutzt hatte, war er, wie die Armee, von der Hauptstadt gekommen. Er sah damals seinem Eintritt in die Benediktinerabtei entgegen, deren Türme ihn aus der Ferne festlich mit Glockengeläut gegrüßt hatten. Schon seinerzeit gedachte er, eines Tages dieser Einrichtung vorzustehen, plante seinen Aufstieg, indem er sich vornahm, äußerlich der stillste und bescheidenste Mönch unter allen zu sein. Seinen ganzen Ehrgeiz steckte er in diese Zurückhaltung, um jedem durch ausgeprägte Unauffälligkeit aufzufallen. Schließlich war es ihm gelungen. Nun war er zwar der Ehrwürdige Vater, wurde aber gezwungen, das Haupttor in umgekehrter Richtung zu passieren. Es war ihm, als sei damit auch die Abtei nicht mehr das, was sie einst bei seinem Anlangen gewesen war.

Als Marcellus aus solcherlei schweren Gedanken aufsah, befiel ihn große Angst angesichts der waffenstarrenden Armee, die in voller Breite Aufstellung genommen hatte. Er sah die weißen Hosen der Soldaten in den hohen Stiefeln, ihre blauen Röcke und die breiten schwarzen Hüte. In vorderster Reihe knieten sie mit angelegtem Gewehr. Andere Schützen hatten das Dach der Schäferkapelle erklommen. Marcellus schien es, als zeigten tausend Bajonette nur auf ihn, als zielten alle auf sein silbernes Brustkreuz. Er ließ sich jedoch nicht beirren und ging weiter auf sie zu. Er würde keine zweihundert Schritte mehr brauchen, um ihre Linien zu erreichen.

Der Vogt hinter ihm wimmerte: »Jetzt sind wir alle hin. Diese Hunde werden uns durchlöchern, ohne zu zögern.«

Der Schultheiß wollte husten, es gelang ihm jedoch vor Aufregung nicht.

Der Sekretarius erwiderte dem Vogt: »Möge Er Sein blödes Maul halten!«

Hardy schaute ihm verdutzt ins Gesicht. Solche unfeinen Worte war er nicht gewohnt: »Hütet Eure Zunge, Sekretarius!«

Rudolf Kuhn sagte nur: »Sein blödes Maul möge Er halten, Sein blödes ...«

Hier streckte der Abt seine rechte Hand vorsichtig nach hinten und gebot Stille. Dieses bürgerliche Gezänk feiger Männer ärgerte ihn zutiefst, missachtete seines Erachtens die unbestimmte Heiligkeit des Augenblicks, seine Spannung und Unberechenbarkeit. Er betrachtete weiter die fremde Armee, erkannte nun die Zopfperücken, bewunderte die Uniformen und die zahlreichen Standarten, auf denen es blau-weiß-rot wehte. Er sah die Kanonen zwischen den Gewehrschützen stehen und die Pferde in den hinteren Rängen aufragen. Alles war in saubersten Ordnung. Es gab keine Kampfesspuren. Anscheinend waren die Revolutionstruppen bei ihrem Vordringen auf wenig Widerstand gestoßen. Von wem hätte er auch kommen sollen? Der König von Preußen musste seine Kräfte erst wieder sammeln. Und der gierige Landgraf des benachbarten Territoriums konnte erfreut sein über den Zusammenbruch des pfäffischen Kurstaates, auf den er begehrliche Blicke warf.

Marcellus ging immer weiter voran, ging in aufrechter Würde über die sandige Straße, bis er sich der Soldatenlinie auf etwa fünfzig Schritt genähert hatte. Dann blieb er stehen, ohne zu wissen, was zu tun war. Sollte er denn das Wort an die Soldaten richten? Sollte er sich auf die Erde niederwerfen? Er wusste es nicht, blieb einfach nur stehen und schaute in die Gewehrläufe, die tausendfach auf ihn gerichtet schienen. Fünf Schritte hinter ihm hielten seine drei feigen Begleiter. Sie zitterten laut und vernehmlich.

Marcellus schwieg, als plötzlich aus der hinteren Reihe ein Pferd samt Reiter hervorschoss, sich seinen Weg durch die Linie bahnte und direkt auf ihn zukam. Der Abt fürchtete ein Exempel, das man an ihm statuieren könnte, fürchtete den Säbel des Offiziers, der ihn zu Fall bringen und den Weg in die wehrlose Stadt öffnen würde. Er war bereit zu sterben. Er war bereit, das Kreuz für seine Herde zu tragen und sich zu opfern. So rührte er sich nicht, stand weiterhin aufrecht und hoffte auf die Wirkung des weißen Lakens, das weithin sichtbar aus dem obersten Fenster des Haupttors wehte, während der edle Schimmel samt Reiter immer näherkam und die drei Gefährten hinter Marcellus schützend die Arme vor Kopf und Leib hielten.

Aber der Reiter zog keinen Säbel. Stattdessen hielt er unmittelbar vor dem Abt und schaute einen unendlichen Augenblick auf ihn hinab.

»Bonjour Monsieur«, sagte er schließlich, »hängt Ihr Eure Wäsche immer so vorteilhaft aus dem Fenster?«

Es war ein ranghoher Offizier. Er schien nicht feindselig und gebot den Soldaten mittels einer eindeutigen Handbewegung, die

Bajonette herunterzunehmen. Auf der ganzen Front löste sich die Erstarrung, auch das Zittern der drei Begleiter des Abtes ließ allmählich nach. Der Offizier sprach ein gutes Deutsch, konnte und wollte jedoch nicht seine Herkunft verleugnen. In seinen Worten zischte es noch mehr, als man es vom knochenlosen Dialekt dieses Landstrichs gewohnt war.

In feierlichem Ton sprach er: »Vous êtes libérés, Messieurs. Ihr seid befreit vom Joch der Unterdrückung. Von nun an seid Ihr alle Bürger vor dem einen Gesetz der Menschlichkeit. So lasst uns rufen: Liberté, egalité, fraternité!«

In diesem Moment schallte es aus den Reihen der Soldaten wie von einem gewaltigen Chor zurück: »Liberté, egalité, fraternité!«

Mit einem zufriedenen Lächeln quittierte der Offizier diese Dressur, während die drei Herren hinter Marcellus eingeschüchtert zusammenfuhren.

Der Reiter saß ab und reichte dem Abt die Hand zum Gruß: »Wenn ich mich vorstellen darf: Oberst Montabon mitsamt seinem Bataillon. Ich hoffe, wir haben nicht allzu viel kaputt gemacht.«

Der Abt schüttelte die Hand des Obersten, der um etwa einen Kopf kleiner war als er und ein vornehmes buschiges Schnurrbärtchen trug. Marcellus stellte sich mit brüchiger Stimme als Abt des Klosters vor, worauf Montabon sofort erwiderte:

»Non, Monsieur, Ihr seid nicht mehr der Abt, ab heute seid Ihr der Bürger Abt. Ihr saht sehr tapfer aus, wie Ihr uns entgegengekommen seid. Meinen Glückwunsch! So freundlich werden wir nicht immer empfangen. Mit Eurer Hauptstadt war es nicht so einfach. Erst haben sie gekämpft und sich dann mit uns verbündet. Warum nicht gleich so friedlich wie Ihr? Es gewinnt immer der Bessere.«

Hier machte er eine Pause, wandte sich zum wiederholten Male an seine Männer und sprach in feierlichem Ton: »Vive la révolution!« Der Chor der Soldaten antwortete derart laut, dass es durch Mark und Bein ging: »Vive la révolution!«

Der Bürger Abt gewann die Festigkeit seiner Sprache zurück und sagte: »Ihr habt laut bei uns angeklopft.«

»Aber nein, Bürger Abt. Manchmal klopfen wir noch viel lauter an. Überhaupt, wozu braucht Ihr diese Mauern, wenn wir doch alle Brüder sind?«

»Mancher meint, sie böten Schutz.«

»Monsieur! Wovor müsst Ihr Euch schützen? Wir kommen in friedlicher Absicht, um Euch zu befreien.«

In diesem Augenblick kam ein zweiter Offizier herangeritten, saß ab, salutierte vor dem Oberst und richtete einige Worte in seiner Muttersprache an Montabon, die dieser mit Dank und Kopfnicken erwiderte.

»Darf ich vorstellen?«, sagte der Kommandant zum Bürger Abt, »mein Adjutant, Jérôme mit Namen. Er spricht ebenfalls Ihre Sprache, und zwar ganz vorzüglich. Er sagt, wir sollten keine Zeit verschwenden. Meine Leute sind hungrig. Sie sind schon den ganzen Morgen gewandert und warten nun darauf, dass etwas passiert. Schließlich sind wir zum Befreien hier. Alors, Monsieur, würdet Ihr mir die drei Herren vorstellen, die mit Euch hier herausgekommen sind, um uns zu empfangen, damit wir dann endlich von hier fortkommen? Es sieht nach Regen aus.«

Marcellus und Montabon wandten sich zu den drei Begleitern, die sogleich vorgestellt und mit Handschlag begrüßt wurden. Der Schultheiß lächelte dabei leicht, der Vogt neigte sein Haupt, und der Sekretarius schaute in die Luft.

»Euer Städtchen ist hübsch, so viele Türme, so viele Mauern, so viele bunte Häuser. Seid Ihr auch gastfreundlich?«

Keiner antwortete. Der Vogt sagte erst nach einigem Zögern: »Oh ja, Euer Gnaden, gastfreundlich, in der Tat.«

»Sehr freundlich, Monsieur. Nur nennt mich nicht ›Euer Gnaden‹, das klingt nach Ancien Régime. Ich bin kein Comte, sondern der Bürger Oberst für Euch.«

»Oh ja, gnädiger Herr Bürger Oberst, oh ja.«

Montabon strich sich über sein buschiges Schnurrbärtchen und schaute grimmig drein: »Nun Messieurs, weil es bei Ihnen so nett ist, werden wir für einige Tage Ihre Gastfreundschaft in Anspruch nehmen. Bei wem von Ihnen darf ich zu Gast sein?«

Abt und Vogt zeigten an, dass sie den Oberst aufzunehmen bereit seien. Der Schultheiß wirkte unentschlossen. Rudolf Kuhn schaute weiterhin in die Luft.

»Bürger Abt, es tut mir leid, aber ich kann doch nicht in einem Kloster zu Gast sein. Bei Euch wird Pégase, mein Pferd, unterkommen. Ich werde stattdessen das Angebot dieses Herrn annehmen«, er zeigte auf den Vogt, »das scheint mir das Beste. Aber ich denke, dass wir in den nächsten Tagen noch oft genug die Gelegenheit haben werden, uns zu sprechen. Ich habe nicht vor, recht bald abzureisen. Sehr erfreut, Bürger Abt ...«

Dann fasste er den Vogt am Arm und befahl in freundschaftlichem Ton: »Zeigen sie mir die Stadt, Monsieur!«

»Zu Befehl, durchlauchtigster Herr Bürger Kommandant.«

Edmund Hardy schritt mit Montabon in Richtung Stadt. Die übrigen drei schlossen sich an. Jérôme, der Adjutant, saß wieder auf, ritt zurück zu den Linien der Soldaten und gab mit lauter Stimme Befehle. Die Kriegsknechte verließen ihre Stellungen, sammelten sich in der Nähe der Feldkapelle und begannen, ungeordnet auf das Haupttor zuzugehen.

Es war kein Marschieren, es war ein Spazieren. Die blitzsauberen Uniformen fingen die Blicke. Als die Soldaten ihrem Oberst folgend in die Stadt eintraten, kamen die Bürger hinter ihren Fenstern hervor, sahen verwundert hinunter, wie schön dies Schauspiel war, sahen, in welch prächtiger Gardistentracht die Kriegsknechte zum Marktplatz strömten. Man erkannte nicht den Krieg an ihnen, man ahnte keine Gewalt. Alles wirkte wie Verkleidung. Die Erzählungen von Plünderungen und Brandschatzungen umliegender Dörfer, Weiler und Städtchen verwies man in das Reich der Märchen. In die altehrwürdige Klostersiedlung spazierte eine Armee hinein, die keine zu sein schien, die aussah wie Spielzeug, wie die freundliche Abordnung eines fernen Landes.

Was waren das für wunderbare Farben! Blau-weiß-rot blitzte und blinkte es hier und dort. Wie hell, wie freundlich! Den Bürgern war, als käme mit der Armee ein Schwall frischer Luft von Westen, als würde durch das Loch in der Mauer ein Wehen entstehen, das den Mief der Jahrhunderte hinforttrug. Es war dem einen oder anderen, als flöge der düstere Adler des Stadtwappens in weite Ferne, als rollte das Rad des Kurfürsten in den Fluss, um auf dessen Grund zu versauern. Blau, weiß und rot: Das war Frische. Das war Brise.

Die Bürger strömten auf die Straßen, um den Zug der Verkleideten zu betrachten. Sie steckten den Fremden Blumen an Röcke und Bajonette und schenkten ihnen Süßigkeiten. Die Soldaten lächelten zurück. Je mehr es wurden, desto froher war man und hoffte, der schöne Zug würde kein Ende nehmen. Bald war alles auf den Beinen, was laufen konnte. Alles folgte dem Strom hin zum Marktplatz, versammelte und vermischte sich dort mit dem

Heer der Fremden. Die Freude war groß. Die Spannung der letzten Tage fiel von den Menschen ab. Man konnte kaum noch glauben, an nebligen Tagen zur allzeit lilienbekränzten Jungfrau vor Sankt Laurentius so viele Gebete gesprochen zu haben, um vor Plünderungen und Brandschatzungen bewahrt zu bleiben. Worin lag denn die Gefahr? Doch nicht in diesen schön geschmückten, lächelnden Fremden, die die Tore öffneten, damit frischer Wind hineinkomme.

Ein kräftiger Landregen setzte ein. Er spülte alles fort, was in den letzten Tagen Sorgen und Kummer bereitet hatte. Es war wie ein Abwaschen der Last des Alten. Nachdem sich alle auf dem großen Marktplatz versammelt hatten und dort ein tolles, nasses Treiben und Feiern ausgebrochen war, löste sich der Kommandant vom Vogt und schwang sich auf die Freitreppe des Rathauses.

Mit seinen beiden erhobenen Händen gebot er der Menge Stille. Sie folgte und war begierig darauf, eine neue Predigt aufzunehmen. Der Regen machte ihnen nicht das Geringste aus. Bald waren die Gespräche verstummt. Bald richteten sich alle Augen auf Montabon, ob Soldat oder Zivilist.

Der Kommandant sagte in seinem feierlichen Ton: »Vous êtes libérés! Ihr seid befreit!«

Da jubelte und tanzte man, ohne so recht zu wissen, wovon man eigentlich befreit worden war. Wichtig war allein die Stimmung des Aufbruchs, die über dem Marktplatz des Städtchens wehte, wichtig war allein die Freiheit, auch wenn man vorher nicht unterdrückt war.

Noch einmal gebot der Kommandant Stille und rief der Menge zu: »Wir sind alle Bürger vor dem einen Gesetz der Menschlichkeit. So dürfen wir rufen: Liberté, egalité, fraternité!« Die Soldaten wiederholten die letzten Worte laut im Chor: »Liberté, egalité, fraternité!«

Den Bürgern war, als hätten sie es alle selbst gerufen, als hätten sie alle dem Oberst die französischen Worte nach dem Mund geredet. Sogleich brach der Jubel wieder aus. Die Frauen tanzten im Regen mit den Soldaten, während die Männer neidisch wurden.

Montabon kam von der Freitreppe herunter, ging auf den Abt zu und sagte: »Wir sind gerne Eure Gäste. Euer Städtchen ist zwar klein, aber sehr hübsch. Merci beaucoup, Bürger Abt.«

Der Abt nickte und löste sich aus dem Trubel. Keiner beachtete ihn. Keiner verneigte sich mehr. Alle feierten, tanzten und lachten wie toll. Marcellus ging nach Hause in seine Prälatur, um fortan als Gefangener der Revolution zu leben.

XII

JEREMIAS WUSSTE KAUM, WIE IHM GESCHAH. ER SASS im Refektorium beim Abendessen, ließ seinen Blick über die Fresken des Gewölbes streifen, musterte seine Mitbrüder und hörte nur mit halbem Ohr, was der Lektor aus dem Schatz frommer Literatur vortrug.

Wo aber war der Ehrwürdige Vater? Er wusste es nicht. Keiner wusste es. Alle schielten stetig auf den leeren Platz in der Mitte des Tisches, an dem Marcellus für gewöhnlich saß. Keiner kannte den Grund für seine Abwesenheit. Dabei hätte man ihn gerade in diesem Augenblick gebraucht und von ihm hören wollen, wie man dem Franzosenvolk begegnen sollte.

Merkwürdige Dinge waren heute passiert. Kanonen hatten geschossen. Menschen hatten getanzt. Ein Offizier hatte zu allem Volk gesprochen. Was sollte man nun tun? Was sollte er, Jeremias, mit diesen Erlebnissen und Nachrichten anfangen? Er wusste weder aus noch ein, sah im Kreise seiner Mitbrüder umher und untersuchte ihre Gesichtsausdrücke. Da waren jene, die scheinbar nichts aus der Ruhe bringen konnte, die vorgeblich ihr Leben weder bedroht oder bedrängt sahen, die wirkten, als ob sie den leeren Platz gleichsam als gottgegeben hinzunehmen gewillt waren. Da waren andere, die mit bangen Blicken auf den Stuhl des Abtes schauten und nur mit Mühe die Speisen auf ihrem Teller anrührten.

Letztlich war da noch er, Jeremias, der Eifrigste von allen, der Innigste, der Rechteste. Mal schob er sich einen Bissen in den Mund. Mal ließ er den Blick durchs Gewölbe streifen, hielt ihn aber immer wieder am leeren Platz des Abtes an.

Er horchte, was der Lektor an frommen Vätertexten vorzutragen hatte, konnte sich aber aus den vielen Worten keine sinnvollen Sätze zusammenreimen. Er war abgelenkt. Er spürte die große Veränderung, die alle ereilt und erfasst hatte, auch wenn sie nicht imstande waren, das Ausmaß der Umwälzung mit ihrer Vernunft zu begreifen. Es war ja alles ganz friedlich gekommen: nur wenige Einschläge in der Stadtmauer, das Freudenhaus der vielfältigen Maria verschüttet, eine bunte Truppe französischer Soldaten inmitten einer jubelnden Menge und ein galanter Oberst an ihrer Spitze. Es war gleichgültig, was dieser französische Offizier gesagt hatte. Entscheidend waren allein seine sanftmütige Ausstrahlung und seine undeutlichen Beschwörungen von Freiheit, Gleichheit und Brüderlichkeit.

Jeremias war einer Flut schwerer Gedanken ausgesetzt. Es wäre ihm einerseits wie Lässlichkeit erschienen, hätte er sich nichts aus den Ereignissen des Tages gemacht. Es wäre ihm andererseits wie Feigheit vorgekommen, hätte er die ängstliche Miene der anderen geteilt. Weder blickte er gleichgültig drein noch wirkte er ängstlich. Er machte weiterhin den Eindruck des Heiligen, des Innigsten und Rechtesten, den man von ihm gewohnt war.

Dennoch hatte der Schall der Kanonen einen Prozess in ihm angestoßen, dem er sich nicht erwehren konnte, sondern den er auszuhalten gezwungen war. Auch er hatte - wie viele seiner Mitbrüder - seine Sicherheit verloren. Auch seine Gedanken kreisten um den leeren Platz des Ehrwürdigen Vaters. Auch er sorgte sich um die Zukunft, um die des Klosters und um seine eigene.

Er war froh, als das Essen vorüber war, als sämtliche Teller mühsam geleert waren, als der Lektor mit seinem Vortrag endete, als sich alle zum Singen des Dankverses erhoben und den gewölbten Saal verließen, um sich vor Anbruch des letzten Stundengebetes im benachbarten Kreuzgang der Meditation zu widmen. Sie schlichen unter den Arkaden entlang, wandelten durch die vier Gänge, umkreisten das grüne Gräberfeld in ihrer Mitte, blickten hinauf zu den Dächern der Klosterbasilika und zum düsteren Himmel, musterten den sandsteinernen Boden, murmelten Gebete oder gaben dies vor.

In dieser Gleichförmigkeit ihres Betragens misstrauten sie einander jedoch, blickten sich bei ihren Begegnungen skeptisch in die Augen und sannen darüber nach, was der andere denn nun fühle, ob er einer der Ängstlichen oder aber einer der scheinbar Gleichgültigen sei, ob er die Abwesenheit des Abtes nun als schmerzlich mitempfinde oder nicht.

In dieser Stunde meinte Jeremias zu erkennen, dass er der Letzte war, der noch fest inmitten der klösterlichen Lebensform stehe. Jedenfalls formte er seine Gedanken immer wieder derart, dass er dem Herrn dankte, nicht so gemacht worden zu sein wie all die anderen. Er sah sie bereits als Abtrünnige, als Zivile und als Revolutionäre, obgleich bislang die Anzeichen für solch eine Entwicklung mehr als unzureichend waren.

Beim sich anschließenden Nachtgebet im Hochchor der Basilika sang Jeremias aus bloßer Gewohnheit die Psalmen, ohne deren Worte in seinem Innersten zu bewegen. Er blickte noch strenger drein, als er es üblicherweise zu tun gewohnt war, um nicht dem Verdacht ausgesetzt zu werden, dass er wie all die anderen zweifelte, zagte und zauderte. Dabei flehte er in seinem Innersten: »Herr, lass diesen Kelch an mir vorübergehen!«

Man saß sich im Chorgestühl gegenüber. Das gegenseitige Mustern der ängstlichen Mitbrüder nahm kein Ende, nahm gar noch zu. Was dachte der andere da drüben? Was hält er von mir? Marcellus war noch immer nicht erschienen. Fromme Gedanken wurden unmöglich. Die Haltung, das Beachten der Regel, der ewige Gleichlauf des Tages: All das war nicht denkbar ohne die Autorität des Abtes. All die ewige Übung des Mönchtums konnte nur vom Vorsteher der klösterlichen Gemeinschaft her ihren Sinn empfangen. Jeremias versuchte, die Augen von seinen Mitbrüdern abzuwenden und seinen Blick an den silbernen Christus zu heften, der auf der Mensa des Altars über den sechs hohen Kerzen und über aller Dunkelheit glitzerte und strahlte. Aber es gelang ihm nicht.

Als nach der Komplet sämtliche Klosterbrüder durch die enge Pforte im Querhaus in die Klausur hinübergegangen, als sie in ihre Zellen eingekehrt und die schweren Türen geschlossen und verriegelt waren, da entzündete Jeremias in seiner schlichten Kammer zwei Lichter, mit denen er das elfenbeinerne Kruzifix umrahmte, das auf seinem Sekretär stand. Er ließ sich auf seiner Betbank nieder, deren hölzernes Kniebrett nicht gepolstert war, schaute seinem Heiland in die Augen und wich dessen Blick nicht aus.

»Was hängst du doch so leidend an deinem Kreuz!«, dachte Jeremias. »Solltest du nicht mit all deiner Macht herabsteigen und deine Feinde vernichten? Solltest du nicht anpacken, anstatt zu sterben? Solltest du nicht mithelfen, anstatt dich zu entziehen? Hilf doch und vertröste uns nicht! Mach jetzt ein Ende allem Schrecken und gib uns Sicherheit! Lass uns wissen und nicht bloß glauben! Was tust du denn für uns an deinem Kreuz, als bloß zu hängen und zu leiden? Was tust du?«

Jeremias hätte in diesem Augenblick deutlich vor Augen geführt werden können, dass seine Strenge und Frömmigkeit nichts anderes waren als die Umklammerung eines Halmes im Wind. Er war kein Baum mit starken und tiefen Wurzeln im Erdreich. Er war nichts weiter als ein Käfer im Gras. Nun aber war der Sturm der Revolution aufgezogen. Der Grashalm bog sich und gab keinen Halt mehr.

»Was tust du?«, dachte Jeremias. »Sprich zu mir!«, forderte er den elfenbeinernen Christus flüsternd auf. »Tue etwas!«, befahl er mit lauterer Stimme. Doch litt der Heiland weiter an seinem Kreuz und blieb stumm.

Da stiegen in Jeremias Wut und Zorn auf. Noch einmal sah er dem Heiland in die elfenbeinernen Augen. Noch einmal forderte er ihn auf und schrie es geradewegs hinaus: »Sprich zu mir! Sage mir, was ich tun soll!« Noch einmal horchte er, ob er nicht einen Laut vernehmen würde. Doch nichts tat sich. Still war es in der Zelle. Stumm blickte der elfenbeinerne Christus dem Mönchlein in die Augen. Die beiden Kerzen flackerten leicht in der Dunkelheit.

Schließlich war Jeremias den Tränen der Verzweiflung nahe. Er erhob sich von seiner hölzernen Betbank, ging nahe an das Kruzifix heran und sagte: »Was glotzt du so?!«

Dann holte er mit der Rechten aus, schlug auf den Heiland ein und fegte ihn vom Sekretär herunter. In der Ecke seiner Zelle zerbrach das Elfenbein unter der Wucht des Aufpralls. Vom Kruzifix blieb nichts als ein Häuflein weißer Splitter übrig. Jeremias trat sie mit dem Fuß in die Ecke, war zufrieden und ging beruhigt zu Bett.

XIII

IN JENEM SAAL, IN DEM DER ABT, DER SCHULTHEISS, sein Sekretarius und der Vogt in der Nacht vor dem Ostermorgen die Nachricht vom Anrücken der Franzosen besprochen hatten, wurde das Pferd des Obersten untergebracht. Der edle Schimmel Pégase sollte von einem korpulenten Soldaten betreut werden, der sich beim Bürger Abt in seiner Muttersprache vorstellte, die aber Marcellus nicht beherrschte, sodass er auch nicht herausfinden konnte, wie sich der Tierpfleger nannte. Jedenfalls führte der Soldat Pégase am Zaumzeug in den Saal, wobei das Pferd hier und dort die mit rotem Samt bezogenen Sitzmöbel umstieß und auch sonst um nichts verlegen war. Der Franzose scherte sich nicht um den Dreck, räumte ihn nicht weg, fütterte das Tier nur mäßig, striegelte nicht das Fell und schien mit Pégase auf nur wenig freundschaftlichem Fuß zu stehen.

Mehr Aufmerksamkeit widmete der Namenlose dem Bürger Abt. Als Marcellus am ersten Tag, den er in seiner Wohnung gemeinsam mit dem Tier zubringen musste, versuchte hinauszugelangen, versperrte ihm der Aufpasser die Flügeltür mit seinem mächtigen Leib und bedeutete ihm mit eindeutigen Handbewegungen, er solle sich in sein Kabinett zurückziehen. Marcellus verstand zunächst nicht. Dann wurde ihm seine missliche Lage klar. Er legte sich auf sein gewaltiges, über und über mit Schnitzwerk verziertes Bett und wartete. Er starrte Löcher in die Luft und musterte unentwegt die Ranken der Stuckdecke. Der Weg nach draußen war ihm durch einen Tierpfleger versperrt, der keiner war.

Pégase machte in der Nacht nur wenig Lärm. Der namenlose Wärter hingegen ließ sein Gaumensegel derart eindringlich flattern, dass Marcellus kaum ein Auge zumachte, wenn jener im Reich der Träume zu Gast war. Wie gerne hätte er sich in diesen Nächten aus der Wohnung herausgeschlichen. Pégase wäre es ja gleichgültig gewesen. Vor dem schnarchenden Wächter aber hatte er Angst.

Wenn der Bürger Abt aus bloßer Neugierde in der Nacht die Tür seines Kabinetts zum Saal um einen Spalt öffnete, so konnte er beobachten, wie der Namenlose auf der mit rotem Samt bezogenen Chaiselongue ausgestreckt lag und in tiefem Schlummer versunken war. Auf dem Boden standen einige Flaschen Wein aus dem Keller – ein saures Erzeugnis des klostereigenen Wingerts auf der anderen Seite des Flusses, das ordentlich gesüßt werden musste, um genießbar zu sein. Der Pfleger schlief allnächtlich seinen Rausch aus. Der Geruch des abgestandenen Weins hatte sich mit jenem des Pferds vermischt.

Marcellus wagte nicht, die Tür länger als nur einen Augenblick geöffnet zu halten. Er wagte nicht, sich an seinem Wärter vorbeizuschleichen, um im oberen Geschoss der Prälatur wenigstens für einige wenige nächtliche Minuten die Bibliothek aufzusuchen und seinem Geist neue Anregungen zu verschaffen. Stattdessen legte er sich auf sein über und über mit Schnitzwerk verziertes, gewaltiges Bett, um auch im Kerzenschein die Ranken der Stuckaturen an der Decke zu mustern.

Der Oberst kam täglich, um den Bürger Abt zu besuchen und ihm ein wenig Brot, einen Teller Suppe und einen Becher Wasser zu übergeben. Marcellus bedankte sich artig, machte Montabon jedoch auf die schmerzlich empfundene Beschränktheit seines Lebenskreises aufmerksam.

Dieser lachte laut und sagte: »Monsieur, was denkt Ihr? Ihr seid befreit, was wollt Ihr da noch durch die Stadt spazieren? Ihr kennt sie. Ich muss sie noch kennenlernen. Außerdem braucht Pégase Gesellschaft. Er ist ein sehr sensibles Tier, Monsieur.«

Marcellus wollte sich nicht abfertigen lassen und fragte, ob er ein Gefangener sei.

»Mais non, Monsieur, Ihr seid frei, die Gedanken sind frei. Sie zerreißen die Schranken. Das Alte war beschränkt, das Neue aber ist vollkommen frei. Denkt also ein wenig nach, Bürger Abt, dann fühlt Ihr Euch freier.«

So blieb dem Abt nichts anderes übrig, als täglich auf dem Bett zu liegen und die Besuche des Obersten zu erwarten. Marcellus gelang es nur schlecht, sich Gedanken von der Freiheit zu machen. Er wusste mit diesem Wort wenig anzufangen. Lieber zählte er die Ranken der Stuckaturen. Die kunstvoll geschwungenen Gitter vor seinen Fenstern hatte man einst aus Angst vor Dieben anbringen lassen. Jetzt waren sie die Siegel seines Gefängnisses.

Wenn er hinaus auf den Klosterhof sah, erkannte er zunächst noch das gleiche geschäftige Treiben wie immer. Mit Voranschreiten der Zeit aber schienen die Brüder ihrer Arbeit nicht mehr regelmäßig nachzugehen. Die Handwerker schafften nur noch selten in ihren Verschlägen. Die Gärtner ließen das eingezäunte Grün vor der Prälatur mit seinen Frühlingsblumen und südlichen Gewächsen vom Unkraut überwuchern.

Als Marcellus eines Morgens gegen sechs die Ohren spitzte, hörte er nichts, denn das Angelusgeläut fand nicht mehr statt.

Der hierzu befragte Oberst antwortete: »Mais Monsieur, beten kann man überall, unsere Pferde und Waffen aber müssen wir ins Trockene stellen. Wir brauchen eine große Lagerhalle. Wir haben alles in der Kirche untergestellt.«

Tatsächlich sah Marcellus viele der Brüder, wie sie über den Klosterhof schritten. Aber die meisten kamen in ziviler Kleidung vorüber. Der eine oder andere kehrte an den Abenden betrunken zurück, während er sich von einer Person weiblichen Geschlechts in vertrauter Nähe begleiten ließ.

Das geschäftige Treiben der Handwerker wurde abgelöst von einem täglich immer stärker anschwellenden Strom von Bürgern und Bauern, die die Armenküche des Klosters besuchten. Hier schien noch gearbeitet zu werden. Die Schlange vor dem Ausgabeloch wurde stetig länger, sodass sie schon bald um die Mittagszeit bis vor die Fenster der Abtswohnung reichte.

Der Bürger Abt betrachtete die Vorüberziehenden und las in ihren Gesichtern Enttäuschung und Verbitterung. Unter ihnen waren Personen, die Marcellus als rechtschaffene Kaufleute kannte, die noch bis vor wenigen Wochen blühende Handelsgeschäfte getrieben hatten. Jetzt waren viele Warenströme versiegt, und der Bedarf an Tand war abhanden gekommen.

Auf dem Marktplatz spazierten die schön gekleideten Soldaten mit lächelnden Gesichtern herum, gaben sich an den Ständen Miene, etwas kaufen zu wollen, fragten auch nach dem Preis, blieben das Geld aber letztlich schuldig. Die Händler wagten nicht, den Kriegsknechten entgegenzutreten und auf der Zahlung zu bestehen. Sie fürchteten sich vor den Gewehren und Bajonetten, die von den Soldaten an einem Lederriemen über der Schulter getragen wurden.

Bald verknappte sich das Angebot, sodass vielen Bürgern nur noch der Gang zur Armenküche des Klosters blieb. Die Befreier nahmen sich zu allem Überfluss noch das Recht heraus, in den Betten der Städter zu schlafen. Sie gingen in den Häusern ein und aus, ohne zu fragen, ob sie willkommen seien oder nicht.

Dennoch übten die französischen Soldaten in ihren schmucken Uniformen eine unverminderte Wirkung auf die Menschen aus. Trotz einer gewissen Verkomplizierung der Lebensverhältnisse war man ihnen weiterhin gewogen und atmete die frische Brise, die sie von Westen her mitgebracht hatten. Sie lächelten.

Vor allem die Damen lächelten zurück. Allerdings schätzten auch die Männer den Hauch der Freiheit, der sich über alles legte, schätzten die Veränderung der Verhältnisse, von der sie nicht wussten, wohin sie führen würde, schätzten die neue Freiheit, die sie jedoch nicht zu nutzen gedachten. Vielen spukten die französischen Worte »liberté, egalité, fraternité« im Kopf herum. Sie setzten mit ihnen das Gute als solches gleich, ohne sich jemals darüber klar zu werden, was das Schlechte denn gewesen sein sollte.

XIV

DER KLEINE OBERST ERFREUTE SICH IM FRÜHLINGS-haften Städtchen größter Beliebtheit. Wenn er durch die Straßen und über die Plätze spazierte, krümmte man sich vor ihm, wie man es einst vor Marcellus getan hatte. Vom Verbleib des Abts wusste man nichts, munkelte, er sei geflohen, und freute sich über den neuen Hirten mit dem klangvollen französischen Namen. Man konnte nicht glauben, dass der Ehrwürdige Vater seine Freiheit verloren habe, genauso wenig wie man glauben konnte, dass es sich bei dem soldatischen Kauf ohne Bezahlung um Betrug handele. Der eine oder andere lernte schon die ersten französischen Wörter, hoffte, Montabon auf der Straße zu begegnen und ihn unter ehrfürchtiger Verneigung stolz in seiner Muttersprache grüßen zu können: »Bonjour, Citoyen Commandant.« Den Hiesigen fiel es nicht schwer, die Aussprache zu erlernen, war doch das Idiom ihrer Heimat, dieses knochenlose Zischen, dem Klang des Französischen recht nah, wenn es ihm auch an jeglicher Eleganz fehlte.

An einem schönen Frühlingsnachmittag zogen Kilian und Montabon hinaus aufs Feld. Sie hatten sich bei einem Besuch des Obersten im Apothekerhaus kennengelernt und waren dabei sogleich auf das Thema Musik gekommen. Kilian war Montabon gleich sympathisch, sodass er ihn auf eine Landpartie eingeladen hatte.

Sie besprachen sich nun eifrig, während sich Jérôme in gemessenem Abstand mit Mühe plagte, drei Köfferchen zu tragen, von denen eines ein nicht unerhebliches Gewicht hatte und in dem es beständig klirrte. Die beiden anderen waren die Futterale zweier Musikinstrumente. In dem einen befand sich die italienische Geige Kilians, in dem anderen eine französische Klarinette.

»Mögen Sie die Klarinette, Monsieur?«, fragte Montabon seinen Begleiter.

Kilian antwortete: »Ich hatte noch keine Gelegenheit, sie zu hören.«

»Mais Monsieur. Ihr seid doch ein Freund der Klänge. Wohl keiner beherrscht die Geige in der Stadt so gut wie Ihr. Wenn Ihr aber so sehr mit der Musik verbunden seid, dann müsst Ihr doch dieses neue Instrument kennen. Es ist so sanft und menschlich, genauso wie die Revolution, die wir Europa bringen. Es scheint mir, als sei die Klarinette ein Zeichen für das Neue und Gute, während die

Oboe das Instrument des Alten ist. Sie ist so hart und quakt wie ein Frosch. Sie erinnert an Höflinge, die immer nur nachplappern, was ihnen der König zuvor sagen ließ und wovon sie hoffen, dass es sie in ihrer Karriere voranbringt. Meint Ihr nicht auch, dass es ein Glück ist, dass wir in Frankreich keinen König mehr haben?«

Kilian sprach: »Das Volk muss zu seinem Recht kommen, die Zeichen der Zeit stehen auf republikanische Verfassungen. Wenn sich der König nicht dem Willen des Volkes beugt, hat er jegliches Recht verwirkt.«

»Très bien, très bien, Monsieur Kramer, très bien, ich sehe: Wir verstehen uns.«

Montabon strich sich bei diesen Worten mit den Fingern über das buschige Schnurrbärtchen und sah Kilian in die Augen. Er musste wegen seiner geringen Körpergröße hinaufschauen. Sein Blick war dennoch herrscherlich. Er trug heute keine Uniform, sondern zivile Kleidung, die sich von der Kilians erheblich unterschied. Seine Hose war nicht unterhalb der Knie angebunden, sondern reichte ihm bis zu den Füßen.

Montabon drehte sich um und rief: »Jérôme, fais vite, nous n'avons pas beaucoup de temps. On doit se dépêcher!«

Der Adjutant trug keine zivile Kleidung, sondern schwitzte im Waffenrock und in hohen, ledernen Stiefeln. So mühte er sich, zu den beiden aufzuschließen, ächzte jedoch unter der Hitze und der Last, blieb stehen, stellte die Köfferchen kurz auf den Boden, zog ein Tuch hervor und wischte sich die Schweißperlen aus dem Gesicht. Dann sammelte er wieder das Gepäck zusammen, um schnellen Schrittes zu folgen.

Montabon wandte sich wieder an Kilian: »Wie gerne wäre ich jetzt in Paris, Monsieur. Der König ist tot, vive la république! Jetzt sind wir alle Brüder, frei und gleich. Wir müssen nicht mehr auf die Ewigkeit warten, sondern werden schon auf Erden glücklich.«

Kilian sagte: »Es waren Eure Philosophen, die uns die Augen geöffnet, die uns die Joche erklärt haben, unter denen wir stöhnten, die uns gezeigt haben, wir sehr wir uns von der Natur entfernten.«

Der Oberst staunte: »Ihr scheint mir ein studierter Mann zu sein, Monsieur. Habt Ihr sie denn gelesen, unsere großen Philosophen?«

»Nun, gelesen habe ich sie nicht. Ich beherrsche nicht Eure Sprache. Aber gehört habe ich von ihnen! Die Professoren meiner Alma Mater haben über sie gesprochen, damals in Leipzig.«

»Ah oui! Ihr seid zum Studium in Leipzig gewesen, très interessant, wie der Monsieur Goethe!«

Kilian wusste zunächst nicht, wen Montabon meinte. Der Oberst hatte den Namen derart im Akzent seiner Muttersprache artikuliert, dass er in nur einer kurzen Silbe klang.

»Wenn ihr von unseren Philosophen lernen könnt, so können wir von euren Dichtern lernen, besonders vom Monsieur Goethe. Ihr Deutschen meint, ihr hättet keinen König außer dem Kaiser. Ich aber sage euch: Euer König ist der Monsieur Goethe.«

Kilian wusste hierauf nicht so recht zu antworten. Zwar hatte er schon vieles von dem Weimarer Staatsminister gehört, der etwa zwanzig Jahre älter als er sein mochte, doch noch keines seiner Stücke gelesen.

Montabon fuhr fort: »Es freut mich außerordentlich, endlich wieder etwas von der weiten Welt zu hören, Monsieur Kramer. In Eurem kleinen Städtchen kommt man sich furchtbar beengt vor. Der Bürger, bei dem ich zu Gast bin, ist ein sehr beschränkter Mensch, müsst Ihr wissen. Er wiederholt immer nur, was ich ihm sage. Er kommt mir vor wie eine Oboe am Hof des Königs oder ein Papagei. Dabei ist er so hässlich, hat einen kahlen Kopf und spitze Zähne, so als wäre er ein Wolf, der Kreide gefressen hat. Aber auch diese Oboe wusste, dass Ihr gut die Geige spielt. Et voilà, gleich machen wir Musik miteinander.«

Kilian kannte den Vogt nicht. Im häuslichen Kreise hatte er jedoch den Namen Edmund Hardy schon gehört. Der Vater hatte nicht begeistert von ihm gesprochen, hatte ihn eine unerträgliche Hofschranze genannt, die in vorauseilendem Gehorsam jedem nach dem Mund rede, der über ihm stehe.

»Darf ich etwas fragen, Bürger Oberst?«

»Nur zu, Monsieur, fragt mich, was Ihr wollt.«

»Warum beherrscht Ihr das Deutsche so vorzüglich?«

»Eine gute Frage. Eine Antwort bekommt Ihr auch. Es ist nämlich so, dass ich zum Studium, wenn auch nicht in Deutschland, so doch an einer deutschen Universität gewesen bin.«

»Und die wäre?«

»Strasbourg, Monsieur Kramer. Unsere Vorlesungen waren lateinisch, aber auch deutsch. Seither liebe ich Eure Sprache. Sie ist so niedlich, wenn Ihr versteht, was ich meine. In dieser Sprache drücken sich die Untertanen der Fürsten aus, mit ihr kann man keine Revolution machen. Ich fand es wunderbar, sie zu studieren. Denn nur über die Sprache lernt man ein Volk richtig kennen. So habe ich euch Deutsche kennengelernt und weiß bestens, was für ein niedliches Volk ihr seid. Ich weiß, warum ihr ein Volk wie das französische braucht, um eure Fürsten loszuwerden: Weil ihr Deutsch sprecht!«

Kilian fragte weiter: »Welches war Euer Fach?«

»Oh Monsieur, ich habe Euch gesagt, dass Ihr mich fragen könnt, was Ihr wollt. Aber ich habe nicht gesagt, dass Ihr auch auf jede Frage eine Antwort bekommt. Ihr seid jedoch so freundlich. Ich will Euch auch auf diese Frage erwidern, aber nur, wenn Ihr mir versprecht, es für Euch zu behalten. Kann ich auf Euch zählen, Monsieur Kramer?«

Kilian antwortete: »Sicherlich könnt Ihr auf mich zählen, Bürger Oberst. Aber ich verstehe nicht, wie Euch meine Frage so nahetreten kann.«

Der Oberst sagte eine Weile kein Wort, sah nur in den blauen Himmel, strich sich über sein buschiges Bärtchen und seufzte. Schließlich hob er an: »In Strasbourg habe ich Theologie studiert.«

Kilian war von dieser Antwort enttäuscht.

»Kennt Ihr die Kathedrale in Strasbourg, Monsieur? Kennt Ihr dieses wunderbare Münster? Es ist ein prächtiges Bauwerk. Es zeugt von der Meisterschaft, von der Fantasie des Menschen. In diesem Bauwerk habe ich gepredigt.«

Ein Pfaffe also. Kilian konnte kaum glauben, dass dieser französische Revolutionsheld, der Anführer eines Bataillon von Befreiern, dass dieser kleine Mann mit den langen Hosen ein Geistlicher gewesen sein sollte, genau wie Jeremias oder Marcellus.

»Ihr wundert Euch, Monsieur Kramer? Glaubt mir, ich war froh, als die Revolutionstruppen kamen und uns befreiten. Wir waren alle froh. Ich war der Erste, der von der Kanzel die neue Lehre von liberté, egalité et fraternité verkündete. Ich legte meine Gewänder ab und wurde ein freier Bürger des neuen Frankreich. Aus dem Münster machten wir einen Tempel der Vernunft, Monsieur. Nur tat es mir leid, dass die Masse, die gegen den König revoltierte, die Kathedrale beschädigte. Sie rissen viele der schönen Skulpturen herunter und schlugen mit Äxten auf sie ein. Dabei hatte doch schon der Monsieur Goethe gemeint, dass die Fassade der Kathedrale eines der schönsten Monumente der Menschheit sei. Warum mussten sie auf sie einschlagen? Mir war Strasbourg seither verleidet. So ging ich zur Armee und versuchte dort mein Glück. Et voilà, heute bin ich in Eurem Städtchen zu Gast.«

In diesem Moment sah der Oberst das Müllerhaus am Hügel stehen. »C'est très beau, Monsieur. So habe ich mir eine deutsche Mühle immer vorgestellt. Sie ist so altmodisch und hübsch anzusehen, so deutsch.«

Als sie an der Tür standen, waren aus dem Inneren die ratternden Mahlmaschinen zu hören. Kilian ging voran. Er führte Montabon und seinen Adjutanten, der immer noch Mühe hatte, die schweren Köfferchen zu tragen, durch den dunklen Flur in den Raum der Räder und des weißen Staubs. Am Trichter hievte der junge Müller mit den starken Armen die Säcke hinauf, um sie zu entleeren. Wegen der Wärme des Frühlings hatte er sein Hemd ausgezogen, sodass seine starken Arme ganz besonders zur Geltung kamen, ein Anblick, der vor allem Jérôme in Verzückung versetzte. Montabon hingegen zeigte größeres Interesse an dem Räderwerk und der ausgeklügelten Mechanik.

»So etwas haben wir in Frankreich nicht. Alles ist so vernünftig eingerichtet, findet Ihr nicht auch, Monsieur Kramer? Von außen sieht alles so altmodisch aus. Von innen ist es das Neueste, was ich bisher gesehen habe. Vielleicht seid ihr Deutschen ja doch nicht ganz so rückständig, wie ich bislang gedacht habe – aber die Revolution haben dann doch wir gemacht.«

Kilian stellte dem jungen Müller die Herren vor und fragte, ob man nicht gemeinsam ein wenig musizieren könne. Hyazinth nickte und grüßte Montabon mit einem freundlichen Lächeln, aber ohne ein Wort zu sagen. Als er dem Adjutanten in die Augen sah, vergaß er, dass er die Hand, die ihm zum Gruß gereicht worden war, wieder loslassen musste.

»Alors«, unterbrach der Oberst die Szene, »wollten wir nicht ein wenig Musik machen? Meine clarinette wartet darauf, wieder einmal geblasen zu werden. Ich habe auch etwas dabei, was wir spielen können. Wo befindet sich der Flügel? Jérôme, on doit se dépêcher!«

Hyazinth verließ den Maschinenraum, streifte sich schnell sein Hemd über, knöpfte es geschwind zu und wies den Weg zu seinem Hammerklavier. Als alle um das Instrument versammelt waren, ließ sich der Oberst von seinem Adjutanten das Futteral seines

Instrumentes reichen, öffnete es und holte zunächst einige Notenheftchen heraus, bevor er begann, die Einzelteile der Klarinette vorsichtig zusammenzuschrauben, um schließlich das Blatt mit den Lippen zu befeuchten. Kilian ließ sich von Jérôme seinen Geigenkasten geben und machte sich gleichfalls zum Spielen bereit.

Hyazinth schlug den Kammerton an. Man stimmte die Instrumente. Dann teilte der Oberst den beiden anderen die Stimmen aus. Schließlich befahl er, den zweiten Satz aufzuschlagen.

Sie begannen ein lyrisches Adagio. Alle drei Instrumentalisten bewiesen einander ihre Meisterschaft. Das Tempo war langsam gewählt. Der Oberst erwies sich als gefühlvoller Bläser und zeigte, dass er nicht nur über ein Heer von Soldaten, sondern auch über schier unendliche Ketten von Noten zu herrschen wusste. Kilian schwelgte mit seinem italienischen Instrument in galanten Phrasen, während Hyazinth mit Innigkeit die vielfältigen Möglichkeiten des Hammerflügels nutzte, um dem Stück die unabdingbare Basis zu verleihen, ohne die keine Harmonie hergestellt werden kann. Alle drei wurden in eine bessere Welt geführt, versanken in den Klängen und berauschten sich an den sanften Melodien mit ihrer überirdischen Schönheit.

Nachdem sie geendet hatten, schwiegen sie eine Weile. Der Adjutant saß versteinert auf seinem Schemel in einer Ecke des Raumes und hatte einen starren Blick, mit dem er auf den berührten Hyazinth sah. Montabon unterbrach die Stille.

»C'est Mozart!«

Wieder sprach er einen deutschen Namen mit einer derartigen französischen Eleganz aus, dass Kilian und Hyazinth nicht wussten, welchen Komponisten er gemeint hatte, obgleich ihnen im Innersten bereits klar war, wer der Urheber dieses Wunders an Schönheit gewesen sein musste.

Nochmals sagte der Oberst eindringlich: »Oui, oui, Messieurs. C'est Mozart. Ich habe die Noten abgeschrieben, als ich das letzte Mal im schönen Paris war. Wie schade, dass Mozart kein Franzose war. Er wäre ein guter Revolutionär gewesen.«

Sie spielten noch einiges von besagtem Komponisten und brachten eine gute Stunde mit Musizieren zu. Schließlich waren sie erschöpft und angereichert mit wunderbaren Klängen.

Der Oberst legte seine Klarinette auf dem Hammerflügel ab und sprach mit befehlender Stimme: »Merci Messieurs, es war wunderbar. Mais maintenant: Ist das nicht ein herrliches Wetter heute? Lassen Sie uns hinausgehen und ein kleines pique-nique veranstalten. Ich habe eine Überraschung für Sie. Jérôme, fais vite, dépêche-toi!«

Montabon ging mit großen Schritten voraus. Der Adjutant nahm das größere Köfferchen, aus dem es beständig klirrte, und folgte seinem Herrn.

Auf der Wiese vor dem Müllerhaus suchte der Oberst ein schönes Plätzchen aus und befahl Jérôme, das Picknick herzurichten. Decken wurden ausgebreitet, Gläser hervorgeholt und Flaschen dazugestellt. Der Oberst in seiner langen Hose machte den Anfang und setzte sich auf die Decke, während Hyazinth und Kilian nicht so recht wussten, was das zu bedeuten hatte.

»Bitte meine Herren, setzten Sie sich.«

Sie folgten. Man zog auf Befehl Schuhe und Strümpfe aus. Schließlich nahmen die beiden ihr Glas in die Hand und ließen sich vom Adjutanten einschenken.

»Ich habe ihnen etwas Besonderes mitgebracht, Messieurs«, sagte der Oberst, »ihren sauren Wein vertrage ich nur schlecht. Von euch Deutschen können wir Franzosen zwar lernen, wie man dichtet und musiziert, vielleicht auch, wie man Mühlmaschinen baut. Ihr müsst aber unbedingt von uns lernen, wie man Wein macht. Das ist meine Überraschung«, und er zeigte auf eine Flasche, die er hoch vor das Angesicht der beiden hielt, »trinkt mit mir Franzosenwein. Ihr habt es euch verdient. Ich kam mit meinem Bataillon schon durch viele deutsche Städte. Zwar habe ich so gute Musiker wie euch noch nicht getroffen, aber auch noch keinen so schlechten Wein getrunken. À votre santé, Messieurs.«

Hyazinth und Kilian ließen sich einschenken. Die Gläser klirrten beim Anstoßen. Sie freuten sich an dem sanften Geschmack des französischen Tropfens, der all die Bitterkeit der heimatlichen Reben auf einen Schlag vergessen machte.

»In der Natur ist das Trinken am schönsten«, stellte Montabon noch fest, »wir müssen alle zurück zur Natur, um gleiche Menschen zu werden, retour à la nature.«

Die drei genossen die deutsche Frühlingsluft mitsamt französischem Wein und erheiterten sich mit der Zahl der Gläser, die sie tranken. Kilian und Montabon sprachen über Rousseau, den Monsieur Goethe und Mozart, während Hyazinth stumm blieb und von Zeit zu Zeit mit lächelnden Blicken die Augen des Adjutanten suchte, der abseits der fröhlichen Gruppe in seinen hohen schwarzen Stiefeln und im Waffenrock schwitzte.

Plötzlich stand der Oberst auf. Aufgrund der Wirkung des Weins schwankte er ein wenig im warmen Schein der Frühlingssonne.

»Messieurs, wir sind alle Brüder, also können wir uns auch verbrüdern.«

Kilian und Hyazinth erwiderten die Festlichkeit des Augenblicks und erhoben sich gleichfalls. Alle drei standen mit nackten Füßen auf der Decke und schwankten ungleichmäßig. In ihren Händen hielten sie die Gläser tiefroten Weins.

Der Oberst trug vor: »Nennt mich ab sofort Louis! Ihr könnt es euch leicht merken. Es ist der gleiche Name wie von Capet. Er hat ihn verloren unter der Guillotine, wie seinen Kopf. Jetzt ist der König tot, weil er nicht auf das Volk gehört hat. Tot wie eine kleine Maus, die von einer Katze gerissen wurde. Hoffen wir nur, dass wir nicht unseren Kopf verlieren!«

Sie stießen an. Der Oberst erfragte die Vornamen der beiden anderen und sprach sie auf französische Art aus. Er sagte »Kilian« und »Hyazinth« zu ihnen, wobei er vor allem den Namen des letzteren Mannes auf ganz besondere Weise in seiner Nase schwingen ließ. Dann setzten sie sich wieder.

Montabon freute sich: »Manchmal habe ich Heimweh. Wenn ich aber diesen wunderbaren Wein trinke, dann fühle ich mich wie in meiner Heimat. Ihr Deutschen seid so schwierig. Ihr seid entweder von gestern oder von übermorgen. Ihr habt aber noch kein Heute.« Er seufzte. »Ihr habt hier auch schöne Frauen. Der Vogt, in dessen Haus ich wohne, hat eine wunderbare Tochter. Ich bin ein wenig in sie verliebt. Kennt ihr sie? Sie hat eine Schönheit, wie ich sie selten bei einer Frau gesehen habe, ein braun gewelltes Haar und ganz zarte Hände. Dabei ist ihr Vater so fürchterlich hässlich. Sie heißt Elisabeth, doch ich nenne sie Isabelle. Groß ist die Artemis von Ephesos!«

Kilian begann zu husten, als habe er sich am Wein verschluckt. Bald röchelte er wie ein Sterbender. Er krümmte sich auf der Picknickdecke, während ihm Louis und Hyazinth auf den Rücken klopften. Doch wollte sich so bald keine Besserung einstellen. Erst nach einer Weile beruhigte er sich. Seine Atmung wurde wieder regelmäßig. Dennoch löste er sich nicht aus seiner gekrümmten Haltung. Das Gesicht hatte er zum Boden gewandt.

Er dachte an Elisabeth, daran, wie sie vor den Worten des Abts am Ostersonntag gezittert hatte. Er erinnerte sich der Stunde, in der sie gemeinsam im Garten hinter dem schmiedeeisernen Tor gelegen hatten, bis plötzlich Kanonenfeuer ausgebrochen war, das die Stadtmauer zum Einsturz brachte und die vielfältige Maria auf immer begraben hatte. Er gedachte des Gefühls der Seligkeit, das er verspürt hatte, als er Elisabeth an der Hand zum Obertor hinauszog.

Das Bataillon dieses französischen Offiziers, dieses klarinetteblasenden Pfaffen, hatte ihn aus seiner Seligkeit gerissen, hatte ihn Elisabeth aus den Augen verlieren lassen. Sie war einfach fortgelaufen so schnell sie konnte. Kilian hatte es nicht glauben können. Sie hatte nach den Schüssen in Windeseile ihren blauen Mantel übergestreift und war in wenigen Augenblicken aus seinem Blickfeld verschwunden, ohne ein Wort des Abschieds gesprochen zu haben. Sie hatte unglaubliche Angst. Dann sah Kilian sie nicht mehr, nirgendwo. Jetzt kam dieser Revolutionär mit seinem Geschwätz vom Monsieur Goethe und erzählte, sich in Elisabeth verliebt zu haben.

Hyazinth spürte den Schmerz des Freundes, wusste, warum er gekrümmt am Boden darbte. Kilian empfand Hass. Bald aber sammelte er sich wieder und richtete sich auf. Der Oberst schwätzte im Rausch des Weines noch eine Weile vom Monsieur Goethe, von Mozart und Strasbourg, ohne zu bemerken, in welch betrübte Stimmung seine neuen Duzbrüder verfallen waren.

Bald brach man auf, um bei Anbruch des Abends zu Hause zu sein.

XV

DÄMMERUNG BREITETE SICH ÜBER DER STADT AUS. Die Sonne stand tief am Horizont. Die bunten Balken verloren ihre Farbigkeit. Das schwache Licht ließ sie ergrauen. Nicht mehr lange und sie würden in der Schwärze der Nacht versinken. Stille verbreitete sich in den Straßen. Die Handwerker legten ihre Werkzeuge beiseite. Die Bauern verstauten ihre Fuhrwerke in den Scheunen. Sie schlossen die Tore, betraten ihre Häuser und entzündeten die Lichter, um jene Tageszeit zu begehen, die sich mit dem Müßiggang am besten verträgt.

Elisabeth saß zu dieser Stunde vor einem großen Spiegel. Auf der hölzernen Kommode standen kleine Schalen aus Messing, worin sich die Bänder, Ringe und Broschen befanden, die des Nachts abgelegt sein wollten. Jetzt wand sie den goldenen Reif von ihrem Arm und entzündete die drei Kerzen, die ihr Licht mithilfe des Spiegels verdoppelten. Das Fenster der Kammer war geöffnet. Windhauch ließ das Feuer um die Dochte flackern. Der Reif glitzerte und schimmerte.

Elisabeth ergriff einen Kamm aus Schildpatt und führte ihn an ihr Haar. Sie kämmte es mit Leidenschaft vom Ansatz bis in die Spitzen. Sie betrachtete sich dabei im Spiegel. Ihre Haut war rein. Ihre Augen besaßen einen offenen und anziehenden Glanz. Ihr Körper verleugnete nicht ihr Geschlecht. Dennoch fühlte sie sich gebrochen, fühlte sich wie eine verwelkte Blume, fühlte sich einen Schritt weiter im Leben, aber auch einen Schritt näher am Tode.

Da setzte sich ein Rotkehlchen auf das Fensterbrett. Es bewegte seinen Kopf hastig hin und her. Einen Moment sang es, als wolle es der Schönen vor dem Spiegel etwas mitteilen. Elisabeth seufzte und ließ von den Haaren ab. Sie legte den Schildpattkamm neben den goldenen Reif und faltete die Hände in ihrem Schoß.

»Rotkehlchen«, flüsterte sie, »liebes Rotkehlchen, bitte, tu mir einen Gefallen!«

Das Vöglein hüpfte freudig auf der Fensterbank, sah eifrig in der Kammer umher und sang. Seine Töne hallten durch die Stille der Dämmerung und erstreckten sich über die Dächer der Stadt, deren Grau eine immer schwärzlichere Färbung annahm.

»Was bist du für ein schönes Geschöpf! Wie lieb, dass du kommst, um mich zu trösten.«

Das Rotkehlchen plusterte sich auf. Es schien einen Augenblick, als sehe es Elisabeth in die Augen.

»Du musst mir einen Gefallen tun!«, fuhr sie fort, »du hast die Freiheit, nach der ich mich sehne. Ich bin eine Gefangene und kann hier nicht fort. Liebes Vöglein, bitte gib Kilian Bescheid, dass ich auf ihn warte!«

Sie wandte den Blick zu ihren gefalteten Händen und machte eine gedankenschwere Pause. Dann sah sie wieder auf das Vöglein, das auf der Fensterbank umherhüpfte. Das Rotkehlchen sprang wie toll.

»Und jetzt flieg, du liebes Vöglein, flieg!«

Da stieg der kleine Freund in luftige Höhen empor, als wolle er den Mond zu seinem Gefährten machen.

Im selben Augenblick spürte Elisabeth einen Luftzug. Sie meinte erst, es sei der Windhauch, mit dem das Vöglein zum Himmel aufgestiegen war. So nahm sie wieder ihren Schildpattkamm und fuhr sich durch ihr braun gewelltes Haar. Als sie aber ihr Antlitz im Spiegel suchte, erschrak sie. Sie war nicht allein. Montabon stand in der Tür. Sie ließ den Kamm fallen, der laut auf dem Dielenboden auftraf.

Der Oberst schloss die Tür hinter sich und sagte: »Ich hoffe, Euch nicht erschreckt zu haben, Mademoiselle.«

»Was nehmt Ihr Euch heraus?«, beschwerte sich Elisabeth. »Verlasst sofort meine Kammer, oder ich schreie, dass es die ganze Stadt hört!«

»Nicht doch, nicht doch, meine Liebe. Warum so feindlich? Ich bin Euer Freund. Meine Mannen und ich sind gekommen, um die Stadt zu befreien. Da gibt es nichts zu rufen oder zu schreien.«

»Eure Politik interessiert mich nicht, mein Herr. Geht und treibt sie draußen weiter! Hier gibt es für Euch nichts zu tun. Hier gilt es allein, die Ehre einer Frau zu verteidigen.«

Elisabeth zitterte am ganzen Körper. Der Oberst stand unbeweglich in der Tür. Dann schmunzelte er und ließ schließlich ein lautes Gelächter erschallen.

»Ehre, sagt Ihr? Ehre? Was ist das für ein alter Hut!«

Elisabeth wusste kaum, wie ihr geschah. Dieser Mann zog ihre Schönheit und Weiblichkeit ins Lächerliche. Sie dachte an Kilian, an ihr Gefühl, eine verwelkte Blume zu sein, heftete ihre Augen fest auf die gefalteten Hände im Schoß und musste unweigerlich lächeln, als sie sich in Erinnerung rief, was sie gerade von der Ehre gefaselt hatte. »Was geht das mich an?«, dachte sie sich, »meine Ehre habe ich verloren. Jetzt gilt es nur noch, sich im Leben menschlich stramm zu halten.«

Obgleich sie keines dieser Worte aussprach, standen ihr die Gedanken doch auf die Stirn geschrieben. So trat Montabon, noch immer mit lächelnder Miene, an sie heran, streckte seine Hand aus und strich ihr über das Haar.

»Ich bin ein braver Soldat, meine liebe Isabelle, ich tue niemandem etwas zuleide, es sei denn, er stellt sich der geschichtlichen Notwendigkeit entgegen. Ich bin ein Apostel der Freiheit.«

»Apostel? Führt nicht dieses Wort im Mund und verdreht seinen Sinn.« Ihre Stimme war brüchig vor Aufregung.

»Was sollte ich daran verdrehen? Ich bin in die Welt ausgesandt, um ihr die frohe Botschaft vom Ende der Versklavung zu bringen.«

»Und doch lästert Ihr, wenn Ihr Euch unter die Apostel zählt.«

»Ich kenne keinen Allerhöchsten, allenfalls einen Leibhaftigen. Vom Volk empfange ich meine Befehle. Dem Volk diene ich. Es ist der allerhöchste Souverän auf dieser Erde. Aber, meine Liebe, wir wollen nicht über solch ernste Dinge sprechen, wo Ihr mich zu Euch eingelassen habt.«

»Mit Verlaub, Herr Oberst, eingelassen habe ich Euch nicht. Ihr seid eingedrungen. Nun lasst Eure Hand von mir! Sonst rufe ich meinen Vater, den Vogt, und schreie in die Nacht hinaus, dass Ihr eine Frau auf das Unflätigste bedrängt.«

Unter dem Eindruck ihrer Ernsthaftigkeit respektierte Montabon den Willen Elisabeths, nahm seine Hand von ihrem Haar und trat einen Schritt zurück.

»Ein merkwürdiges Mädchen seid Ihr«, raunte er, »merkwürdig, aber hübsch, außergewöhnlich schön sogar. Doch schaut Ihr ernsthaft drein wie eine Heilige. Lasst doch diese Strenge sein! Es geht um das Leben, nicht um mehr und auch nicht um weniger. Übrigens billigt Euer Vater, dass ich Euch besuchen komme. Er sagte: ›Ja doch, ja doch, hochwürdigster Herr Oberst, natürlich ist meine Tochter im Hause. Geht nur hinauf in ihre Kammer unter dem Dach, da ist sie ganz allein, da könnt Ihr mit ihr sprechen.‹ Und dabei zwinkerte der Herr Vogt so verschwörerisch und bückte sich ganz tief vor mir. So weiß ich nicht, ob er sich hinaufbequemen würde, wenn Ihr nach ihm riefet. Es ist mir, als habe er sich bereits Wachs in die Ohren gestopft, um nicht vom Gesang einer Sirene angelockt zu werden.«

Elisabeth zitterte ganz deutlich. Seit der Ankunft der Franzosen war sie tatsächlich die Gefangene ihres Vaters, der sie zur Erheiterung seines französischen Gastes ständig im Hause hielt. Der Vogt hatte ihr jeden Ausgang verboten. Er wusste, was er an ihr hatte und rechnete damit, sie eines Tages als Pfand einzusetzen. Sie wäre gerne auf die Suche nach Kilian gegangen, den sie beim Schuss der Kanonen aus Verwirrung und Angst allein gelassen hatte. Sie war einfach fortgelaufen, ohne ein Wort des Abschieds zu sagen.

Jetzt krampfte sie ihre Hände ineinander und sank in sich zusammen. Wieder näherte sich Montabon ihrem Schopf, strich über das Haar und umfasste mit seinen Armen schließlich ihren Oberkörper.

»Ihr seid keine Heilige, Isabelle, nicht wahr? Auch Ihr habt schon von allen Freuden des Lebens genossen. Habe ich nicht recht? Ihr seid eine Blüte, die herrlicher strahlt als alle anderen. Aber Ihr seid keine Lilie, sondern eine Rose. Ihr betet einen Brunnen nicht nur an, sondern legt die Lippen an und trinkt aus vollen Zügen.«

Während dieser Worte atmete Elisabeth immer schneller. Wut und Ärger über den Oberst stiegen in ihr auf. Sie wand sich mühsam aus seinen Armen, erhob sich von ihrem Stuhl und trat ans Fenster.

»Verlasst sofort meine Kammer, Herr Oberst, und kehrt nie wieder zurück! Lasst mir meinen Frieden, so lasse ich Euch den Euren!«

»Mais Mademoiselle, warum so echauffiert? Habe ich da vielleicht einen wunden Punkt getroffen? Ist es mit der Ehre bei Euch vielleicht doch nicht so weit her? Ihr habt sie beschworen, nicht ich. Ich danke Euch jedoch für Eure klaren Worte.«

Elisabeth überkam eine Ahnung von der Aussichtslosigkeit ihrer Lage, doch konnte sie kaum glauben, in die Fänge eines Fremden geraten zu sein. Sie sprach lauter.

»Verlasst sofort meine Kammer! Ich warne Euch.«

Der Oberst trübte seinen Blick. Er strich sich über das buschige Bärtchen und schaute betroffen.

»Euer Wille geschehe, Mademoiselle. Wenn Ihr es wirklich

wollt, so verlasse ich natürlich sofort diesen Raum und kehre nie wieder zurück. Nur wisset, dass ich Euch verehre, Euch anbete – und dass ein Apostel auch dazu bereit sein muss, in den Tod zu gehen, wenn es die böse Welt so will. Wenn Ihr mich nun aus Eurer Kammer hinaus haben wollt, so ist es Euer unbedingter Wunsch. Ich folge ihm. Nur wird er mich sehr schmerzen, wird mich kasteien bis aufs Blut. Ich weiß nicht, ob ich mit dieser Bürde weiterleben kann.«

»Mit Euren nur scheinbar frommen Reden könnt Ihr mich nicht beeindrucken, Herr Oberst. Ihr seid ständig dabei, neue Eroberungen zu machen, ob im Felde oder in den Schlafzimmern der Frauen. Man weiß doch, was für eine Ehre Ihr hier sucht. Für Euch ist es ein Abenteuer, mit dem Ihr in den Wirtshäusern prahlt. Doch für mein Geschlecht ist es ein Verlust. Ihr begeht ein Verbrechen. Wir sind die wehrlosen Opfer Eurer kriegerischen Taten. So schert Euch hinaus und lasst Euch nicht mehr blicken!«

Elisabeth wunderte sich noch über die Offenheit ihrer eigenen zornigen Worte, als Montabon niederkniete, einen kleinen, scharfen Dolch aus seinem Waffenrock zog und ihn dicht vor seine Augen hielt.

»Ihr tut mir weh. Nicht ich bin der Verbrecher. Ihr habt Euch von der Ehre losgesprochen, Mademoiselle, nicht ich. Aber ich will Euch beweisen, dass ich nicht solch ein Strolch bin, wie Ihr es gerade geschildert habt. Ich kann es Euch beweisen. Ihr seid keine Eroberung, schon gar nicht eine unter vielen.«

Der Oberst sprach feierlich und leise. Er setzte sich den Dolch auf seine Brust. Die scharfe Spitze zeigte auf sein Herz.

»Mademoiselle, ich bin bereit, hier und jetzt für alle meine Missetaten, derentwegen ihr mich anklagt, ein Opfer zu bringen, nämlich mich selbst. Der Soldat kennt die zweifelhafte Prämie seines Dienstes. Es ist der Tod, ein Tod für das viel Größere. Das Glied stirbt ab, damit der Leib leben kann. Warum nicht jetzt ein Opfer bringen und dem ewigen Schlaf entgegengehen, als verstoßener Mensch und als braver Soldat? Isabelle, ich bitte Euch, Isabelle, ich flehe Euch an. Zwingt mich nicht dazu! Verstoßt mich nicht!«

Elisabeth war, als seien die Augen Montabons in diesem jämmerlichen Augenblick feucht geworden. Es schien ihr, als sei der harte Kern des Offiziers soeben aufgebrochen, um den Blick auf eine empfindsame Seele freizugeben. Wie er ihren Namen verdrehte! Aus Elisabeth war Isabelle geworden. Sie hatte schon einmal die Lippen angelegt und aus vollen Zügen von diesem Brunnen gekostet. Doch war damit ihr Durst nicht gelöscht worden. Hatte sie es denn als Eva getan? Würde sie nun dem Ave eines Engels antworten, wenn sie einen weiteren Schluck aus der Fülle des Lebens tränke?

Ihr Zittern war noch vorhanden. Aber sie fühlte sich nicht mehr unwohl dabei. Es war zu einem anderen geworden, eines, das nicht mehr Abwehr und Furcht bedeutet, sondern eines, das ein ungestilltes Verlangen ausdrückt. Was kam ihr die Begegnung mit dem tröstenden Rotkehlchen nun lächerlich vor! Wie weit war Kilian weg! Sie wusste ja nicht viel von ihm. Er war für sie nicht mehr fassbar. Hier aber stand ein mächtiger Mann vor ihr, ein Kerubim der revolutionären Himmelspforte. Er verströmte den Reiz der neuen Zeit. Sollte sie nun nicht die Ehre einfach Ehre und die Treue einfach Treue sein lassen? Waren das nicht Begriffe einer alten Zeit? Sollte sie nicht ausbrechen aus ihrem Gefängnis? In ihr nahm die Abneigung gegen Montabon in dem Maße ab, wie ihre Begierde zunahm. Hier kniete der Leibhaftige vor ihr und vor ihrer Schönheit.

»Isabelle«, jammerte der Oberst, »als Soldat und brav werde ich vor Euren Augen verscheiden, wenn Ihr es wünscht. Nur lehnt mich nicht ab, wenn Ihr schon einem anderen etwas gewährt habt! Das wäre keine Gerechtigkeit. Es wäre eine Schande für mich, eine Schande, die ich nicht überleben würde, weil sie wider die Ideale der Revolution geht. Liebe Mademoiselle, Ihr seid meine Hoffnung und mein Leben.«

Solcherlei Reden hatte Elisabeth schon in ihren Romanen gelesen. Wie sehr hatte sie immer mit diesen Großsprechern gefühlt und wie wenig Sympathie für all die hehren Damen empfunden, die der Moral den Vorzug vor dem Trieb gaben, auch wenn es Blut zur Folge hatte. Sollte sie nun nicht auch die Handlung in ihre Richtung lenken, indem sie einen Schritt auf den Oberst zuginge? War das nicht eine friedliche Lösung des Problems? »Ja«, dachte sie endlich, »mit vollen Zügen müssen wir aus dem Brunnen trinken.«

So verließ sie ihren Platz am Fenster und schritt auf den knienden Louis Montabon zu. Sie ergriff seine Hand, um ihm ganz langsam und vorsichtig den Dolch zu entwinden. Sie legte die Waffe auf die Kommode neben ihren goldenen Reif. Sie hob auch den Schildpattkamm vom Boden auf und setzte ihn neben Dolch und Reif.

Montabon hatte noch immer feuchte Augen. Doch freute er sich über dies deutliche Zeichen und reckte die Arme zu ihr hinauf.

»Isabelle«, flüsterte er, »Isabelle. Ihr werdet mich trösten? Ihr helft mir aus meiner Not? Ihr erlöst mich von meinem Wahn?«

»Ja«, sagte sie, »das tue ich. Auch in der Wüste brechen Ströme von lebendigem Wasser hervor.«

Sie kniete sich vor ihren Eroberer und sah ihm in die Augen. Da zog er sie zu sich. Oder sank sie zu ihm hin? Gleichgültig: Um beide war es in diesem Augenblick geschehen. Auf der Fensterbank aber saß das Rotkehlchen und plusterte sein Gefieder auf.

XVI

AM NÄCHSTEN MORGEN BEFAND SICH DIE STADT IN Aufruhr. Etwas Ungeheuerliches war geschehen. Wie kam dieses scheußliche Ding auf den Turm des Rathauses? Es war nicht schön anzusehen, obgleich die erschütternde Wirkung nicht von seinem Äußeren, sondern mehr von seinem Inneren, also davon ausging, was es zu bedeuten habe. Ein armes, altes und verkümmertes Sträuchlein war an der Wetterfahne des Turmes angebracht worden. Hieran wäre nichts Aufsehenerregendes gewesen. Auf seiner Spitze aber war deutlich sichtbar etwas befestigt, was an der Seite das dreifarbige Zeichen der Revolution zeigte. Es handelte sich um die klassische Kopfbedeckung der Jakobiner: eine phrygische Mütze.

Schon bald nach Sonnenaufgang hatte sich eine Schar Neugieriger auf dem Marktplatz versammelt und schaute hinauf. Man fragte sich, was das nun wieder zu heißen habe. Das Gerede und Geraune wurde von Augenblick zu Augenblick stärker. Der eine oder andere zeigte mit dem Finger hinauf und versuchte, die Leute in seiner Umgebung über Bedeutung und Sinn zu belehren. Man schüttelte die Köpfe und war ratlos. Mittlerweile war es ja bekannt, dass die Revolution in der Stadt war. Aber hatte sich auch die städtische Verwaltung für sie entschieden? Hatte man sich endgültig vom kurfürstlichen Pfaffenstaat losgesagt?

Über solcherlei Fragen zerbrach man sich die Köpfe. Es kam zu Streitgesprächen, bei denen man bald nicht mehr die Fähigkeit zeigte, zu unterscheiden zwischen der einen Frage, was sich überhaupt hier auf der Spitze des Rathausturms befand, und der anderen Frage, ob es sich dort überhaupt befinden sollte.

Schon früh am Morgen wurde der Schultheiß Kramer von seinem Sekretarius im Apothekerhaus aufgesucht. Rudolf Kuhn läutete an der Tür und ließ sich von der Magd Barbara nicht aufhalten, die Treppen hinaufzuhechten und die privaten Räumlichkeiten des höchsten städtischen Beamten im Sturm zu nehmen. Er traf Bonifaz Kramer an, wie dieser nahe seines Bettes im Nachthemd vor einem kleinen Spiegel stand, sich die Stoppeln aus dem Gesicht rasierte und noch die Schlafmütze auf dem Kopf trug.

»Ihr müsst sofort ins Rathaus kommen, Herr Schultheiß«, sprach Rudolf ganz außer Atem, »und wenn ich sage sofort, dann meine ich sofort!«

Bonifaz Kramer musste sich erst einen Augenblick sammeln, ehe er glauben konnte, dass dieser Sohn eines Schweinehirten einfach in seinem Schlafzimmer aufgekreuzt war und in solch einem herrischen Ton mit ihm umsprang.

»Was ist denn passiert?«, fragte er verstört.

Der Sekretarius antwortete: »Auf dem Rathausturm befindet sich ein Freiheitsbaum!«

»Was?«

Der Schultheiß erschrak. Er hatte von diesem Zeichen gehört.

Rudolf wiederholte: »Ein Freiheitsbaum befindet sich dort, Herr Schultheiß. Die Menge ist verwirrt. Auf dem Marktplatz wird gespottet, geschimpft und gestritten wie in einem Parlamentssaal.«

Bonifaz Kramer gab seinem Sekretarius Anweisung, sofort in die Amtsstube zurückzukehren und dort auf ihn zu warten. Dieser verschwand so schnell, wie er gekommen war.

Der Schultheiß ließ sein Rasierwerk unvollendet, streifte sich die Kleider über und verließ schlecht gelaunt sein Haus. Als er den Marktplatz überquerte, richteten sich vieler Menschen Blicke auf ihn. Die Leute schrien mit verzogenen Gesichtern verschiedenste Forderungen. Bonifaz wollte sie nicht hören. Er zog stattdessen den Hut tiefer ins Gesicht und rettete sich durch die große Gereiztheit hindurch, ohne einen Blick auf das lächerliche Gebüsch am oberen Ende des Rathauses geworfen zu haben.

Angekommen in der Amtsstube ließ er sich die Umstände von seinem Sekretarius auseinandersetzen, während das Tönen der gereizten Zankereien durch die bleiverglasten Fenster heraufdrang. Man kam auf den Gedanken, den Nachtwächter zu vernehmen. Dieser müsse doch etwas gesehen oder gehört haben. Sie zitierten ihn herbei. Etwa eine halbe Stunde später erschien er. Mit ihm kam die Nachtwächtersfrau, die sichtlich Mühe hatte, den taumelnden Gatten in den Lehnstuhl zu bugsieren.

Dieser konnte sich nicht entsinnen, während der Dunkelheit irgendjemanden in der Nähe des Rathauses gesehen zu haben. Verdächtiges sei ihm nicht aufgefallen. Überhaupt gestaltete sich die Vernehmung schwierig. Zum Missfallen der Befragenden brachte er nur undeutliche Sätze heraus. Er habe das Ende seines Dienstes am Morgen mit dem üblichen Schluck begangen und gleich nach Sonnenaufgang seinen Posten am Marktplatz verlassen. Dann sei er schnurstracks nach Hause gelaufen. In diesen frühesten Morgenstunden müsse der Marktplatz kurze Zeit verwaist geblieben sein. Hier nun hätte es geschehen können, dass der Täter auf das Dach des Rathauses steigen und dort das Franzosenwerk anbringen konnte. Mit diesem Verdacht beschlossen der Schultheiß und sein Sekretarius die Vernehmung des Zeugen und ließen ihn auf dem Lehnstuhl in einen Schlaf sinken, der sowohl seiner Müdigkeit als auch seiner Berauschung geschuldet war.

Bonifaz Kramer und Rudolf Kuhn kamen nun nicht umhin, über das weitere Vorgehen zu beraten, zumal die Menge auf dem Platz immer weiter anschwoll. Der Markt wurde an diesem Morgen zum Debattierforum. Es war unglaublich, dass sich der eine oder andere Bauer tatsächlich unterstand, auf eine Bude zu klettern, die Aufmerksamkeit der Umstehenden auf sich zu ziehen und die freie Rede zu üben. Bonifaz Kramer hoffte nur, dass nicht auch sein Sohn die Geschehnisse öffentlich deute. Aber nichts dergleichen war zu sehen.

Überhaupt schien Kilian verschwunden. Er hatte ihn weder im Apothekerhaus noch auf dem vom Aufruhr erfassten Platz zu Gesicht bekommen. Insgeheim vermutete er, dass Kilian der gesuchte Delinquent sei. Er wagte es aber nicht, diesen Gedanken vor seinem Sekretarius auszusprechen, obgleich dieser einen ähnlichen Einfall hatte. Lieber verschwieg man sich gegenseitig diese Mutmaßung.

Bei allem Respekt gegenüber der französischen Besatzung war dem Schultheiß das parlamentarische Treiben vor dem Rathaus doch zu viel. Man konnte nicht die Deutungshoheit über dieses Ereignis aus den Händen geben und es dem Volk gestatten, über Rechtmäßigkeit und Zeichenhaftigkeit des Vorfalls zu entscheiden. Die französischen Soldaten in ihren schmucken Uniformen hingegen betrachteten die Geschehnisse mit Wohlgefallen und fühlten sich an die streitlustige Stimmung ihrer heimatlichen Breiten erinnert, wo die Straße und der Platz zum Parlament des kleinen Mannes geworden waren. Es fehlte nur noch, dass die Menge Revolutionslieder sang. Aber das war nicht zu erwarten. Sie kannte keine.

Bonifaz Kramer starrte weiter durch die bleiverglasten Scheiben seiner Amtsstube hinunter auf das tumultartige Treiben und konnte es nicht leiden. Er war der höchste Beamte der Stadt. Keiner durfte an ihm vorbei diskutieren.

»Er möge schreiben, Kuhn, was ich Ihm diktiere!«, befahl er seinem Sekretarius. Dieser setzte sich an den Schreibtisch, zog ein großes Blatt Papier unter einem Stoß staubiger Akten hervor und hielt die Feder in der Hand, als die raue und tiefe Stimme seines Herrn anhob.

»An die Bürger dieser Stadt!«, er unterbrach sich kurz: »Hat Er das, Kuhn?«

»Ja doch!«, entgegnete der Sekretarius, ehe Bonifaz Kramer fortfuhr.

»Also dann weiter: ›Am Abend des heutigen Tages wird im Saal des Rathauses eine öffentliche Versammlung stattfinden, wobei jedem, der es wünscht, Gelegenheit gegeben werden soll, zu den derzeitigen politischen Ereignissen Stellung zu nehmen. Die Versammlung beginnt um die sechste Stunde …‹ So, das reicht schon. Mehr braucht nicht verkündet zu werden.«

Der Sekretarius bannte die wenigen Worte des Schultheißen, die er dabei nachflüsterte, auf das Papier, legte die Feder beiseite und sprach: »Aber das ist die Revolution mitten unter uns. Diese Versammlung wird uns auf ewig von der Gnade unseres Kurfürsten trennen.«

»Ach, das ist doch dummes Zeug!«, wandte Bonifaz Kramer ein, »was kann uns noch vom Kurfürsten trennen? Seit Wochen haben wir die Franzosen in der Stadt. Wen schert dieses Vorkommnis – mit Verlaub – einen feuchten Dreck? Wir müssen das Heft jetzt selbst in die Hand nehmen. Jetzt machen wir die Verhältnisse klar. Der Oberst muss sich entscheiden, ob er unser Freund oder unser Besatzer ist. Die Revolution haben wir nicht gewollt und nicht gemacht. Sie ist mit aller Macht an uns herangestürmt. Was will ich da noch mit einem Kurfürsten, dem es gleich ist, wie es seinem Volk ergeht? Er sitzt jetzt wahrscheinlich in einem Prager Palais, prasst und grämt sich über die Steuerausfälle, über sonst nichts. Der Herr Sekretarius komme mir also nicht mehr mit dem Kurfürsten.«

Rudolf Kuhn widersprach nicht weiter: »Nun gut, wir werden sehen, was der Bürger denkt, wenn er heute Abend sein Maul aufreißt, um uns Dinge zu erklären, von denen er nichts versteht. Aber eines sage ich Euch: Diesen Montabon habe ich von Anfang an nicht gemocht. Jetzt hasse ich ihn, hasse ihn aus der Tiefe meiner Seele. Sicherlich hätten wir der gerüsteten Armee der Franzosen nicht widerstehen können. Es wäre aber ehrenvoller gewesen, auf dem Schlachtfeld zu fallen, als hier in Geiselhaft zu leben.«

Der Schultheiß hieb mit der Faust auf die Tischplatte, dass der Nachtwächter kurz aus seinem Dämmerschlaf aufschreckte.

»Herrgott Sekretarius, was redet Er für einen Kokolores! So ehrenvoll kann der Tod nicht sein. Ich mag den Oberst auch nicht. Dieser schmierige Franzose mit seinem gespielten Charme ist mir widerlich. Es hätte uns aber schlimmer treffen können, viel schlimmer. Sie hätten unsere Häuser brandschatzen können. Sie hätten uns ausplündern und massakrieren können. Da erscheint es mir gar nicht mehr so schlecht, dass die Uniformierten wie stolze Hähne durch unsere Straßen ziehen. Das sollte Er bedenken, wenn Er so vom ehrenvollen Tod auf dem Schlachtfeld daherredet.«

Der Sekretarius beharrte: »Aber was noch nicht war, das kann noch werden. Wer weiß denn, was dieser Komödiant im Schilde führt? Vielleicht plant er, uns alle dahinzuraffen. Vielleicht steht uns der Krieg erst noch bevor. Aber schlimmer als alle Gewalt ist der Bazillus, der sich in den Köpfen festsetzt. Seht Euch doch die Menge da unten auf dem Platz an. Sie diskutiert. Wo man auf französische Art diskutiert, da stirbt man bald auch auf französische Art, nämlich unter der Guillotine!«

Bonifaz Kramer tat nichts weiter, als über diese Worte die Nase zu rümpfen. Nach einem Augenblick gedankenschwerer Stille weckten die beiden Beamten den Nachtwächter aus seinem Dämmerschlaf und drückten ihm das diktierte Schreiben in die Hand. Sie fragten ihn, ob er es lesen könne. Er bejahte und stammelte ein wenig vor sich hin, was allerdings wenig mit dem Text zu tun hatte. Sie lasen es ihm mehrmals vor, damit er nicht in Verlegenheit geraten musste. Trotz Berauschung und Müdigkeit wusste er die Worte bald auswendig. Dann schickten sie ihn auf die Straße mit dem Auftrag, die Nachricht bis zum Mittag an allen Enden der Stadt zu verkünden.

Bonifaz Kramer ließ sich schließlich im Amtssessel nieder, während der Sekretarius auf der hölzernen Bank unterhalb der Porträts der Vorgänger Platz nahm. Man sinnierte über das, was der Abend wohl bringen würde. Mal blieb man stumm. Mal sprach man wenige Worte. Den Freiheitsbaum vergaß man. So konnte dieser den gesamten Tag hindurch den Menschen ein Ärgernis bleiben.

XVII

UM DIE FÜNFTE STUNDE WAR DER RATSSAAL ÜBERfüllt. Wo sonst die Zünfte tagten, traten sich die Bürger in Gleichheit gegenüber. Allenthalben herrschte große Gereiztheit. Auch der Gang und die hölzerne Treppe waren von der Menge in Besitz genommen worden. Man schob sich gegenseitig vor und zurück. Die Späten versuchten vergebens, an den Ort der Auseinandersetzung zu gelangen.

Dennoch ließ man einen besonderen Gast gewähren, ebnete ihm die Gasse und bereitete ihm den Weg. Montabon ritt auf seinem edlen Schimmel an. Wie ein König stieg er vor dem Portal inmitten der Menge von Pégase ab und vertraute ihn seinem Adjutanten an. In der schönsten Uniform, den Degen am Gürtel, kam er die Treppe des alten Rathauses hinauf, während die gedrängte Menge um ihn herum verstummte und den Strahlenden mit ehrfurchtsvollen Blicken bewunderte. Man neigte die Köpfe leicht. Man grüßte. Man bezeugte Respekt. Montabon quittierte alles mit dem milden Lächeln des Herrschers.

Als er im Ratssaal anlangte, erhoben sich die Anwesenden von ihren Plätzen. Er ging zunächst auf den Amtssessel des Schultheißen zu, ließ sich aber nicht auf diesem nieder, sondern daneben, auf einem bescheideneren Lehnstuhl. Nachdem er es sich bequem gemacht hatte, gewährte er seinem Publikum durch eine gönnerhafte Geste, Platz zu nehmen.

Man folgte. Bald begann wieder die ungeordnete Diskussion in gespannter Erwartung des Beginns der Versammlung. Zwischenzeitlich verteilten sich einige Soldaten im Rathaus. Sie postierten sich neben den Türen. Ihre Bajonette zeigten zur Decke.

Als einer der Letzten hechtete der kahlköpfige Vogt Hardy die Treppen hinauf, drängte sich zwischen den Männern hindurch und forderte sie auf, ihn gewähren zu lassen.

»Platz da, macht den Weg frei! Ich bin der Vogt.«

Die Weggestoßenen murrten. Aber der Wille Edmund Hardys war stärker als ihre Neigung zum Widerstand. So erreichte er den Saal und stellte sich hinter den Lehnstuhl des Obersten.

Dieser sagte, ohne sich umzudrehen: »Bonsoir Monsieur. Wie freundlich, dass Ihr gekommen seid.«

Der Vogt antwortete: »Keine Ursache. Ich bin Euer Gastgeber.

Ich schulde Euch jeden Dienst.«

Wenige Augenblicke später, es war pünktlich zur sechsten Stunde, traten auch der Schultheiß und sein Sekretarius ein. Sie wunderten sich nicht allzu sehr über die debattierende Menge. Vielmehr ärgerten sie sich, dass sie Montabon vom Amtstisch her grüßte.

Dieser sprach: »Bonsoir Messieurs. Heute Abend scheint etwas Interessantes zu geschehen, nicht wahr? Ich fühlte mich in eurem Städtchen ohnehin schon wie zu Hause. Jetzt veranstaltet ihr auch noch dieses Fest für mich. Merci beaucoup, Messieurs.«

Der Schultheiß, der zu diesem feierlichen Anlass seine schwere Amtskette um den Hals trug, und sein Sekretarius antworteten nicht. Sie erwiderten allein den Abendgruß Montabons in aller gebotenen Höflichkeit, ohne aber das Lächeln des strahlenden Offiziers zu beantworten. Bonifaz Kramer nahm in seinem prächtigen Sessel Platz. Links von ihm saß der Oberst, rechts von ihm ließ sich der Sekretarius nieder.

Im Gegensatz zum Eintritt des Franzosen befand es die Menge beim Erscheinen des Schultheißen nicht für notwendig, das Debattieren einzustellen und sich zu erheben. Sie würdigte den höchsten städtischen Beamten auf keinerlei Weise. Im Gegenteil, es schien, als unterhielte man sich nun besonders laut, um dem vom Kurfürsten eingesetzten Herrn Kramer zu verdeutlichen, wie mündig der Bürger mittlerweile geworden sei. Insofern zeigte sich trotz aller scheinbaren Gleichgültigkeit der Menge eine bestimmte, wenn auch auf eigene Art und Weise geäußerte Wertschätzung des Schultheißen.

Bonifaz Kramer blickte in die Runde. Er nahm sich ein wenig Zeit, bevor er die Sitzung eröffnete. Er zog seinen Rock gerade und beobachtete die Herren, die dicht gedrängt standen oder auf den Zunftbänken Platz genommen hatten. Man hatte allerhand übrige Sitzmöbel aus dem Rathaus in den großen Saal geschafft. Jetzt saß man in allen Ecken und an allen Enden. Die Luft im Saal war zum Ersticken schwer und von allerhand üblen Gerüchen geschwängert.

Zu einem großen Teil waren unter den Anwesenden jene Köpfe, die auch für gewöhnlich in diesem Saal an den Sitzungen des Rates teilnahmen, so die Vorsteher der Zünfte, die es nun nicht mehr für sich beanspruchten, einen besonderen Platz nahe dem Schultheißen einzunehmen, als ob sie damit zugleich ihre alte

Stellung aufgegeben hätten. Darüber hinaus war allerhand übriges Bürgers- und Bauernvolk anwesend, das unter normalen Umständen niemals bis hierher vorgedrungen wäre. Es sah sich um, fühlte sich ein wenig fehl am Platz, tat aber, als gehöre es hierher. Ganz besonders fielen einige Herren in schwarzer Kutte auf, Klosterbrüder, die noch nicht ihr geistliches Gewand abgelegt hatten und sich anschickten, an den politischen Geschehnissen der Stadt teilzuhaben. Hier und dort verteilten sie sich und setzten zur farbigen Menge düstere Kontraste. Bonifaz Kramer suchte auch seinen Sohn unter den Anwesenden. Aber er fand ihn nicht und war ein weiteres Mal erleichtert.

Nun griff der Schultheiß zur Tischglocke, um der unentwegten Debatte ein Ende zu setzen. Nur mit Mühe gelang es ihm, den Haufen zur Ruhe zu bringen. Er rief mehrmals laut: »Silentium, meine Herren, Silentium!«

Der Vogt assistierte: »Still, alle miteinander! Hier wird debattiert!«

Endlich hatten sie es geschafft. Alle Augen blickten auf Bonifaz Kramer. Alle warteten darauf, was er ihnen zu sagen habe. Er wusste allerdings nicht, was zu sagen war. Zwar hatte er die Versammlung einberufen. Er war sich jedoch im Unklaren darüber geblieben, was man hier eigentlich besprechen wollte. Er hatte sich vom Strom der Menge zu dieser Veranstaltung hinreißen lassen und wusste jetzt nicht, wie er verfahren sollte. So begann er zu stammeln.

»Hiermit erkläre ich … erkläre ich die heutige Versammlung … die Versammlung des heutigen Tages … oder des heutigen Abends für eröffnet.«

Nach einer kurzen Pause trug er auf, die Fenster des Saales weit zu öffnen. Die Luft war derart unerträglich, dass es sich nur mit Mühe atmen ließ. Draußen aber herrschte ein heiterer Frühlingsabend. Mit dem Eindringen frischer Luft und dem abendlichen Gesang der Vögel schöpfte der Schultheiß neuen Mut.

»Bürger! Ihr wisst, warum ich euch zu mir gerufen habe. Es geht um die Ereignisse, die uns bewegen … Wer auch immer diesen Baum auf das Dach unseres Rathauses gepflanzt haben mag, er hat damit gezeigt, dass in unserer Stadt etwas im Gange ist, was wir nicht recht zu fassen scheinen. Wir wissen noch nicht, ob es sich um eine Entwicklung des Alten oder um die Revolution ins

Neue hinein handelt. Wie dem auch sei. Es sieht derzeit so aus, als kämpfe unter uns ein Widerspruch. Wir sehen die Kopfbedeckung der Jakobiner auf dem Turm unseres ehrwürdigen Rathauses. Wir hören, wie die Menge auf dem Marktplatz debattiert, als ob hier die französische Nationalversammlung wäre. Was wollt ihr? Wollt ihr zum Kurfürsten stehen? Oder wollt ihr euch die Kokarde anstecken?«

Da rief einer plötzlich von ganz hinten: »Lass das, Kramer, red nicht so wirr daher! Montabon soll sprechen.«

Bonifaz stockte und sah zuerst beleidigt in die Menge, dann auf den Oberst. Schließlich nickte dieser ihm unter Schulterzucken zu.

Der Franzose erhob sich zögerlich und sprach demütig: »Messieurs, habt doch Respekt! Der Schultheiß hat recht geredet. Es geht um eine Entscheidung. Ich aber bin nur ein Gast in diesen Mauern, nur ein Freund unter Freunden. Aber ihr seid das Volk. Ihr müsst euch entscheiden, mes amis. Was könnt ihr schon von mir hören? Ich bin ein Soldat und gebunden an die Befehle meines Generals und des französischen Volkes, eines Volkes von Freien. Ihr aber seid freie Menschen. Alors, was sollte ich euch schon sagen? Sagt ihr mir, was ihr wollt. Sagt es dem Herrn Schultheiß, sagt es …«

Die sanfte Rede des Obersten wurde durch die Stimme des Fischers Dominikus Schweighardt gestört: »Sei still, Franzose, du mit deinem Gesäusel! Blas' uns nicht in die Ohren mit diesem Mist! Ja, wir sind freie Menschen, aber wir waren es auch schon, bevor ihr zu uns kamt. Ihr tut so, als wärt ihr unsere Gäste, als würdet ihr uns nur das Gute bringen. Aber das ist alles Maskerade, genau wie eure Uniformen, die das neue Gewand der alten Landsknechtsgrausamkeit sind. Was habt ihr uns für eine schöne Freiheit gebracht! Ehe ihr bei uns eingefallen seid, hatte meine Familie noch ausreichend auf dem Teller. Wenn ich aber jetzt morgens auf den Fluss hinausfahre, um mein Werk zu verrichten, und dann mit vollen Körben zurückkehre, wird mir das meiste von euch Soldaten wieder weggenommen. Seither darben wir und müssen um das Nötigste betteln. Ich will den Kurfürsten zurück. Ich will euch nicht. Ihr seid es nicht wert, dass man sich für euch plagt!«

Ein großer Tumult regte sich im Saal. Viele sprangen auf und schrien durcheinander.

»Recht so!«, riefen die einen, »Lügner!«, die anderen. Es schäumte große Wut aus vielen Kehlen. Angehörige der Fischerzunft mussten vor Dominikus Schweighardt treten, um ihn vor handgreiflichen Anfeindungen zu schützen. Bonifaz Kramer wurde genötigt, sich wieder von seinem Sessel zu erheben und die Tischglocke vernehmlich zu schwingen, bis sich die Menge beruhigte.

»Silentium, Silentium! Hier spricht einer nach dem anderen! Hier wird ordentlich debattiert! Alle schön der Reihe nach!«

Der kahlköpfige Vogt assistierte: »Jawohl, alle schön der Reihe nach!«

Aus den hinteren Reihen rief einer in die mühsam erreichte Stille: »Wir wollen eine Verfassung, Schultheiß, wir wollen den Bürgern das Wort geben. Wer bist du schon, der du dich am Rockzipfel des Kurfürsten festgekrallt hast wie der Löwe im Fleisch seiner Beute? Und du, Schweighardt, halte dein blödes Maul, wenn du nur Dummheiten von dir gibst! Wer hatte denn seit Jahrhunderten das Privileg, im Fluss zu fischen? Wer hat sich bereichert auf Kosten des kleinen Mannes? Das warst doch du mit deiner Gaunertruppe. Jetzt wimmert und winselt ihr. Es wird Zeit, dass auch ihr erkennt, wie es ist, nichts zu haben und sich dennoch das tägliche Brot beschaffen zu müssen. Eure Zeit ist vorbei. Jetzt kommt eine andere. Die Reichen mit ihren Privilegien müssen gehen. Jetzt heißt es: Freiheit, Gleichheit, Brüderlichkeit. Ich sage noch einmal: Wir wollen eine Verfassung!«

Aus vielerlei Richtungen brandete Applaus auf. Man rief bestätigend: »Freiheit, Gleichheit, Brüderlichkeit!«, und meinte, in dem Redner einen ortsbekannten, tüchtigen Bauern zu erkennen, dessen schwielige Hände auf die harte Arbeit hindeuteten, die ihn Tag für Tag plagte. Jetzt heizte er die Menge an, indem er den Anwesenden rhythmisch vorgab, was sie im Chor zu rufen hätten, nämlich: »Verfassung, Verfassung, Verfassung!«

Die Rufe hallten auf der Gasse nach. Die vielen Menschen auf dem Marktplatz beunruhigten sich, als sie hörten, mit wie viel Inbrunst dort oben hinter den geöffneten Fenstern des großen Ratssaals debattiert wurde. Mit großer Neugierde erwarteten sie den Ausgang des Treffens. Viele riefen mit: »Verfassung, Verfassung, Verfassung!«

Der Oberst strahlte. Dabei hob er die Hände, um für Ruhe zu sorgen. Die Sprechchöre endeten. Alles schaute gebannt auf Louis Montabon.

»Aber ihr habt doch schon eine Verfassung, vous avez déjà une constitution, mes amis. Ihr habt sie schon seit einiger Zeit. Ihr habt sie schon so lange, wie die Frühlingsluft durch eure Straßen zieht und in der Mauer, die euch der Kurfürst gebaut und in die er euch eingezwängt hat, ein Loch prangt.«

Aus dem Publikum rief es: »Dann sage uns, was diese Verfassung ist, Oberst!«

Montabon antwortete ruhig: »Es ist ganz einfach. Die Verfassung – das bin ich. La constitution – c'est moi!«

An dieser Stelle lachte die eine Gruppe, unter ihnen die Fischer, während die andere Fraktion jubelnd die Hüte schwang und der Vogt als einziger applaudierte, ehe er sich des Ungebührlichen bewusst wurde, das seiner Handlung anhaftete. Schließlich war er ein Dienstmann des Kurfürsten. Was aber hieß das schon in diesen Zeiten?

»Silentium, Silentium, meine Herren!«, rief Bonifaz Kramer, bevor Dominikus Schweighardt wieder das Wort an sich riss.

»Unsere Verfassung ist der Kurfürst, sonst niemand. Was will ich von einem bunten Gockel wie dir schon erwarten, Oberst? Du sprichst zu uns, als wärst du ein verkleideter Hofnarr. Du und deine Verfassung. Dass ich nicht lache! Du bist nichts weiter als das Ende all unserer Freiheit, ein Betrüger, der wie ein Gaukler durch die Lande streift.«

Der Sekretarius nickte bei diesen Worten deutlich, als ob er damit weitere Teile des Plenums dazu bringen wollte, die Partei des Fischers zu ergreifen und sich gegen die übermütige Revolution des Obersten zu stellen. Aber alles blieb still und stumm. Niemand wagte es, dem Fischer Schweighardt beizuspringen, obgleich vielen danach war. Es fehlte ihnen der Mut. Es waren nicht wenige. Sie waren vielleicht noch in der Mehrheit. Nur fehlte ihnen alle Kraft.

Montabon hingegen erzürnte es, dass man ihn derart angriff und die Menge nicht unbedingt und zur Gänze hinter ihm stand. Er verspürte Wut und hatte sichtlich Mühe, seine innere Gereiztheit nicht an die Oberfläche treten zu lassen.

»Aber was wollt ihr? Wir sind als eure Befreier gekommen und haben euch das Joch der Monarchie abgenommen. Jetzt seid ihr endlich frei, darüber zu entscheiden, was ihr wollt. Ihr könnt wählen, ob ihr dem Alten weiter anhängen, oder ob ihr euch der neuen

Verfassung anschließen wollt.« Hier schaute er in die Menge, die seinen Worten in weiten Teilen nickend zustimmte.

Aber der Fischer Schweighardt ließ nicht ab: »Wenn ich mich für die neue Verfassung entscheide, dann bin ich dein Sklave, Montabon. Aber das will ich nicht sein. Wenn es eine freie Wahl gibt, dann entscheide ich mich für den Kurfürsten und nicht für dekorierte Harlekine aus Frankreich.«

Ein Zischen ging durch die Menge. Alle hielten die Luft an. Der Vogt murmelte: »Uiuiui ...«, und tat, als habe er sich die Hand verbrannt. Die üble Stimmung des Obersten trat nun endgültig zutage.

»Oh Monsieur, das war ein fataler Fehler! Ihr solltet euch nicht beschweren! Ihr wisst nicht, in welcher Gefahr ihr euch befindet. Als Freunde sind wir gekommen, aber wir hoffen nicht, dass wir als eure Feinde wieder gehen müssen. Ihr wisst nicht, was wir sonst noch können.«

Hier sprang dem Fischer ein anderer zur Seite, der zitternd und zusammengesunken auf einer der hinteren Bänke ausgeharrt und mit sich gekämpft hatte. Mit Schweißperlen auf der Stirn rief er: »Da seht ihr, was ihr für einen Freund gefunden habt! Er lässt uns nicht frei wählen, wir sind seine Gefangenen. Wir dürfen uns nur für ihn entscheiden. Wir haben keine Wahl. Er droht uns für den Fall, dass wir ihm nicht folgen. Lieber sterbe ich, als mich diesen französischen Löwen vor das Maul zu werfen!«

Der Oberst sprang auf und schrie: »Wie ihr wollt! Ich hasse eure Feigheit, Messieurs. Wenn ihr denn sterben wollt, dann können wir es einrichten. Ihr scheint tatsächlich nicht zu wissen, in welcher Gefahr ihr euch befindet. Du Schreihals tätest gut daran, ab sofort still zu sein. Oder wir schneiden dir die Zunge heraus. Ich habe nämlich Nachricht, die all das, was ihr fordert, in anderem Licht erscheinen lassen könnte, eine Nachricht, die nur den wenigsten von euch gefallen dürfte.«

Montabon räusperte sich und atmete tief.

»Der König von Preußen rüstet sich gemeinsam mit dem Landgrafen zum Angriff. Er tut es jetzt und in dieser Stunde. Es ist nur eine Frage von Wochen, vielleicht auch nur von Tagen, dass er kommt. Wir werden sehen, was passiert, wenn diese Armee auf eine Stadt voller Franzosen trifft. Dich Schreihals schicken wir voraus in unserer Uniform, schicken dich ohne Zunge gegen die feindlichen Kanonen. Dann wird sich zeigen, ob du immer noch so gerne sterben möchtest, oder ob du wimmerst wie Vieh auf der Schlachtbank.«

Es begann ein allgemeines Gemurmel. Was waren das für Neuigkeiten! Der König von Preußen und der Landgraf rüsteten sich zum Gegenangriff? Das bedeutete nichts Gutes. Auch wer den Kurfürsten zurück wollte, der wurde in dieser Haltung schwach, wenn er davon hörte, was sich hier zusammenbraute. Noch weniger als die Franzosen wollte man den Landgrafen in der Stadt haben. Der hatte seit vielen Jahren begehrliche Blicke auf das Kurfürstentum geworfen, hätte am liebsten schon vor einiger Zeit diese entlegenen Teile mitsamt der wohlhabenden Klostersiedlung seinem Territorium einverleibt, das den Kurstaat von Norden und Süden bedrängte. Aber das würde eine noch viel größere Umwälzung bedeuten, als sie ohnehin schon im Gange war. Jeder Bürgerstolz käme abhanden, wenn einerseits das Kloster aufgelöst und andererseits die Stadt zum Spielball eines fremden Herrschers gemacht würde.

Bisher war nicht sicher gewesen, ob die Mehrheit der Bürger wirklich den Franzosen zuneigte oder nicht. Jetzt aber schien sich die Stimmung eindeutig zu deren Gunsten zu wenden. Es fehlte nur noch der Funke, der diesen politisierenden Heuhaufen zum Lodern brachte. Noch herrschte Ratlosigkeit. Bonifaz Kramer drehte Däumchen. Sein Sekretarius sah betreten zu Boden. Der Vogt murmelte: »Uiuiui…« Dominikus Schweighardt verzog voller Hass das Gesicht. Der Oberst setzte sich wieder zufrieden in seinen Lehnstuhl und lächelte in seiner prächtigen Uniform.

Da erhob sich ein dunkler Herr aus den hinteren Reihen und sprach: »Was wollt ihr nun, Bürger? Wollt ihr die Knechtschaft des Landgrafen oder die Freiheit der Franzosen? Ihr müsst euch entscheiden. Der Oberst wird euch vor dem Furor der Preußen beschützen. Er wird euch vor dem Landgrafen bewahren. Er wird euch die Ehre lassen.«

Die Menge war verwirrt und forschte nach dem Redner dieser klaren Worte. Man traute seinen Augen kaum: Es hatte ein Klosterbruder gesprochen. Es handelte sich nicht um irgendjemanden unter den Fratres, sondern um einen, der allen bislang als der Frömmste und Standhafteste erschienen war, den der hiesige Konvent der Benediktiner zu bieten gehabt hatte. Gesprochen hatte Jeremias, der Heilige und Heilende, Jeremias, der Begleiter der Kranken und Sterbenden. Bonifaz Kramer und sein Sekretarius konnten es wie die Übrigen kaum glauben. Beide bemerkten, welche Wirkung Jeremias auf die Menge im Saal hatte. Denn dem Blick seiner scharfen, hypnotisierenden Augen konnte man sich kaum entziehen.

Die Stille stellte sich wieder ein. Alle warteten auf die nächsten Worte aus seinem Mund, damit sie endgültig wüssten, wohin sie sich zu wenden hätten. Der Vogt Hardy machte wieder eine Geste, als habe er sich die Hand verbrannt. Die drei Herren am Amtstisch merkten, dass sich mit den ersten Worten des heiligen Mönchs die Sache entschieden hatte, dass der Scheiterhaufen des Kurfürsten nun zu lodern begann. Sie wussten, dass die Menge dem folgen würde, was ihnen Jeremias vorschlug, was immer es sei.

Der Schultheiß und sein Sekretarius grämten sich über die Entwicklung. Der Oberst hingegen lehnte sich bequem zurück, faltete die Hände und harrte zufrieden der Dinge, die nun folgen sollten. Er blickte auch hinüber zum dicken, mürrischen Bonifaz. Dieser aber versank in Gedanken über die Aussichtslosigkeit der Sache. Er sann nach über sein Lebenswerk und versank in die traurige Annahme, dass er der letzte seines Standes sein könnte, der letzte Schultheiß, der durch die Wahl der Zünfte und die kurfürstliche Sanktion in sein Amt gelangt war. Die Zügel waren Bonifaz Kramer entglitten. Es war ein Schritt getan worden, der nun nicht mehr rückgängig zu machen war, ein Schritt, der in eine Epoche wies, deren mächtigem Anstürmen sich keiner entziehen konnte.

Die neue Zeit sprach nun durch den Mund des heiligen Mönchs Jeremias: »Ihr wart taub und höret nun. Ihr wart blind und sehet nun. Ihr habt ihnen geglaubt, euren Verführern, habt ihnen das Gold in den Hals geworfen. Ihr wart nicht besser als sie. Ihr habt euch selbst geknechtet. Ihr wart es nicht wert, ihnen die Schuhe aufzuschnüren.« Jeremias verließ seinen Platz und begann, durch die Reihen zu schreiten.

»Aber jetzt seid ihr neue Menschen. Ihr seid erlöst von den Fesseln, die euch die Mächtigen angelegt haben. Ihr könnt jetzt beweisen, dass ihr den Halsabschneidern entsagt habt. Ihr könnt zeigen, wie sehr ihr jene hasst, die euch ausgeplündert haben.«

Der Fischer traute sich noch zu rufen: »Du warst doch unter ihnen, Mönchlein! Wie sollen wir dir glauben, dass du uns nicht an der Nase herumführst?«

Von einigen Seiten her wurde Zustimmung geraunt, wenn auch nur vorsichtig. Montabon aber strahlte über das ganze Gesicht, weil er wusste, dass mit Jeremias die Sache gut enden würde.

Der Klosterbruder erwiderte auf die Worte des Dominikus Schweighardt: »O du Kleingläubiger! Eher geht ein Kamel durch ein Nadelöhr, als dass du verstehst, was das Wesen der Revolution ausmacht. Es geht nicht darum, immer schon ein fertiger Mensch des Neuen gewesen zu sein. Es geht darum, die Fesseln der Gefangenschaft zu brechen. Der Engel hat uns im Gefängnis besucht, als wir mutlos waren. Er hat uns den Weg in die Freiheit gewiesen. Jetzt müssen wir nur noch aufstehen und gehen, müssen hinauf ans Licht gelangen. Die Pforte ist offen, lasst uns gehen!«

Aus der Menge schallte es: »Ja, lasst uns gehen.« Die Willigen standen von ihren Plätzen auf. Bald saßen nur noch wenige auf ihren Bänken.

Jeremias fuhr fort: »Was bist du für eine armselige Erscheinung, Fischer, was bist du für ein Pharisäer. Du würdest deinen Erlöser dem Kurfürsten ausliefern, du würdest deinen Heiland an das Kreuz schlagen lassen. Und du, Schultheiß, solltest zurückkehren in deine Apotheke, dich um deine Gifte und nicht um die Macht des Kurfürsten kümmern. Ich sage euch noch einmal: Taub wart ihr und höret nun. Blind wart ihr und sehet nun. Also auf zur Tat, Brüder, auf zur Freiheit!«

Großer Beifall, stärker als jeder zuvor, brandete auf. Einer rief in höchster Aufregung: »Sag uns, wohin wir gehen sollen, Bruder! Wohin sollen wir gehen, sag uns: wohin?«

Jeremias sprach: »Der Engel hat eure Fesseln gesprengt. Jetzt müsst ihr nur noch eure Freiheit nutzen. Beutet den aus, der euch ausgebeutet hat! Nehmt von dem, der euch genommen hat! Zahlt es dem heim, der euch hat zahlen lassen! Geht hin zum Kloster und holt euch das zurück, was euch gehört! Reißt alles heraus und nehmt es für eure Familien mit nach Hause! Die Grenzen zwischen den Menschen sind gefallen. Jetzt werden alle Menschen Brüder. Plündert aus, was euch ausgeplündert hat! Stürmt die Prälatur und holt euch euer Eigentum zurück!«

Jubel brach aus. Allenthalben wurde gerufen: »Lasst uns gehen!« Sogleich rüstete sich alles zum Aufbruch.

Bonifaz Kramer machte noch einen letzten Versuch, die Wogen zu glätten: »Aber meine Herren, Silentium, bleiben sie doch hier …«

Der Oberst lächelte und schloss sich dem Zug an. Der Vogt ließ sich widerstandslos von der Menge mitreißen, ohne zu wissen, wie ihm geschah. Der Sekretarius starrte nur noch zu Boden und schien vollends betäubt, während die Menge zur Tür, in den Gang und ins Treppenhaus stürmte.

Rasch verbreitete sich auf dem Marktplatz die Nachricht, dass sie nun alle von Jeremias angeführt würden, dass man sich aufmache zur Prälatur des Abtes, um sich zurückzuholen, was dieser dem Volk gestohlen habe. Bald war der ganze Tross auf dem Weg zum Kloster.

Der Oberst gab seinen Soldaten Anweisung, den Marsch mitsamt Bajonetten festlich zu flankieren, während Jeremias die Truppe anführte und mit finsterer Miene den Weg wies. In Windeseile hielten die Bauern ihre Mistgabeln in Händen und gaben dem Ganzen ein bedrohliches Aussehen. Je mehr sich der Zug formierte, desto gewaltgeneigter wurde die Stimmung. Der Ausgang des Spektakels war ungewiss.

Im Ratssaal blieben nur der Schultheiß und sein Sekretarius zurück.

»Was machen wir jetzt?«, fragte Rudolf Kuhn.

»Nichts, Sekretarius, rein gar nichts. Am besten wird es sein, wir gehen nach Hause.«

XVIII

FÜR KILIAN WAR ES EINE SCHLAFLOSE NACHT. DAS Fenster seiner Kammer im Apothekerhaus hatte er weit geöffnet. Wieder schien das kalte Licht des Mondes auf seinen erhitzten Leib. In den Gedanken an Elisabeth erstickte jeder Versuch der Entspannung. Mit weit geöffneten Augen, die Hände hinter dem Kopf verschränkt, lag er in den Kissen. Wie er nachsann über die Geliebte, wie er sich ihr zartes und herrliches Antlitz in den Sinn rief, drängte sich die lächelnde Fratze des Obersten in seine Träume.

Er hasste diesen französischen Komiker und empfand Eifersucht, weil Montabon unter einem Dach mit Elisabeth leben durfte. Was war das für ein falscher Revolutionär, der zwar die alte Ordnung umstieß, dann aber das Gebot der Brüderlichkeit schwer verletzte? Der Oberst war eben nichts weiter als ein Pfaffe! Er war der Priester einer neuen Religion, die nur vorgab, keine zu sein, die aber mit dem gleichen Anspruch auf Gültigkeit auftrat, wie es zuvor der Abt und sein Kurfürst getan hatten. Doch fühlte Kilian zugleich die Nacht schon vorgedrungen und den Tag nahen.

Als am frühesten Morgen das Licht der aufgehenden Sonne den Mondenschein verdrängte, hielt es Kilian nicht mehr in seiner Kammer aus. Er legte seine Kleider an und schritt durch die Wohnstube, wobei der Dielenfußboden unter seinen Füßen leise knarrte. Das Haus war ruhig. Von Ferne vernahm er die Laute eines heimkehrenden Vogelschwarms. Durch die Fenster drang ein erstes Morgenlicht.

In der Wohnstube bewegte sich das Pendel der Standuhr. Die Vergänglichkeit empfand Kilian in diesem Moment so schmerzlich wie nie zuvor. Was konnte ein einziger Augenblick das Leben doch erschüttern! Er wünschte sich in der Zeit zurück, wünschte, den unseligen Ausflug hinaus zum Müllerhaus gemeinsam mit Montabon nicht gemacht zu haben. Hätte dieses Ereignis nicht stattgefunden, wäre Kilian in dem Glauben geblieben, seine Geliebte sei nur entrückt. Jetzt musste er damit rechnen, dass Elisabeth verloren sei, dass sie Montabon mit seinem Charme zu seiner Gefangenen gemacht habe.

Kilian betrachtete und bewunderte die Madonna des Meisters Matthias. Was war das für eine zarte Haut! Was war das für ein duftendes, gewelltes Haar! Wie zart waren diese Hände! Wie geziert war sie von den funkelnden Steinen ihres Armreifes! Entrückt war sie und dennoch liebend. Gefangen war sie und dennoch frei. Kilian faltete die Hände. Nur das Pendel der Uhr schwang durch die morgendliche Ruhe.

Nachdem sich sein Sinn wieder gefangen hatte, machte er sich davon, ging die Treppen hinunter und atmete vor der Tür des Hauses tief den Duft des Frühlings ein. Er schloss die Augen und schöpfte neuen Mut. Als er auf den Marktplatz kam, sah er an der Freitreppe des Rathauses den Nachtwächter sitzen. Dieser hielt einen großen Krug Bier in Händen und hatte Mühe, seine Augen offen zu halten. In kurzen Abständen stieß er laut auf und murmelte in sich hinein.

Im Bann dieser Betrachtung wäre Kilian beinahe gar nicht aufgefallen, was auf dem Dach des Rathauses vor sich ging. Dort oben machte sich jemand zu schaffen, der Grünzeug auf dem Rücken aufgeschnallt hatte und den morschen Turm des Rathauses erklomm. In der Hand hielt er eine rote Mütze. Er näherte sich der Wetterfahne.

Kilian wunderte sich, schenkte der Angelegenheit aber keine weitere Aufmerksamkeit. Das Einzige, was er mit Sicherheit ausmachen konnte, war, dass es sich bei dem Bezwinger des Turmes um einen Klosterbruder handelte. Weil Kilian aber mit seinem Herzen genug zu kämpfen hatte, weil ihn die Gedanken an Elisabeth gefangen hielten, sah er keine Veranlassung, die Angelegenheit zu erforschen, und ließ sich weiter treiben.

Er schritt durch die leeren Gassen der Stadt und wandte sich zum Obertor, vor dem ein Landstreicher die von Osten kommenden Strahlen der wärmenden Morgensonne genoss. Er blinzelte aus halb geschlossenen Augen und nickte Kilian zu. Auf dem Feldweg kamen ihm die ersten Fuhrwerke entgegen, die zur Beschickung des Marktes unterwegs waren.

Er vermisste in dieser frühen Stunde den Glockenklang der Basilika und der übrigen Türme der Stadt. Nun wanderte er über das offene Feld, wo die Bauern ihre Ochsen vor den Pflügen hertrieben und die Felder bestellten. Mit jedem Schritt wurde ihm leichter ums Herz. Mit der Öffnung der Landschaft weiteten sich Brust und Sinn. Das Atmen war ihm nicht mehr allzu schwer.

Als er in die Nähe des Hügels kam, von wo ihn das Müllerhaus mit seinen blinden, staubigen Scheiben grüßte, klopfte er nicht an die Tür. Schließlich ruhte seine Geige zu Hause in ihrem Kasten. Warum sollte er seinen wortkargen Müllerfreund aufsuchen, wenn er mit ihm keine Musik zu machen imstande war? Letztlich verständigten sich beide nur über die Sprache der Töne und Rhythmen. Mit Gesprächen war Hyazinth nicht zu erreichen.

Er setzte seine Wanderung fort, stieg den Hang des Hügels hinauf und wollte sich auf der zauberhaften Wiese vom Duft der Blumen berauschen lassen. Als er aber dort angekommen war, zeigte sich ihm ein grässliches Bild. Die Halme waren vergilbt. Kein Grün war mehr zu finden. Alles war im Sterben begriffen, von Krankheit befallen und nicht mehr in der Lage, Frucht hervorzubringen. Dabei hätte er so gerne ein paar duftende Blumen aus diesem Garten geholt, hätte sie so gerne Elisabeth gebracht. Jetzt aber war es mit der Herrlichkeit zu Ende. Auch der Quell tropfte nur kraftlos aus seiner sandsteinernen Fassung hervor. Der Bach bewegte sich allenfalls träge und flach in seinem Bett. Hier war kein Sprudeln und kein Rauschen mehr.

Wenn er sich jedoch umdrehte und den Blick durch die Landschaft schweifen ließ, so zeigte sich ein gänzlich anderes Bild. Die Felder strahlten in kräftigen Farben. An den Zweigen der Bäume waren frische Triebe. In der Ferne schimmerten die grauen Dächer der Stadt in der Sonne. Silbern schwang sich der Fluss durch die Landschaft. Aber auch hier, so kam es ihm in den Sinn, musste schon der Keim des Todes wirken. Auch hierin war das Ende angelegt, dem nichts entkommen konnte.

Er setzte sich, vergrub seine Hände im verdorrenden Laub und blickte auf die herrliche Kulisse, die Stadt und Umgebung ihm boten, ohne zu wissen, welch hitzige Debatten hinter ihren Mauern um diese Tageszeit in Gang kamen. Für viele Stunden verharrte er in den Gedanken an Elisabeth, ohne im Inneren einen Funken Freude oder Zufriedenheit zu verspüren.

Es wäre ihm nicht gleich gewesen, von welchem Zweig er ihr ein Blümlein gepflückt hätte. Am liebsten hätte er jenen Zweig gewählt, von dem es Elisabeth einst getan hatte. Jetzt aber blickte er hinab in das weite Land. Er dachte sehnsüchtig zurück an das Glück, das er hier beim ersten Strahl der Frühlingssonne empfunden hatte. Die Liebe war vorübergezogen, das Leid aber zurückgeblieben.

XIX

AM NACHMITTAG MACHTE SICH KILIAN WIEDER auf in Richtung Stadt, ohne zu wissen, was er dort eigentlich wollte. Das Mühlenrad am Haus Hyazinths drehte sich eifrig. Der bräunlich-rote Hengst des Adjutanten stand nicht mehr davor. Die Sonne nahm eine rötlichere Farbe an, als er, auf der Landstraße angekommen, bemerkte, wie die Bauern ihre Fuhrwerke auf den Feldern hatten stehen lassen, wie die Menschen zahlreich auf die Tore der Stadt zuschritten, wie man sich in hitzigen Gesprächen erging und voller Tatendrang war, während er selbst nichts als Schwäche in sich spürte.

Er reihte sich notgedrungen in den Zug ein. Alles strömte hin zum Marktplatz, während ihm jede Revolution gleichgültig war. Dennoch gab er sich in den Strom, hörte, wie das Ereignis einer abendlichen Sitzung im großen Saal des Rathauses ausgerufen wurde, und betrachtete die erhitzten Gemüter ringsum. Sie waren voller Gift und Missgunst. Man sprach von Gewalt, von Hass und Tod. Dass man den Abt und seinen Kurfürsten zur Verantwortung ziehen solle. Dass man diese Diebe bestrafen möge für ihre Unehrlichkeit. Dass man es nicht durchgehen lassen könne, wenn man sein ganzes Leben hindurch belogen und betrogen werde. Die Sitzung im Ratssaal werde schon zeigen, was das Volk sich wünsche. Noch heute Abend müsse es soweit sein, spätestens beim Untergang der Sonne. Jetzt sei Schluss mit dem Betrug. Jetzt hole man sich zurück, was einem genommen worden sei.

Kilian leuchtete die Richtigkeit dieser Worte vollkommen ein. Obgleich er nicht verstand, was der Abt und der Kurfürst mit dieser Sache zu schaffen hatten, war ihm nach diesen giftigen und missgünstigen Worten bewusst, dass er sich Elisabeth einfach zurückholen müsse, dass jetzt mit dem Betrug des Obersten Schluss sei, dass er dem schlechten Spiel ein Ende machen müsse, koste es ihn auch Gewalt. Warum sollte er sich kampflos ergeben?

Er war jedoch von der Menge mitgerissen worden und schon fast am Marktplatz, als ihm diese Erkenntnis kam. Nun kehrte er um und setzte sich dem Strom entgegen. Dabei blickte er in die Gesichter der Bürger und Bauern und sah, wie gespannt sie dem kommenden Ereignis entgegentraten, von dem sie nicht wussten, was es genau werden würde. Es musste ihnen noch gesagt werden, in welche Kanäle sie ihre Kraft leiten sollten. Sie warteten auf jemanden, der ihren Willen aussprach. So eilten sie voller Erwartung auf das Wort des neuen, noch unbekannten Anführers vor das Rathaus, während sich Kilian gegen den Strom bewegte, immer weiter die Obertorstraße hinauf.

Hier befand sich in Höhe der Klostermauer die Vogtei, ein großer gelber Bau, dessen Pilaster in roter Farbe gehalten waren. Hier waren Amtssitz und Wohnung des kurfürstlichen Beamten. Hier residierte Edmund Hardy, von dem man nicht so recht wusste, wie es um seine Treue zum Kurfürsten bestellt war. Hier, so dachte Kilian, würde er Elisabeth finden. Er würde sie den Klauen des Ungeheuers entreißen und mit ihr fliehen, auch wenn er noch nicht wusste wohin. Vielleicht nach Leipzig, vielleicht nach Prag. In diesem Haus war sie jedenfalls eine Gefangene. Er würde sie befreien.

Aber noch war er nicht an der Vogtei, noch kämpfte er gegen den Strom und sah die Handwerker, wie sie mit schweren Werkzeugen, mit Hämmern und Zangen, Eisen und Holz zum Marktplatz eilten, sah die Bauern, wie sie mit Stecken und Mistgabeln bewaffnet nach der Freiheit von allen Monarchen schrien. Die Vielzahl kraftstrotzender Revolutionäre zwang den geschwächten Kilian mehrmals, schützend zur Seite zu springen, um nicht unter die Trampeleien der Menge zu geraten. So hangelte er sich vornehmlich an der Wand entlang, legte ängstlich die flachen Hände auf die Hauswände, presste seinen Leib dagegen und hoffte inständig, nicht im Strom unterzugehen.

Plötzlich, in einem Moment atemlosen Innehaltens, sah er den Vogt, wie er in seiner geputzten Garderobe mit den Revoltierenden schrie: »Nieder mit der alten Ordnung! Es lebe das Neue!«

Gleichzeitig blickte Edmund Hardy prüfend umher, um zu beobachten, ob die Männer und Frauen ringsherum mit dem Kahlköpfigen einverstanden seien. Sie aber scherten sich nicht um ihn. Sie hatten nur eines im Sinn, nämlich möglichst schnell an den Ort des Geschehens zu gelangen. Der Vogt sah es und war innerlich froh, dem Pöbel nicht unangenehm aufzufallen.

Nach einer Weile mühevollen Durchkämpfens gelangte Kilian zur Vogtei. Wie eine Burg erhob sie sich am Rande der übervölkerten Straße. Wie sollte er nun hier eindringen und Elisabeth aus den Klauen des Ungeheuers befreien? Die Heldentat, die er sich vorstellte, vertrug sich nicht mit dem Gedanken an braves Anklopfen und zahmes Nachfragen. Auch reichte seine Kraft nicht hin, um die massive Tür aufzubrechen oder sich an den grünen Fensterläden hinaufzuhangeln und das offene Fenster im ersten Stock zu erklettern. So sah er sich gezwungen, das Gebäude eine Weile zu beobachten in der Hoffnung, mit einem rettenden Einfall beschenkt zu werden. Seine Geisteskräfte waren jedoch erlahmt. Er setzte sich erschöpft an die Klostermauer und hielt Hände und Ellenbogen schützend vor das Gesicht, um nicht vom Strom der Menge verletzt zu werden. Zugleich behielt er die gelbe Burg mit den roten Pilastern im Auge.

Es geschah ein Wunder. Die massive Pforte der Vogtei öffnete sich weit. In ihrem Rahmen erschien Elisabeth. Sie leuchtete im roten Mantel, strahlte als reine Schönheit über allem, war Kilian so nah und doch so fern, war am anderen Ufer des Stromes, war entrückt und dennoch fassbar. Sie lächelte zart in den Winkeln ihres Mundes, schien unbeirrt vom Tumult, vom Volk mit seinen Mistgabeln, seinen Hämmern, seinen Stecken und Eisen.

Kilian sah sie verwundert an, betrachtete ihre unverwelkte Schönheit. Er erhob sich von seinem Platz, sah hinüber und hoffte, von ihr entdeckt zu werden. Sie aber erkannte ihn nicht und mischte sich unter das Volk. Kilian tat es ihr gleich, verlor ihr gewelltes braunes Haar nicht aus den Augen und tat mit den Händen, als würde er durch einen Fluss schwimmen. Dabei stieß er den einen oder anderen Bauern zur Seite, versetzte dem einen oder anderen Bürger einen Hieb. Der Menschenstrom ließ sich davon nur wenig beeindrucken. Allenfalls hieb man zurück, stieß den Schwimmer und rempelte ihn an. Dennoch verlor Kilian die Entrückte nicht aus den Augen, griff mehrmals nach ihr, jedoch ohne Erfolg.

Plötzlich stürzte einer der Bauern vor Elisabeth zu Boden, knickte mit dem Fuß in einer Rinne um und schrie vor Schmerz laut auf. So war sie gezwungen, ihre Geschwindigkeit zu senken, um nicht über den Unglücklichen zu fallen, während Kilian einen Satz nach vorne machte, das Handgelenk der Entrückten ergriff und sie zur Seite zog. Ähnlich hatte er es schon einmal gemacht, damals auf dem Marktplatz, am Tag nach dem Osterfest.

An der Hauswand umfasste er sie mit starken Armen, zitterte vor Erregung am ganzen Körper und küsste ihre Hände. Sie aber blieb kalt und unbiegsam, hob ihre Ellenbogen gegen Kilians Brust und wandte ihr Gesicht von ihm ab. Er spürte, wie der Strom seiner Liebe jäh unterbrochen wurde, und fühlte seinen Eifer erlahmen. Der Griff lockerte sich. Elisabeth aber stand stumm und still an die Hauswand gepresst, das Gesicht zur Seite gedreht und die Augen geschlossen.

Kilian ließ von ihr ab, legte nur noch seine Hände sanft auf ihre Schultern und sagte: »Elisabeth, was ist mit dir?«

Sie antwortete nicht. Noch einmal fragte er: »Elisabeth, was hast du?«

Sie öffnete ihre Augen. Ihre Brust hob und senkte sich, nicht vor Erregung, sondern vor Abscheu: »Lass mich in Frieden«, antwortete sie, »geh deiner Wege, während ich den meinen folge!«

»Elisabeth, wie sprichst du? Ich liebe dich. Auch du liebst mich, das weiß ich …«

»Nein«, unterbrach sie ihn und sah ihm in die Augen, »ich liebe dich nicht.«

Da fasste er sie wieder fester an den Schultern und schüttelte ihren zarten Leib: »Hat er dich gefangen genommen? Hat er dich zu seiner Sklavin gemacht? Sprich!«

»Von wem redest du?«, fragte sie und verzog das Gesicht vor Schmerzen.

»Von wem schon …, von diesem Ungeheuer natürlich, diesem äffischen Offizier mit seinem Gehabe, von Montabon rede ich, der in eurem Haus wohnt.«

»Sprich nicht so über den Oberst. Er ist kein Ungeheuer. Er ist …«

»Was?«, fragte Kilian, »was soll diese Kreatur sonst sein?«

Sie sagte nichts, sondern schaute nur ein klein wenig entrückt drein.

Da zerriss das innere Band, das Kilian mit Elisabeth verbunden hatte. Er schrie, als ob er das grelle Tönen der strömenden Menge auf der Straße übertreffen wolle: »Ein Ungeheuer ist er, ein Mörder, ein Mann mit zwei Gesichtern. Mit dem einen lächelt er, mit dem anderen frisst er seine Beute.«

»Wer sagt dir das?«, unterbrach Elisabeth, »was hat er uns Schlechtes getan? Wer sagt dir, dass er ein Mörder ist? So etwas Abscheuliches!«

»Keiner sagt das. Keiner traut sich, es zu sagen. Aber ich sage dir: Er ist ein Mörder. Er wartet nur auf die richtige Gelegenheit, um zu töten. Ich spüre es. Wenn es soweit ist, dann beißt er uns in die Gurgel. Ich spüre schon, wie er sich in meine Gedärme gräbt.«

Elisabeth wurde zornig: »Was bist du schon? Ein Fantast, ein Träumer, ein Schönredner, nichts als ein altmodischer Taugenichts, nichts weiter bist du! Er aber ist ein Mann der Tat. Am Anfang war die Tat und nicht das Wort. Jetzt lass mich los!«

Kilian aber schüttelte Elisabeth weiter. Er schäumte vor Wut, wurde selbst zum Tier und brüllte: »Er hat dich gefangen genommen, hat dich zu seiner Magd gemacht, hat dich nicht mehr aus dem Haus gelassen, seit er in die Stadt kam. Warum hasst du ihn dann nicht? Hass ist hier die einzige Antwort, die dieser Mensch verstehen könnte.«

Sie entgegnete: »Rede keinen Unsinn. Er hat mich nicht versklavt. Als Montabon kam, hat mir mein Vater verboten, das Haus zu verlassen. Er hat gesagt, es wäre nötig, um dem Oberst die gebührende Gesellschaft zu geben. Aber heute ist auf den Straßen viel zu viel Umtrieb, als dass ich im Haus bleiben könnte, alle sind weg, und ich gehe jetzt auch dahin, wo die Menge ist.«

Kilian fasste Elisabeth noch unsanfter an: »Dein Vater ist ein Kuppler, ein karrieresüchtiger Intrigant, einer, dem nichts heilig ist, der immer nur seinen Vorteil sucht und jedem nach dem Mund redet. Er hat dich als Hure an Montabon verkauft, verstehst du das nicht?«

Er erschrak selbst über die Härte seiner Worte. Gerade noch war sie ihm die Entrückte, die Heilige gewesen. Nur wenige Augenblicke später erschien sie ihm wie eine Dirne. Das konnte nicht richtig sein. So wechselte er den Ton. Aus seinem geifernden Geschrei wurde ein süßliches und weinerliches Flehen, ein Anrufen, das schwach war, aber bestimmt klang.

»Elisabeth, bedenke! Jetzt bist du doch frei. Du kannst selbst entscheiden. Du kannst dich aus der Gefangenschaft lösen. Brich mit mir auf! Dann wird alles gut! Wir gehen weg, weit weg und werden glücklich. Ich flehe dich an: Komme mit mir! Wir fliehen von diesem unseligen Ort.«

Elisabeth sprach: »Was soll ich? Fliehen soll ich? Du redest nichts als Unsinn. Du bezeichnest mich als Hure, mich! Nein, ich bleibe hier, bei meinem Vater, bei meiner Familie und bei Louis Montabon!«

Kilian stieg die Zornesröte wieder ins Gesicht: »Liebst du ihn,

Elisabeth? Liebst du diesen unverschämten Revolutionär? Liebst du diesen Zerstörer?«

Sie blieb stumm, wandte ihr Haupt zur Seite und schloss die Augen. Er erschrak zutiefst und ließ von ihr ab, erkannte die Ausweglosigkeit seines Unterfangens, erkannte die Unmöglichkeit einer gemeinsamen Flucht. Er ging einen Schritt rückwärts und betrachtete sie wie eine Hexe, von deren hässlicher Fratze er die Augen nicht lassen konnte. Ihre Brust hob und senkte sich, als sie sich vor Erschöpfung an die Hauswand lehnte. Dann aber sammelte sie sich und sah Kilian noch einmal kurz in die Augen. Es war ein Abschiedsblick der Leibhaftigen. Dann gab sie sich in den Strom hinein und verschwand. Kilian blieb eine Weile wie gelähmt stehen.

Teilnehmen an den Ereignissen wollte er nicht, sie beobachten schon. So eilte er zum Obertor. Dort trat er die morsche Holztür ein und hechtete die Stufen zum Turm hinauf. In der Glockenstube öffnete er das kleine Fenster und sah hinaus.

Die Dämmerung war weit fortgeschritten. Im Westen prangte vor einem violetten Himmel eine tiefrote Sonne, die sich im silbrig glänzenden Fluss spiegelte. Das Gassengewirr der Stadt, ihre Türme und Mauern lagen zu seinen Füßen. Die ganze Siedlung war übervölkert und wimmelte von Menschen, während die Häuser leer waren, sich in den Fenstern keine Lichter zeigten. Das Umland schien menschenleer und alles in der Stadt versammelt. Die lauten Sprechchöre gelangten nur als ein undeutlicher Schwall an Kilians Ohren, als ob sie aus einer fernen Welt kämen, die mit der hiesigen nichts zu schaffen hätte.

Kalt war der Hauch des Abends. Kalt war es in seinem Herzen, als sich aus der Masse von Menschen ein Hauptstrom formierte, der von Soldaten mit Bajonetten feierlich flankiert wurde. Die Menschen, Frauen wie Männer, Alte wie Kinder, reckten ihre Mistgabeln, ihre Stecken und ihre eisernen Werkzeuge in den Himmel. Fackeln wurden angezündet. Ein Klosterbruder führte den Zug an. Alles bewegte sich in Richtung Kloster. Eine gewaltige Schar von Menschen stürmte das Tor, stieg über Mauern und auf Dächer, verteilte sich auf dem Klosterhof und im Garten. Man schlug auf alles ein, auf Statuen, Bäume und Sträucher, warf Steine in die Fenster, dass es klirrte und krachte.

Kilian fror auf seinem hohen Posten, wie er die vielen Fackeln sah, wie er sah, dass der schwarz gewandete Anführer mit dem ausgestreckten Arm auf die Prälatur zeigte, wenige Schritte umherging und dabei die Lippen bewegte, ohne dass man auch nur in Ansätzen hätte hören können, was gesagt wurde. Dann beobachtete er, wie die Menge das Gebäude stürmte.

Nur kurze Zeit später flackerte es rötlich und gelb in den Fenstern der Prälatur. Sogleich rannten die Menschen wieder ins Freie und hielten Gegenstände in der Hand, die sie wie Trophäen herzeigten. Es handelte sich um Möbelstücke, um kristallene Leuchter, um Fetzen von Teppichen, Gemälde, um silbernes Geschirr, geschliffene Gläser, Gipsfiguren oder vergoldete Teile aus der Wandverkleidung. Es dauerte nicht mehr lange, da stachen die ersten Flammen aus den eingeschlagenen Fenstern des prächtigen Hauses. Die Sonne ging zwar unter, doch die Helligkeit blieb. Das Gebäude brannte lichterloh. Funken stiegen hinauf in den schwarzen Himmel und spielten im Wind.

Die Menge tanzte wie wild. Als die ersten Flammen aus dem Dachstuhl loderten, schossen die Soldaten mit ihren Gewehren jubilierend in die Luft. Kilian betrachtete den Brand, betrachtete das Feuer, das die Wohnungen des Abtes und des Kurfürsten hinwegraffte. Bald brachten die Flammen den Dachstuhl ins Wanken. Dann stürzten brennende Balken hinunter und versehrten die Prälatur noch mehr. Im Klosterhof war ein tolles Treiben im Gange, eine Siegesfeier. Man fasste sich an den Händen, ob miteinander bekannt oder nicht, und tanzte im Reigen durch die helle Nacht.

Der Abendhauch wurde kälter und stärker. Als der Wind auflebte, wurden die Flammen weiter angefacht. Die Funken flogen über die Menge und die benachbarten Dächer, prasselten auf die Türme der Basilika. Kilian sah, wie sich Unruhe auf dem Klosterhof ausbreitete, sah die schützende oder flehende Haltung vieler, die eben noch in vollkommener Wildheit getanzt hatten und es nun mit der Angst zu tun bekamen. Man befürchtete, dass sich das Festfeuer über die ganze Stadt ausbreiten könnte.

Die Menschen fielen auf die Knie. Sie erhoben die gefalteten Hände zum Himmel. Man sah Hab und Gut gefährdet. Man sah die Stadt schon im Vergehen begriffen. Das Haus des Abtes brannte lichterloh. Die geraubten Trophäen in den Händen konnten niemals ersetzen, was ein Inferno vernichten würde. Alles bangte. Alles flehte. Alles wartete gebannt und wie gelähmt auf die Entwicklung. Dann holten die Ersten Eimer aus ihren Häusern, eilten zu den Brunnen, um Wasser zu holen, und schütteten es an der Prälatur aus. Das Wasser konnte der Macht des Brandes nicht das Geringste anhaben. Aus dem Festfeuer war ein Feuerwerk geworden, ein ungewolltes, ein gefährliches und bedrohliches.

Dann aber öffneten sich die Schleusen des Himmels. Zunächst fielen nur wenige Tropfen herab. Doch sie wurden immer dicker und schwerer. Bald waren sie so groß wie Eier und tränkten die Erde. Es goss in Strömen. Ein gewaltiger Donner grollte. Es blitzte wütend ringsum. Ein himmlischer Ärger entlud sich über der Stadt und dem Kloster und erstickte das Feuer. Aus der Brandsäule wurde ein schwarzes Qualmen. Das Inferno ging im Rauch zu Asche. Das Licht des abendlichen Schauspiels wurde gelöscht.

Das Gewitter zog so plötzlich wieder ab, wie es gekommen war. Bald war alles dunkel. Das Feuer und die Fackeln gingen aus. Kilian konnte beobachten, wie sich die Menge nun in der Stadt verteilte. All das ging langsam vor sich. Die Kraft des Tages war geschwunden. Sie gingen mühselig und mit schlechtem Gewissen beladen nach Hause, hielten ungläubig ihre Trophäen in der Hand und machten nur noch Worte statt Taten. Der Regen hatte die aufständische Stimmung von den Menschen abgespült, hatte sie ernüchtert, hatte ihre erhitzten Gemüter erkalten lassen. Bald war der Klosterhof geräumt, während es aus den Fenstern der Prälatur noch kräftig rauchte.

Man verteilte sich in den Gassen. An den vier Toren stauten sich die Ströme hinaus auf die Felder und die umliegenden Gehöfte. Kilian stand am Fenster und betrachtete auch noch diesen letzten Akt. Die Wolken verschwanden. Scharf zeichneten sich die schwarzen Umrisse der Klosterbasilika vor dem fahlen Himmel ab. Zwölf helle Sterne zogen im Reigen über das Firmament. Unter ihnen erschien der Mond und warf sein fahles Licht auf die Spitzen, Mauern und Dächer des Klosterviertels. Auf dem großen Turm der Basilika stand wie eh und je der Verkündigungsengel und richtete sein Fähnchen nach dem leichten Hauch der anbrechenden Nacht.

XX

BONIFAZ KRAMER BESUCHTE NOCH EINMAL SEINE Amtsstube, trat ein in dem Bewusstsein, die Klinke dieser Tür so bald nicht wieder hinunterzudrücken. Im Innern entzündete er die Tischlampe, betrachtete im Flackerschein ein letztes Mal die Porträts seiner Vorgänger und fragte sich, ob hier eines Tages auch sein Bildnis hängen würde. Er rechnete damit, dass auf dem ledernen Sessel bald der schwarze Jeremias sitzen und das Wappen des Kurfürsten entfernen lassen würde. Er schloss das bleiverglaste Fenster des Raumes und sah durch die Scheiben hinab auf das Treiben in der Dämmerung, auf die Entzündung von Fackeln, auf den Rest des wilden Pöbels, der nun fortzog, um eine Revolution zu veranstalten und sich zurückzuholen, was ihm genommen worden war.

Bonifaz setzte sich noch einmal in seinen alten Amtssessel und sann darüber nach, was die Menge mit ihrem Gehabe eigentlich erreichen wollte. War es Abenteuerlust? Gab es eine Idee, die hinter allem stand? War es Habgier? War es der Trieb zum Morden? Der Schultheiß konnte sich keinen Reim darauf machen und mutmaßte, dass es eine Mischung aus allem sei, dass die Bewegung der Masse den Einzelnen verändere, dass sie der schwarze Verführer zu Taten dränge, die sie sonst nicht gewagt hätten.

Nein, von Jeremias hatte er niemals erwartet, dass er seinem Beruf und seiner Berufung derart untreu werden könnte und die Waage des Apothekers sowie die Kutte des Mönchs gegen den Säbel des Soldaten und die phrygische Mütze des Jakobiners eintauschen würde. Was war Jeremias doch für ein Heiliger gewesen! Was hatte nun die Revolution aus ihm gemacht! Er war zu einem Dämon geworden. Er war ein Helfer von Tod und Verwesung, die rechte Hand des Teufels.

In solcherlei schweren Verdächtigungen versank Bonifaz für einige Zeit. Erst als sich unter die Schwärze der Nacht ein rötlich flackernder Schimmer mischte, der durch die Fenster eindrang und an die Wände der Amtsstube bedrohliche Höllenszenen zeichnete, erwachte er aus seinem Nachsinnen. Für einen Moment wähnte er den Jüngsten Tag gekommen. Doch nach einer Weile gewann er seine Verbundenheit mit der Wirklichkeit zurück. So rieb er sich die Augen, ordnete noch einmal die Akten auf dem Tisch, sammelte seine spärliche persönliche Habe aus den Schubladen und steckte sie in die Taschen seines Rockes. Dann ging er hinaus und schloss feierlich die Tür, verließ das Rathaus, erreichte einen leeren Marktplatz und wunderte sich über den rötlichen Schein am schwarzen Nachthimmel.

Als er die Stufen seines Hauses hinaufschritt, fühlte er sich unbeschwert, bemerkte, wie sanft er atmete, wie mühelos er die Luft durch seinen Körper strömen lassen konnte. Bonifaz fühlte sich befreit. Er fühlte sich erlöst von der Bürde seines Amtes und den Aufregungen der letzten Wochen. Es war ihm, als würde er endgültig zu Hause ankommen, als müsste er nun nicht mehr fort, nicht mehr nach Höherem streben, nicht mehr den Einfluss ausüben, für den er sein Leben lang gearbeitet und gekämpft hatte. Er spürte, wie die Wunden seiner verbrannten Lungenflügel heilten, wie die inneren Verletzungen, die ihn die Jahre über schwer gebeutelt hatten, schwanden. Er wagte es, ganz tief zu atmen. Die Stöße kamen nicht. Er fühlte sich, als habe ihn Jeremias von seiner Krankheit erlöst.

Am Treppenabsatz empfing ihn Antonia. Er freute sich von Herzen und war voll Erwartung. Wie schön sie doch war, wie liebevoll! Für ihr zärtliches Wesen hatte er trotz ihrer Ansprüche in den letzten Jahren nur das Nötigste übrig gehabt, hatte kaum bemerkt, wie sie ihm die Last des Alltags ferngehalten hatte. Jetzt empfing sie ihn mit offenen Armen und leicht geröteten Augen. Die Falten ihres schlanken Gesichts störten ihre einnehmende Erscheinung nicht im Geringsten. Sie schmückten sie mit einer reifen Würde. Bonifaz küsste ihre Stirn und umarmte ihren Leib.

Antonia sprach: »Bonifaz, höre!«, da sah er ihr in die Augen. »Wir haben Besuch. Bitte erschrick nicht! Er wartet in der Wohnstube auf dich.« Sie nahm ihrem Mann den Rock ab und machte einen Durchgang zur Stube frei.

Als Bonifaz eintrat, sah er am Tisch einen Herrn sitzen. Er trug braune, fadenscheinige Jagdkleidung und hatte kurze graue Haare. Vor ihm auf dem Tisch lag sein Hut. Erst wusste Bonifaz Kramer nicht recht, wer ihn erwartete. Dann kam es ihm in den Sinn. Es fehlte nur die standesgemäße Kleidung und die Perücke. Aber das Gesicht war das eine und unverkennbare. So schritt er zügig und erfreut auf den Tisch zu. Gleichzeitig erhob sich der Herr von seinem Stuhl, trat einen Schritt vor und streckte seine rechte Hand nach vorne. Sogleich ergriff sie Bonifaz, kniete nieder, küsste den Ring und sagte: »Ehrwürdiger Vater!«

Der Herr sprach gütig: »Steht nur auf, mein lieber Kramer! Ihr seht, wie ich zu Euch komme, nämlich als Bürger unter Bürgern, als Mensch unter Menschen.«

Bonifaz erhob sich und erwiderte: »Ich dachte, Ihr wäret entweder weit weg oder tot, Ehrwürdiger Vater. Lasst mich Euren Ring küssen! Man munkelte, Ihr wäret nach Prag geflohen oder von den Franzosen hingerichtet worden.«

»Ihr seht, mein lieber Herr Schultheiß, dem ist nicht so. Hier stehe ich in Fleisch und Blut vor Euch, bin weder ein Flüchtling noch eine Leiche. Ich bin Euer alter Marcellus, nicht mehr, aber auch nicht weniger.«

Bonifaz freute sich. Ihm verschlug es für einen Augenblick die Sprache. Er sah verunsichert zu Boden, trat dann ans Fenster und sah hinaus in die rötlich beleuchtete Nacht.

Der Abt stellte sich daneben und sagte: »Was ist das für ein Abend, an dem sich der Horizont in solcher Röte vom schwarzen Himmel abhebt? Es sieht aus, als breche der Jüngste Tag an. Aber ich sage Euch, lieber Kramer, hier bricht der erste Tag einer neuen Zeit an, einer Zeit, die unsereiner nicht mehr nötig hat.«

»Was meint Ihr?«, fragte Bonifaz verstört und erleichtert zugleich.

»Nun ja«, antwortete Marcellus zögerlich, »was am Himmel aussieht wie Blut, ist nichts als der Widerschein eines Feuers. Es rafft mein Haus dahin, jetzt, in dieser Stunde. Wir können froh sein, wenn es nicht noch mehr dahinrafft.«

»Eines Tages musste es ja so weit kommen. Die Lunte war schon lange gelegt. Es spukte in den Köpfen, dass all das Alte böse sei, dass alles weggeschafft werden müsse, was mit dem Überkommenen zu tun habe.«

»Ja, das ist wahr«, erwiderte der Ehrwürdige Vater, »und jetzt sehen wir es brennen. Das, was brennt, ist nur das Zeichen für alles, was in diesen Wochen und Monaten schon verbrannt ist, ist nur ein Zeichen für die Reinigung, für das innere Fegefeuer, das sich nach außen gewandt hat. Wir können froh sein, dass wir mit dem Leben davongekommen sind.«

Bonifaz setzte sich an den Tisch und stützte den Kopf in die Hände, während Antonia die Tür zur Wohnstube schloss und die beiden Herren alleine ließ.

Er fragte: »Wie seid Ihr diesem Inferno entkommen, Ehrwürdiger Vater?«

Marcellus setzte sich gleichfalls und zog etwas aus seinem Rock: »Seht Ihr das, lieber Kramer? Seht Ihr dieses Kreuz? Ich habe es Tag für Tag getragen seit meiner Wahl zum Vorsteher der Abtei. Ich hatte es um den Hals hängen, hatte es ständig an der Brust, wie mein Vorgänger auch und die Vorgänger meines Vorgängers.«

Bonifaz betrachtete das silberne Kreuz mit den Halbedelsteinen, ehe Marcellus fortfuhr: »Heute Morgen habe ich es abgenommen, zum ersten Mal. Ich weiß nicht, ob ich es je wieder anlegen werde.«

Bonifaz fragte: »Warum habt Ihr es abgelegt? Wo wart Ihr all die Tage?«

»Ich war ein Gefangener in meinem eigenen Haus«, antwortete Marcellus, »der Oberst hat mich jeden Tag besucht, mir Essen gebracht und sich dafür gerechtfertigt, dass er mich festhalten müsse.«

Marcellus erzählte von Pégase, erzählte von seinem Wächter, erzählte von dem Mangel an Büchern, von den Tagen auf dem Bett, der geistigen Vereinsamung und der ständigen Begutachtung der Stuckranken an der Decke.

»Heute war mir unwohl. Wenn ich aus dem Fenster schaute, sah ich hinter dem Gitter viele Menschen, die sich über den Klosterhof bewegten. Es schien etwas im Gange zu sein. Ich spürte eine Unruhe, eine Aufgeregtheit und merkte, dass es ab heute nicht mehr so weitergehen würde wie bisher. Als am Mittag auch der Oberst nicht erschien, um mir den Teller Suppe, etwas Brot und einen Becher Wasser zu bringen, wurde mir elend zumute. Aus Richtung Stadt hörte ich Tumulte. Auch am Klostertor übte man sich im Debattieren. Ich konnte kaum hören, was gesprochen wurde. Nur spüren konnte ich, dass es hier um Kampf und Gewalt ging, dass dieser Tag nicht friedlich enden würde.«

Bonifaz fragte: »Wie seid Ihr Eurem Gefängnis entkommen?«

»Es war leichter, als ich dachte. Ich erinnerte mich einer Möglichkeit, die ich bislang noch nicht in Erwägung gezogen hatte. Für das Gemach des Kurfürsten im Oberstock gibt es in der Prälatur einen Dienergang, eine kleine Wendeltreppe, die sich aus dem Keller hinaufwindet, die aber auch über mein Appartement zu erreichen sein musste. Es gibt da eine Ausbuchtung nahe meiner Schlafstatt, hinter der sich die Treppe befindet. Ich prüfte die Wand, klopfte am Holz und fand, dass es sich hohl anhörte. Es schien nicht gemauert zu sein. Nach wenigen Augenblicken erkannte ich, dass die hölzerne Wandverkleidung hier nur eingehängt war. Vier vergoldete Schnitzereien ließen sich verdrehen. Es handelte sich um die Verschlüsse. Ich betätigte sie, da fiel mir die Wandverkleidung auch schon entgegen und machte eine Luke von etwa fünf Fuß Höhe und zwei Fuß Breite frei.«

»Was ist dann geschehen?«, fragte der Schultheiß gespannt.

Marcellus erzählte weiter: »Die Geräusche aus der Stadt wurden immer lauter. Es schien ein Volksaufstand im Gange. Es schien, als bereite sich der Ausbruch eines Vulkans vor. So beeilte ich mich, meine geistliche Tracht mitsamt gepuderter Perücke abzulegen. Im Alkoven befanden sich noch einige alte Anzüge. Diesen braunen wählte ich, streifte ihn über, obgleich die Motten bereits an ihm genagt hatten. Nur mein Brustkreuz steckte ich ein, obgleich ich wusste, dass es gefährlich sein würde.

Dann ging alles recht schnell. Ich zwängte mich durch die Luke und ging auf der Wendeltreppe hinab. Im Keller traf ich auf einen dunklen, langen Gang, der von oben angebrachten, kleinen Fenstern schwach beleuchtet wurde. Ich folgte ihm und fand mich vor einer Tür, die einen Spalt weit geöffnet war. Dahinter sah ich die großen Fässer unseres Weins. Niemand war da. Ich ging in den Eiskeller hinein und kannte aus eigener Erfahrung den Weg hinaus. Es öffnete sich eine niedrige Tür zum Klosterhof hinauf. Oben angelangt fürchtete ich mich vor der Entdeckung meiner Flucht. Aber wer auch immer meinen Weg kreuzte, interessierte sich nicht für meine Erscheinung. Entweder war mein bürgerliches Auftreten unverdächtig. Oder aber sie hatten alle etwas anderes im Kopf. Niemand scherte sich um mich.«

Hier machte er eine kurze Pause, während sich Bonifaz Kramer mit einem Tuch die Stirn wischte. Es war ihm einen Augenblick, als kehre sein Husten wieder zurück, als spiele seine Atmung wieder üble Streiche. Aber es kam nichts. Er wunderte sich selbst darüber. Marcellus fuhr fort.

»Lieber Kramer, ich erinnerte mich, mit wie viel Respekt Ihr mir stets begegnet seid. So hoffte ich, dass ich in Eurem Hause Unterschlupf finden würde. Bitte enttäuscht diese Hoffnung nicht!«

Marcellus nahm einen unglücklichen Gesichtsausdruck an.

Bonifaz wunderte sich über das jungenhafte Gesicht. Die kurzen grauen Haare flößten ihm nicht die gleiche Ehrfurcht ein, wie es die graue Lockenperücke oberhalb eines schwarzen, wallenden Gewandes getan hatte.

»Ehrwürdiger Vater, bei mir könnt Ihr Euch verstecken. Ich werde Euer Vertrauen nicht enttäuschen.«

»Habt Dank, mein lieber Kramer. Ich danke Euch, gerade wenn ich an die Konflikte denke, die wir miteinander ausgetragen haben, wenn sich Bürgerschaft und Kloster nicht einig waren. Dennoch waren wir immer von einem gemeinsamen Bestreben getragen, nämlich das bestmögliche Auskommen zu erreichen. Es war eine höhere Einigkeit vorhanden. Jetzt scheint es damit ein Ende zu haben, scheint die Einheit endgültig zerbrochen.«

Beide sahen noch einmal in den Nachthimmel. Sie suchten die Röte am Horizont, die Spiegelungen der Flammen am Himmel. Sie fanden sie aber nicht, stattdessen bemerkten sie den Regen, der mit wachsender Heftigkeit an die Fenster der Wohnstube klopfte.

Nach einer kurzen Stille sprach Bonifaz: »Sagt mir noch, Ehrwürdiger Vater, wie Ihr vom Kloster in mein Haus gelangt seid!«

»Nun«, antwortete Marcellus, »das war alles andere als schwierig. Ich reihte mich einfach ein in den Strom der Menge, ließ mich von den Menschen um mich herum treiben. Alles ging zum Marktplatz. Dorthin wollte ich auch, zu Eurem Apothekerhaus. Die Menschen um mich herum riefen Forderungen, die mich in der Richtigkeit meines Entschlusses bestätigten, die mir zeigten, wie gefährlich es gewesen wäre, länger in der Prälatur zu bleiben.

Als ich auf dem Marktplatz angelangt war, sah ich Montabons Schimmel vor dem Rathaus, von einem französischen Soldaten bewacht. Ich sah die offenen Fenster des Ratssaals, zu denen das ganze Volk hinaufschaute. Ich hörte die Parolen, die man schrie, hörte, dass es mein Haus und meine Person waren, auf die man es an diesem Tage abgesehen hatte. Ich konnte unerkannt bleiben, wandte mich zu Eurem Haus, hielt mich fest am Brustkreuz in der Tasche. Nachdem ich geläutet hatte, öffnete mir Eure Frau. Seither sitze ich in diesem Raum und warte darauf, dass Ihr herüberkommt.«

»Darf ich Euch etwas gestehen, Ehrwürdiger Vater?«, fragte der Schultheiß. Marcellus bejahte. So sagte Bonifaz: »Ich weiß, dass man seine Menschlichkeit immer im Zaum halten sollte. Ich kenne die Forderungen nach Mäßigung. Dennoch trage ich ein Gefühl im Herzen, das ich mit meiner Vernunft nicht tilgen kann.«

Marcellus fragte: »Welches?«

»Es fällt mir nicht leicht, es auszusprechen. Aber ich gestehe offen: Ich hasse den Oberst. Ich hasse ihn so, wie ich noch niemanden auf dieser Erde gehasst habe. Ich hasse ihn, wie ich niemals wieder hassen werde. Er zerstört alles, was mir heilig war und ist. Er ist eine Plage der Unterwelt. Er ist ein Dämon, der uns geißelt und in die Hölle treibt.«

»Ach Kramer, was sollen diese Worte. Ihr bewertet eure Gefühle falsch, wenn Ihr wirklich meint, was gerade aus Eurem Munde kam. Ihr hasst den Oberst nicht. Er kann nichts für seine Fehler. Die Zeit hat einen Soldaten der Revolution aus ihm gemacht. Er ist nur der Sklave der Ideen, die uns jeden Tag umgeben und bedrängen. Ihr hasst nicht seine Person. Louis Montabon ist ein guter Mensch. Er sagte selbst immer wieder, dass er nur seine Pflicht erfülle, dass er der Vollstrecker des Neuen gegen das Alte sei. Ihr hasst nicht den Oberst, sondern die neue Zeit, die über Euch kommt und Euch nimmt, wofür Ihr Euer Leben lang gestritten habt.«

Während dieser Worte hatte Bonifaz sein Haupt geschüttelt. Jetzt rief er laut aus, dass es auch die Magd in der Küche hören konnte: »Nein, Ehrwürdiger Vater, Ihr irrt. Ich hasse nicht die Zeit, in der ich lebe. Es liegt nicht im Lauf der Dinge, wie die Welt sich ändert und bestehen bleibt. Haben wir nicht einen freien Willen bekommen? Sind wir nicht als freie Wesen geschaffen, damit wir Verantwortung tragen in der Welt?«

»So ist es!«, warf Marcellus ein und versuchte zugleich, den Schultheißen zur Zurückhaltung aufzufordern.

Dieser wollte nicht hören: »Dann sagt mir, Ehrwürdiger Vater, ist es nicht die Aufgabe eines jeden Menschen, nach diesem Maßstab zu handeln, den wir an die Hand bekommen haben? Wenn wir aber frei sind, dann sind es am Ende auch die Menschen selbst, die entscheiden. Nicht die Zeit ist es, die für all das Böse büßen muss. Wir selbst sind es.«

Der Abt erhob den Zeigefinger und erwiderte: »Oder aber wir werden durch die Zeit geführt, nur dass sich keiner mehr führen lässt, sondern seinen eigenen fehlbaren Willen über alles stellt, was einst heilig war.«

»Das meine ich. Die Zeit, in der wir leben, ist nur der Widerschein alles Menschlichen mit all seinen Fehlern. So sage ich noch einmal: Ich hasse Montabon. Ich hasse ihn so, wie ich noch niemals einen Menschen gehasst habe und niemals mehr einen Menschen hassen werde. Er tritt das Göttliche in uns mit Füßen. Er macht uns zu Sklaven des Menschseins.«

Der Abt sah betreten auf die Maserung des Holztisches und antwortete leise: »Vielleicht habt Ihr recht, mein lieber Kramer. Doch lasst Euch gesagt sein, dass der Mensch, der sich geführt weiß, auch keinen Hass empfinden sollte. Wenn Ihr dem Allerhöchsten traut, wenn Ihr Euch in seinen alles umspannenden Willen fügt, dann dürft Ihr nicht hassen, dann müsst Ihr wissen, dass alles ein gutes Ende nehmen wird, auch wenn es manchmal schwerfällt, daran zu glauben.«

Sie schwiegen etwas. Sie wussten nichts mehr zu sagen. Der Mond ging vor dem Fenster der Stube auf. Rundherum funkelten zwölf Sterne und erhellten die schwarze Nacht.

Schließlich sagte Bonifaz: »Es ist ein Wunder, dass Ihr entkommen seid, Ehrwürdiger Vater.«

»Mein lieber Kramer, Wunder gibt es täglich auf der Welt, man muss nur die Gabe schulen, sie auch zu erkennen. Trotz allen Hasses, der sich heute entladen hat, danke ich für das Geschenk meines Lebens, auch wenn es mit unserem alten Kloster von diesem Tage an ein Ende haben sollte. Trotz allem spüre ich, wie er mich jeden Tag führt und lenkt.«

Bonifaz wollte wissen: »Was werdet Ihr jetzt machen?«

Marcellus sagte: »Euer Haus kann für mich nur eine kurze Station bleiben. Ich muss fort, weit fort. Hier kann ich nicht bleiben. Ich werde versuchen, nach Prag zu kommen. Der Kurfürst wird mich dort bei sich aufnehmen. Hier ist mein Werk vollbracht. Hier werde ich nicht mehr gebraucht.«

XXI

IM SELBEN AUGENBLICK ÖFFNETE SICH DIE TÜR. Kilian trat ein. Er erschrak beim Anblick seines Vaters und eines Fremden, hatte er doch die Wohnstube leer gewähnt. Er war erschöpft und trug tiefschwarze Ränder unter den Augen.

Der Vater sagte stolz zu Marcellus: »Das ist mein Sohn, der Lizenziat Kilian Kramer.«

Marcellus nickte: »Ja, ich habe schon viel von ihm gehört.«

Bonifaz fragte: »Willst du unseren Gast nicht begrüßen?«

Kilian war verwirrt und erkannte den Herrn im braunen, fadenscheinigen Anzug nicht. Marcellus streckte wieder seine Hand nach vorne. Kilian schüttelte sie.

Nachdem sich alle drei an den Tisch gesetzt hatten, wurde dem Sohn alles erklärt. Er schaute einen Augenblick ungläubig. Der Vater beobachtete in der Miene, wie die Gesichtszüge des Grauhaarigen mit der Erinnerung abgeglichen wurden. Von Augenblick zu Augenblick wurde es Kilian deutlicher, dass Marcellus am Tisch saß. Er war beruhigt, dass er trotz des Infernos unversehrt geblieben war.

Bonifaz versuchte, seinem Sohn zu berichten, was ihm von Marcellus in der Stunde zuvor erzählt worden war. Kilian konnte den Worten seines Vaters nur schwer folgen. Zu viele Details verschwanden in der hastigen Erzählung von turbulenten Volksaufläufen, bösen Hetzern und einem dunklen, langen Gang. Zu häufig unterbrach Marcellus und verwirrte den Hörer eher noch mehr, als dass er die fehlenden Stücke ergänzt hätte. Langsam aber verstand Kilian.

Dann erzählte er, was er vom Turm des Obertors aus hatte beobachten können, erzählte von der brennenden Prälatur und dem wilden Tanz der Masse, erzählte vom reinigenden Gewitter und dem Rückzug der Menschen in ihre Häuser. Der Abt schüttelte bedächtig das Haupt, während er hörte, wie man mit seinem Haus und der Habe seines Klosters verfahren war, welche Gefahr für ihn bestanden hatte.

Schließlich wurde Kilian in das Vorhaben des Abtes eingeweiht, die Stadt möglichst bald zu verlassen.

»Ehrwürdiger Vater«, sagte er in einer Anrede, die er noch vor wenigen Tagen aus seinem Leben endgültig getilgt zu haben glaubte, »es ist leicht, die Stadt zu verlassen. Die Tore werden nicht mehr bewacht, seit die Franzosen unter uns sind. Lassen Sie uns den geraden Weg nehmen und im Morgengrauen einfach durch das Obertor hinausgehen.«

Marcellus freundete sich mit dem Gedanken an, die Nacht noch im Apothekerhaus zu verbringen, um bei Sonnenaufgang ohne jedes Aufsehen zu flüchten. Es stimmte ihn wehmütig, als er daran dachte, nicht mehr zurückkehren zu können. Er vertraute sich Bonifaz und Kilian an und sprach diese Schwermut aus. Der Sohn sagte hierzu nichts. Der Vater sprach: »Seinesgleichen geschieht.«

Es waren nicht mehr viele Stunden bis zur Dämmerung. Barbara hatte Marcellus eine Bettstatt im Oberstock bereitet. Bonifaz und Kilian suchten ihre jeweiligen Kammern auf.

In dieser kurzen Nacht wurden alle drei von unruhigen Träumen geplagt. Insbesondere der Abt sah sich der eifrigen Verfolgung durch feurig flackernde Dämonen ausgesetzt, fand sich von der Masse verhöhnt, wand sich in seinen Laken von der einen Seite auf die andere, schwitzte Wasser und Blut und schrie alle Stunde laut auf. Die Übrigen im Haus hörten es und machten sich Sorgen. Nur Barbara war amüsiert über die menschlichen Züge des Geistlichen, war amüsiert über die Schwäche eines Mannes, den sie bislang nur von der Kanzel her gekannt hatte und der ihr mit seinen Visionen vom Jüngsten Tag schon manch schwere Stunde bereitet hatte.

In der letzten Stunde vor Aufgang der Sonne waren alle hellwach, lagen offenen Auges in ihren Betten und fühlten ihre Herzen schneller schlagen.

Kilian öffnete in dieser Stunde des Wartens das Fenster und schaute hinaus in die Dunkelheit, ließ den Schein des Mondes auf seine bloße Brust fallen und bemerkte eine Kälte, die er in den Wochen zuvor nicht gekannt hatte. Es war die Kälte eines verloschenen Feuers, einer erstickten Flamme, einer erkalteten Liebe. Elisabeth erschien ihm nicht mehr wie das entrückte und wunderbare Entzücken der ganzen Welt, sondern war ins Gewöhnliche, Alltägliche und Dirnenhafte gesunken. Er grämte sich über all die schlaflosen Nächte, die er verbracht hatte, ärgerte sich über die Kraft, die er und sein Herz für die Tochter des kahlköpfigen Vogts aufgewandt hatten, und zitterte heftig. Nun hatte es ein Ende mit der Liebe.

Er hasste den Oberst, hasste jedes seiner Worte und jeden seiner Schritte. Statt der Wärme der Freundschaft empfand er für ihn nur noch die Kälte der Feindschaft. Erschöpft legte er sich der Länge nach hin. Fast wäre er in tiefen Schlaf gesunken, hätte sich nicht beim ersten Dämmern des Morgens ein Rotkehlchen auf seine Fensterbank gesetzt und in den schönsten Tönen gesungen. Kilian hätte gerne mit ihm getauscht und wäre mit Wonne über alle Mauern und Dächer dahingeflogen.

Er raffte sich von seiner Bettstatt auf, fühlte sich kraftlos und ermattet, streifte dennoch die Kleider über in der Hoffnung, dass es nun der letzte frühe Morgen sein würde, der ihn aus dem Haus treiben, der seine Schritte zum Obertor und aufs Feld hinaus lenken sollte.

Als er in die Wohnstube trat, waren der Ehrwürdige Vater und Bonifaz Kramer schon gerüstet. Noch brannte eine Kerze auf dem Tisch, aber schon hob hell der Morgen an.

»Beeil' dich, Kilian«, sagte der Vater, »ihr müsstet schon längst unterwegs sein!«

So gab es einen schnellen Abschied zwischen Marcellus und Bonifaz, bei dem nur wenige Worte getauscht werden konnten. Bonifaz hatte feuchte Augen, als er der Hoffnung Ausdruck verlieh, man werde sich noch einmal wiedersehen. Der Abt quittierte es mit dem Ausdruck strengster Würde. Haltung war ihm in diesem Augenblick das Wichtigste, nicht der Dank und das Gefühl.

Bald verließen Kilian und Marcellus das Haus und gingen über den Marktplatz hinauf zum Obertor. Sie begegneten dem Nachtwächter, aber dieser war nach den Ereignissen der letzten Nacht schon längst so betrunken, dass er froh sein konnte, nicht über die eigenen Beine zu fallen.

Sie schritten in Höhe der Vogtei an der Klostermauer entlang. Kilian sah nach rechts auf das große gelbe Haus mit den roten Pilastern. Er fragte sich, was Elisabeth jetzt wohl machen würde, ob sie sich bereits von ihrem Lager erhoben habe, ob sie vielleicht nicht allein darin liegen würde. Zwar war ihm nicht wohl bei der letzteren Erwägung, aber er merkte doch sehr bald, dass es ihm nicht allzu weh ums Herz wurde, dass sie sich mit ihrem Verhalten selbst jeden Zauber genommen habe, dass es daher keinen Pfifferling mehr wert sei, Gedanken an sie zu verschwenden. Dennoch gestand er sich ein, dass ein Hauch von Eifersucht übrig geblieben war.

Dem Abt war das gelbe Haus mit den roten Pilastern völlig gleichgültig. Er wandte seinen Blick stattdessen nach links, warf einen Blick durch das kleine seitliche Tor des Klosters, bewunderte ein letztes Mal die vielen Türme der Kirchen, die ausgedehnten, schmucklosen, aber wunderschönen Bauten für die Klausur, unterdrückte jeden Schmerz, den er aus der Magengegend aufsteigen spürte, und tat, als gäbe es die unsichtbare Kraft nicht, die ihm den Hals zuschnürte.

Sein Lebtag war er es nicht gewohnt gewesen, den Gefühlen eines Menschen nachzugeben. Er hatte es immer vermieden, sich den Sorgen und Nöten des einfachen Mannes anzuschließen, obgleich er sich ihrer stets angenommen hatte. Niemals hatte er diese Strenge des Geistes als Bürde empfunden. Jetzt aber, als er gräulichen Rauch aus dem ausgebrannten Dachstuhl seiner Prälatur emporsteigen sah, war ihm danach zumute, dem Drängen des Körpers nachzugeben. Es hätte nicht viel gefehlt und er wäre in Tränen ausgebrochen. Aber es kam ihm liederlich vor, die Haltung des Geistlichen aufzugeben, sich gemein zu machen mit dem Bürger, obgleich er dessen Kleidung trug. So betrachtete er nur seine Abtei und stimmte die eigene Vernunft darauf ein, zu gehen und so bald nicht wiederzukommen.

Unbehelligt gelangten beide hinaus und gingen noch gemeinsam ein Stück auf der Landstraße, ohne miteinander zu sprechen. Erst als die Mauern und Türme der Stadt in der Ferne wie Miniaturen wirkten, kam der Zeitpunkt der Trennung.

»Kommt bald wieder, Ehrwürdiger Vater!«, sagte Kilian.

Der Abt wagte eine Abschiedsrede: »Ich komme, sobald es die Zeit wieder zulässt. Die Geschicke der Menschen sind unergründlich. Sollten sie mir eines Tages wieder gewogen sein, so werde ich Euch besuchen, aber auf Dauer kann ich in einem Ort, deren Bürger mein Haus niedergebrannt haben, keine bleibende Statt finden.«

So reichte man einander die Hände und ging seiner Wege. Kilian drehte sich nach einem Moment noch einmal um. Da war Marcellus schon weit vorausgeschritten. Er wunderte sich über die jugendliche Leichtfüßigkeit des Abtes, über seinen tänzelnden Gang und seine ungebrochene Haltung. Der Ehrwürdige Vater hatte Kilian zur selben Zeit schon aus dem Sinn verloren und schmiedete Pläne, was mit ihm selbst geschehen möge, wenn er beim Kurfürsten eintreffen würde.

Kilian spazierte ein weiteres Mal über die morgendlichen Felder. Wieder ging er an der Mühle vorbei, gelangte an den grünen Hang und kam auf die Wiese, die ihn am Karfreitag so sehr verzaubert hatte, die bei seinem letzten Besuch aber verdorrt und erstorben schien. Zwar war das frühlingshafte Blumenfeld nicht wieder erstanden. Dafür aber hatte sich ein sommerliches Grün über die abgestorbenen Reste des Frühlings gelegt. Dennoch sprudelte und tropfte hier nichts mehr. Der Quell ergoss kein Wasser mehr aus seiner rötlich-sandsteinernen Fassung in das Bächlein.

Er dachte zurück an die glückliche Stunde, die er hier gemeinsam mit Elisabeth verbracht hatte. Als er den Geruch des Sommers durch seine Nase wirbeln ließ, kam es ihm vor, als rieche er noch einmal ihre Haut. Aber es war ernüchternd, als er sich in Erinnerung rief, wie sie gestern vom Oberst gesprochen hatte. Nein, diese Frau war befleckt, war besudelt durch Louis Montabon, den revoltierenden Pfaffen. Nie mehr wollte er sie mit den Herrlichkeiten dieser Welt vergleichen.

So beschloss er, nach Hause zu gehen und nicht wieder hierher zurück zu kommen. Dieser Quell war endgültig versiegt.

XXII

DER NEUE VOLKSFÜHRER JEREMIAS HATTE DIE APOtheke Bonifaz Kramers in ordentlichem Zustand hinterlassen. Noch am Morgen der städtischen Revolution war er in »Cosmas und Damian« zugange gewesen, aber nicht mehr zurückgekehrt, nachdem er sich zum Anführer der Masse und zum Knecht der Franzosen gemacht hatte.

Die Freundschaft zu den Fremden war keine so einfache Sache, wie es noch zu Beginn den Anschein haben mochte. Die Soldaten machten vielen Bürgern das Leben immer schwerer. Nicht nur Kilian hasste den Oberst. Nicht nur die Fischer verachteten die französischen Herren, die allmorgendlich kamen, um ihnen den Großteil des Forellenfangs abzuknöpfen. Das Vorgehen der Fremden wurde immer ungehobelter. Man kam mit ihnen auf breiter Front ins Unreine.

Die große Ablehnung war nicht darauf zurückzuführen, dass sie ihre Forderungen an die Bauern und Kaufleute auf dem Markt in die Höhe getrieben hätten. Sie wollten in Stetigkeit dasselbe wie zuvor: hier ein Schwein, dort einen Sack Kartoffeln, vielleicht auch das Mehl aus dem Haus Hyazinths oder das Brot, alles das ohne Bezahlung.

Man hätte diesen Zins aushalten können, wenn nicht die Quelle der Viktualien versiegt wäre. Immer weniger Händler kamen in die Stadt. Wenn sie kamen, verlangten sie horrende Preise für das magere Angebot, das sie unterbreiteten. So wurde eine Kette von Schwierigkeiten ausgelöst, die sich zu einer Notlage entwickelte.

Bald fehlte es am Nötigsten für die Schweinemast. Der Dünger ging zur Neige. Immer weniger Korn wurde gemahlen. Das Brot wurde knapper. Man erwartete schlechte Ernten und magere Erträge aus der Viehzucht. Die Mägen wurden nicht mehr voll. Was man dringend für den eigenen Bauch gebraucht hätte, kauften die Franzosen, ohne eine Gegenleistung zu erbringen.

Bald konnte man bei den ziehenden Händlern aus den fremden Städten gar nichts mehr erwerben. Einerseits fehlte das Geld. Andererseits kam kaum einer mehr. Man munkelte von Kämpfen in der Hauptstadt, hörte von Toten bei Brandschatzungen, hörte die Nachrichten von plündernden Heeren. Doch man nahm es nicht schwer. Schließlich, so sagte man sich, war man auch bisher glimpflich davongekommen. Wieso sollte es in Zukunft schlechter werden?

Man hatte doch Schluss gemacht mit der Unterdrückung, hatte die Pfaffen zur Stadt hinausgejagt, hatte einen neuen Führer durch das Volk bestimmt! Jeremias sollte es richten. Auf ihn stützten sich alle Hoffnungen. Die Menschen erwarteten, dass er ihre leeren Mägen füllen, dass er für Nachschub sorgen, dass er die neu gewonnene Freiheit für sie nutzen würde. Dennoch konnten auch diese Wünsche nicht verhindern, dass die Bäuche Geräusche von sich gaben, dass aus dem Knurren der Mägen bald ein Murren der Mäuler wurde. Immer öfter legte man das, was man für das tägliche Brot benötigte, beiseite, um es den Blicken der revolutionären Freunde zu entziehen.

Aber es half nichts. Sahen die Soldaten, dass das Angebot kleiner war als gewöhnlich, so machten sie auch davor nicht Halt, nach dem Unterschlagenen zu forschen. Ein ertappter Täter wurde unsanft zur Rede gestellt, was schnell zu Missverständnissen führen konnte. Am Ende dieser sprachlich gestörten Dispute standen in leichteren Fällen Backpfeifen und in schwereren Fußtritte. Außerdem sprach man unter vorgehaltener Hand davon, dass der eine oder andere in den alten Verliesen des Rathauses gelandet sei, die man noch vor wenigen Monaten für endgültig stillgelegt hielt. Überhaupt drängte sich allmählich der Gedanke auf, dass das Alte, das man erst kürzlich mit einer Revolution besiegt hatte, doch nicht so schlecht und die Pfaffenzeit eine gute gewesen sei.

Alsbald hatte man den Eindruck, dass es sich bei den schön Gekleideten nicht mehr um Freunde handele, sondern um Besatzer. Von Teuerung konnte schon keine Rede mehr sein. Es war nacktes Elend. Nur die Franzosen schienen weiterhin gut genährt und mit dem Leben zufrieden. Mit geschwollenen Bäuchen saßen sie in den Wirtshäusern und holten sich das letzte Bier selbst aus den Fässern. Gereiztheit machte sich unter den Wirten der Stadt breit. Man fragte insgeheim, wann diesem Theater ein Ende gemacht würde.

Es wagte jedoch keiner, diese Bedenken und Wünsche bei Jeremias, dem neuen Tribun im Rathaus, auszusprechen. Dieser saß Tag und Nacht hinter dem großen Schreibtisch in der Amtsstube auf einem hölzernen Schemel ohne Lehne. Er hatte den ledernen Amtssessel mit dem Wappen des Kurfürsten herausschaffen lassen. Er schaute finster drein, ohne sich zu regen. Er saß da in seiner schwarzen Kutte und wusste nicht, was zu tun war. Einen Sekretarius hatte er nicht, mit dem er sich hätte besprechen können. Einen städtischen Rat, von dem er Vorschläge hätte entgegennehmen können, gab es auch nicht mehr. Jeremias war allein.

Der Oberst kam nicht zu Besuch. Er hätte sich auch verleugnen lassen, wenn der neue Tribun Jeremias nach ihm geschickt hätte. Bei Dunkelheit sah man vom Marktplatz aus stets Kerzenlicht in der Amtsstube brennen. Einige vermuteten, dass dort an der Beendigung der Teuerung gearbeitet würde. Doch viele konnten es schon nicht mehr glauben.

Diese Wochen waren für Kilian arbeitsam trotz eines leeren Magens. Er ging dem Vater zur Hand, der sich mit Eifer in die Tagesgeschäfte seiner Apotheke gestürzt hatte und nachts wieder gut schlafen konnte. Bonifaz Kramer brauchte eine Aufgabe, der er all seine Tatkraft widmen konnte.

Er hatte seinen Beruf wieder gewechselt. Diesmal hatte er einen Tausch mit einem anderen vollzogen. Dort, wo er die letzten Jahre über gesessen hatte, saß nun Jeremias. Hier, inmitten der vielen Schränke mit den zahlreichen Schubladen, stand wieder Bonifaz Kramer. Er ärgerte sich über seine unehrenhafte Verabschiedung aus dem Amt, für das er sich lange Zeit aufgerieben hatte, und wünschte sich, dass die Bevölkerung innerhalb der Mauern bald merken würde, was sie am Schultheißen Kramer gehabt hatte.

Kilian wurde in der Ausübung seiner Hilfstätigkeit nicht mehr derart beschränkt wie zu Zeiten des mönchischen Apothekers. Unter der Aufsicht oder nach besonderer Anweisung des Vaters war er befugt, verschiedene Säfte zu mischen, Pülverchen zu reiben oder Kräuter im Garten hinter dem Haus zu schneiden, zu trocknen oder zu verarbeiten. Er hatte Freude an diesen Diensten. Bonifaz zeigte ihm die Kniffe des Heilwerkes, ließ ihn kräftig in den Mörsern stampfen, ließ ihn Säfte in den grünen Gläsern erhitzen, ließ ihn Flüssigkeiten mischen und weihte ihn in die geheimnisvolle Ordnung der beringten Schubladen ein.

Kilian war entzückt, wenn der große hölzerne Arbeitstisch in der Mitte des Raumes mit den Werkzeugen und Zutaten des Tagwerks beladen war, wenn es hier brodelte, dort ein besonderer Geruch in die Nase stieg, hier abgewogen wurde, dort ein schöner, bunt verzierter Foliant lag, in dem all das abgebildet war, was gebraucht oder hergestellt wurde. Er empfand Glück und Zufriedenheit beim Hegen der empfindlichen Gartenpflänzchen, wenn er sie bewässern, wenn er sie vor Wind schützen, wenn er ihre Samen verstreuen oder ihre Früchte ernten musste.

Bonifaz bemerkte die innerliche Entspannung, die seinem Sohn das Arbeiten im Heilberuf bescherte. Er fragte sich, ohne je mit dem Gedanken zu spielen, diese Frage auch laut zu stellen, ob es denn richtig gewesen sei, Kilian zum Rechtsstudium weggeschickt zu haben, ob es denn nicht besser gewesen wäre, ihn in der Nähe behalten und in die Lehre des Apothekers gegeben zu haben? Was war der Titel eines Lizenziaten der Universität Leipzig in diesen turbulenten Zeiten schon wert? Wofür war der Aufwand gut gewesen? Hatte man dem Jungen nicht nur Flausen in den Kopf gesetzt?

Bonifaz hatte sich immer vorgestellt, dass sein Sohn eines Tages Beamter im Dienst des Kurfürsten sein, in der Hauptstadt einen hohen Posten einnehmen und Einfluss auf die Geschäfte der Mächtigen üben würde. Er hatte Kilian schon in Wien gesehen, wie er mit Unterhändlern des Kaisers im Auftrag des Kurerzkanzlers verhandeln und zur Audienz vorgelassen würde. All das war nun Schall und Rauch. Die Prälatur in der Stadt war Asche. Der Kurfürst war aus seiner Hauptstadt geflohen. Das alte Reich, dieses unbeschreibliche Monstrum, und mit ihm sein Kaiser wankten und wackelten unter dem Druck Frankreichs, als ob es den nächsten Sturm nicht mehr zu verkraften imstande wäre.

Kilian war mit seiner Arbeit im Reinen. Er streichelte in ruhigen Stunden den knöchernen Schädel eines Toten, den Bonifaz in seinem Besitz hatte, und erforschte mit den Augen die zahlreich vorhandenen Schaustücke in ihren Gläsern. Es waren Sammelobjekte, haltbar gemachte Präparate, die in den Schränken der Apotheke dank einer Leidenschaft des Vaters lagerten, und die er auf schwierigen Wegen von überall her bezogen hatte: Föten in allen möglichen Stadien ihrer Entwicklung, gewaltige Insekten von den fernsten Gestaden der Erde, verschiedenste Organe des menschlichen Körpers, die von allerlei Krankheiten befallen waren, düstere Gedärme und Infarktherzen, die sich vortrefflich studieren ließen.

Nicht nur das Wirken im Laboratorium des Vaters ließ Kilian aufblühen, auch der Besuch bei den Kranken und Sterbenden wurde ihm jetzt eine Wonne. Er beobachtete, wie Bonifaz sie mit den untersuchenden Berührungen seiner großen, immerwarmen Hände beruhigte, wie er ihnen mit großem Ernst die Diagnose stellte und die richtige Therapie wusste. Kilian sah die Erleichterung auf den Gesichtern der Patienten, wenn der Vater ein gutes Wort sprach und durch fremd klingende Worte Vertrauen erweckte, wie er den Menschen das Leben erleichterte, indem er ihre Wunden versorgte und Schmerzen linderte, indem er half, das Fieber zu senken, indem er den Herzschlag zurechtrückte oder einen glücklichen Tod versprach. Anders als sein Vertreter Jeremias wachte er nicht des Nachts am Bett der Sterbenden, betete nicht auf den Knien für ihre armen Seelen, sondern überließ die Todgeweihten ganz sich selbst, überließ sie dem Schnitter in den Nachtstunden, darauf vertrauend, dass die letzte Stunde eines Menschenlebens etwas Persönliches sei, bei dem keiner stören dürfe.

Kilian trug gerne das schwere lederne Köfferchen mit den nötigen Hilfsmitteln hinter seinem Vater durch die Stadt und staunte, dass es Bonifaz nicht mehr auf das Geld der Menschen abgesehen hatte. Es fehlte ja überall, kaum einer hatte noch welches, mit dem man den Apotheker hätte bezahlen können. Bonifaz war zufrieden, wenn er die erleichterten Gesichter sah und daran dachte, in diesen harten Zeiten nicht mehr den Schultheißen geben zu müssen.

Als Kilian eines trüben Vormittags gemeinsam mit dem Vater in der Apotheke braute, zerstampfte und vermischte, kam der Hufschmied Veit Niebergall hineingeplatzt. Er nahm atemlos die Mütze vom Kopf und hielt sie mit beiden Händen traurig vor seinen Rumpf, als ob es gelte, einen Toten am Sarg zu verabschieden.

Er musste einen Augenblick auf die Rückkehr seiner körperlichen Kräfte warten, ehe er aufgeregt rief: »Exzellenz, Exzellenz!«, hiermit war Bonifaz bezeichnet, »kommt schnell! Mein lieber Hippolyt, mein lieber Hippolyt …«

Der Vater legte ohne ein Wort und eine Geste des Zögerns seinen Arbeitsmantel beiseite, ergriff sein schweres ledernes Köfferchen und eilte mit dem Hufschmied hinaus. Kilian ließ ebenfalls von all seinen Verrichtungen ab, verschloss die Apotheke und spähte, in welche Richtung Vater und Hufschmied eilten. Sie gingen schnellen Schrittes in Richtung Obertor. Kilian kam hinterher.

Er hatte beide noch nicht ganz erreicht, da bogen sie neben der Vogtei in einen Mauerdurchlass zum Garten ein. Er zögerte einen kurzen Moment, ob er angesichts dieses Ortes bei der Verarztung dabei sein sollte. Es hätte ihn keine Überwindung gekostet, einen mit Pestbeulen übersäten Dahinsiechenden zu besuchen. Aber das Betreten dieses Hauses, und wenn es auch nur sein Garten sein sollte, war ihm zuwider. Dennoch nahm er all seinen Mut zusammen.

Nachdem er das Gartentor durchschritten hatte, bot sich ihm die Szene dar: Pégase, der Schimmel des Obersten, sprang und wieherte wild, während der Adjutant Jérôme ihn zu bändigen versuchte. Doch das war nicht das Problem, weswegen der Apotheker gerufen worden war. Auf der Erde lag der Lehrling des Hufschmieds, lag der arme Hippolyt, völlig mit blutigen Flecken übersät. Veit Niebergall beugte sich über den Jungen, der sich bei nur mattem Bewusstsein auf dem sandigen Boden wand.

Er sagte nur: »Hippolyt, hörst du mich, mein Junge? Sag doch etwas!«

Bonifaz rief indessen: »Schafft mir den blöden Gaul hier weg!«

Er kniete sich ebenfalls zum Patienten nieder und begann, mit seinen großen, immerwarmen Händen den kleinen, schwächlichen Körper abzutasten. Der Adjutant mühte sich mit all seinen Kräften, Pégase zur Ruhe zu bringen, der Erfolg war jedoch mäßig. Weiterhin wieherte das Pferd und sprang wie toll in bedrohliche Höhen, als es Jérôme endlich am Zaumzeug zu fassen bekam.

»Rede, Niebergall! Was ist geschehen?«

»Nun, nichts weiter«, sagte der Hufschmied.

»Das sieht mir aber anders aus«, erwiderte Bonifaz, »rede!«

Der Hufschmied gehorchte: »Also ... Wir kamen vor etwa einer Stunde, um das Pferd des Obersten neu zu beschlagen. Wir mussten unsere ganzen Arbeitsgeräte mitbringen, den kleinen Ofen und die Kohlen, die Eisen und die Zangen, die Hämmer und den Amboss. Der Oberst wollte nicht, dass sein Pferd zu uns in die Schmiede kommt, so mussten wir uns mit einem Karren voller Geräte hierher bewegen. Das war ärgerlich ...«

»Ja doch«, sagte Bonifaz ungeduldig, »ich will aber nicht wissen, wie man ein Pferd beschlägt, ich will wissen, wie der arme Junge so zugerichtet werden konnte.«

Er setzte die Untersuchung Hippolyts fort. Kilian stand dabei und hatte Mitleid mit dem Jungen, der zitternd seine Schmerzen ertrug.

Der Hufschmied schwatzte: »Oh Exzellenz, ich bitte untertänigst vielmals um Entschuldigung. Nur müsst Ihr bedenken, dass man es in meinem Beruf nicht gewohnt ist, viele Worte zu machen.«

»Du sollst auch nicht viele Worte machen! Du sollst mir nur sagen, wie der arme Junge so zugerichtet werden konnte!«

Der Hufschmied nahm seine Mütze vom Kopf und hielt sie erneut vor seinen Rumpf, als ob er Beileid bekunden wolle.

»Ja, Exzellenz, ein guter Junge, das ist er in der Tat. Er ist sogar ein sehr guter Junge. Er lernt schnell und ist mir schon in seinem ersten Lehrjahr eine große Hilfe. Heute sollte er zum ersten Mal selbst ein Pferd beschlagen. Ich habe ihm alles genau erklärt. Da kam plötzlich der Adjutant des Obersten zu uns und hat uns hierher beordert. Ich habe Hippolyt gesagt, dass ich es dann selbst machen müsse, bei einem so wichtigen Fall. Jeder weiß ja, was dem Oberst sein Pferd bedeutet. Aber er hat mich angefleht, ob er es nicht doch machen dürfe.«

»Und dann, Niebergall, was dann? Hat das Pferd den armen Jungen getreten?«, fragte Bonifaz immer ungeduldiger.

»Ja, natürlich hat ihn das Pferd getreten. Aber das seht Ihr doch, Exzellenz, das muss ich Euch doch nicht sagen. Ich bitte Euch: Tut doch was! Mein armer Hippolyt!«

Jérôme hatte Pégase immer noch nicht zur Ruhe gebracht. Bonifaz tastete den Körper des Patienten weiter ab, verwandte einige Zeit für den Kopf, indem er seinen Daumen prüfend auf die blutigen Stellen drückte. Er murmelte dabei: »Seinesgleichen geschieht.«

Mit einer Handbewegung verlangte er nach seinem ledernen Köfferchen. Der Sohn bückte sich und reichte es ihm.

»Hilf mir, Kilian!«, sagte der Vater, »es ist das Einfachste von der Welt: Wir säubern die Wunden und verbinden sie.«

Beide kramten im Köfferchen nach den Verbänden, beträufelten sie mit einer scharfen Flüssigkeit und begannen, Hippolyt zu verarzten. Der Junge zog die Luft durch die Zähne ein. Bald verließ ihn die Kraft. Er sank in eine leichte Ohnmacht.

Die Haut wurde gereinigt. Die Blutstropfen verschwanden und die Wunden traten deutlich zutage. Pégase hatte sein Opfer zweimal getroffen. Einmal am Bein und ein andermal am Kopf. Hier war aus einer großen Wunde allerhand Blut geflossen. Nachdem der Junge aber einen Verband um den Kopf hatte, sah alles nicht mehr schlimm aus.

Bonifaz stellte fest, dass das Bein allenfalls gestaucht, keinesfalls aber gebrochen war. Zur Kopfwunde sagte er nichts. Den Dahindämmernden betastete er noch eine Weile mit seinen großen Händen. Da erwachte Hippolyt wieder, öffnete die Augen und fühlte sich in Anbetracht der Wärme, die seinen Körper erfüllte, geheilt.

Der Hufschmied setzte zufrieden die Mütze auf sein Haupt und stammelte: »Danke, Exzellenz, danke, Ihr habt ihn gerettet!«

Bonifaz verweilte noch einen Moment und sagte: »Hippolyt, kannst du mich hören?« Der Junge nickte mühsam. »Es wird dir bald besser gehen. Bald wirst du wieder Pferde bändigen können. Da lächelte der Lehrling ein wenig.

»Hör, Hufschmied!«, sagte Bonifaz, »er braucht jetzt viel Ruhe. Er darf auf keinen Fall arbeiten, weder heute noch morgen.« Veit Niebergall nickte verständig.

Im selben Moment schoss der Oberst aus dem Haus heraus und schrie: »Was geht hier vor? Wer wagt es, meinen guten Pégase zu quälen?«

Er nahm mit seiner Linken dem Adjutanten die Zügel aus der Hand und hieb mit der Rechten und aller Gewalt auf dessen Wange. Der Adjutant krümmte sich unter der Wucht des Backenstreichs. Pégase beruhigte sich, beendete das Wiehern und tolle Springen.

»Schafft mir diesen Krüppel weg!«, sagte er zum Hufschmied und meinte den Lehrling, »hinfort mit euch allen! Ihr macht mir meinen lieben Pégase ganz krank. ›Hinfort‹, habe ich gesagt.«

Der Hufschmied nahm sich seines Lehrlings an, hob ihn mit starken Armen von der Erde, ging zum Gartentor hinaus und legte ihn auf den Karren.

Kilian und Bonifaz räumten gerade ihre Utensilien in den Koffer, als der Oberst wiederholte: »Hinfort, habe ich gesagt. Das ist ein Befehl. Hier habt ihr nichts zu schaffen. Mein armer Pégase …«

Er streichelte den Kopf des Tiers mit aller Zärtlichkeit. Er legte Stirn an Stirn, während er mit seiner Hand Bonifaz und Kilian wie Mücken vertrieb.

Auf dem Heimweg versanken beide in Gedanken. Der Vater erinnerte sich seiner einstigen Stellung als Schultheiß und grämte sich, dass er nun solche Befehle entgegennehmen musste, wie sie der grässliche Oberst ausgeteilt hatte. »Hinfort«, hatte er befohlen, als ob Bonifaz Kramer ein Lakai sei. Es hatte ihm allerdings wohlgetan, dass ihn der Hufschmied Niebergall fälschlicherweise mit Exzellenz angeredet hatte. In den Zeiten seines städtischen Amtes hätte er ihn auf diesen Fehler hingewiesen, nun aber ließ er diese Respektsbezeugung stehen, zumal ihn gerade nach dem jüngsten Vorfall der Verlust seiner Autorität wehmütig stimmte.

Kilian seinerseits gedachte der Tage, an denen sein Herz ganz für Elisabeth geschlagen hatte, er war jedoch innerlich froh, dass er diesen Abschnitt überwunden und die Falschheit dieses Dirnenmädchens erkannt hatte. Nur der Gedanke an ihre Schönheit machte ihn noch etwas unruhig. Er gönnte sie dem grässlichen Oberst einfach nicht, obgleich sie eine falsche Schlange war und keine Heilige. So gingen Bonifaz und Kilian in wehmütiger Stimmung die Straße hinunter.

Nachdem sie am Marktplatz angekommen waren, fragte Kilian: »Wie lange wird die Genesung Hippolyts dauern?«

Bonifaz schaute seinem Sohn in die Augen, als ob dieser wegen eines törichten Satzes nun durch ein Examen gefallen sein müsste, und antwortete kurz: »Es wird keine Genesung geben.«

Kilian fragte nach diesem Blick und diesem Satz nicht weiter, sondern nahm den Schlüssel aus der Tasche und öffnete die Apotheke. Sie gingen wieder an ihre Arbeit.

Tatsächlich verbreitete sich am folgenden Tag die Nachricht, dass Hippolyt, der Lehrling des Hufschmieds Niebergall, noch in der Nacht gestorben sei.

XXIII

DER HUFSCHMIED HATTE DEN LEHRLING AUF DAS Lager gelegt. Er sprach mit ihm, wollte ihn aus seinem Schlaf wecken. Hippolyt war nicht mehr zu sich gekommen.

Veit Niebergall sagte zu seiner Frau: »Sollten wir nicht noch einmal Seine Exzellenz bitten zu kommen?«

Sie wimmelte dieses Ansinnen mit dem Hinweis auf etwaige Kosten ab. Der Hufschmied gab sich damit zufrieden, dachte an seine magere Geldbörse und hoffte, am nächsten Morgen einen Gesundeten wecken zu können.

Hippolyt war der einzige Lehrling seines Meisters. Er hatte nicht das Glück gehabt, Vater zu werden, und den Jungen bald nach seinem Eintritt in die Schmiede ins Herz geschlossen. Dieses schmächtige Bübchen von dreizehn Jahren hatte er innerlich an Kindes statt angenommen. Der Hufschmied mochte seine aufgeweckte Art, liebte sein Interesse an der Schmiedekunst und bewunderte den Eifer, mit dem Hippolyt sich seiner Schmächtigkeit entgegenstemmte, das Feuer im Ofen bändigte und mit Hammer und Amboss umzugehen verstand.

Der alte Niebergall spürte indessen seine Knochen, war der Arbeit in der Werkstatt tagtäglich weniger zugeneigt und wünschte sich die Jugendzeit zurück, an die er durch seinen Lehrling auf solch reizende Weise erinnert wurde. Er dachte daran, sich auf das Altenteil zurückzuziehen und Hippolyt alsbald zum Gesellen zu machen. Er hoffte darauf, dass der Junge nach den Jahren der Wanderschaft zurückkehre, um die Werkstatt als Meister zu übernehmen.

Als aber Veit Niebergall in der Frühe in die Kammer zurückkehrte und am dürren Ärmchen zog, da spürte er nichts als Kälte. Er wich zurück und betrachtete Hippolyt im fahlen Schein des trüben Frühlingsmorgens. Er war tot. Seine Augen waren weit aufgerissen. Auf seinem Gesicht zeichnete sich ein leichtes Lächeln ab. Veit Niebergall bekreuzigte sich. Er stürzte zu seiner Frau hinunter, an deren Schürze er bittere Tränen vergoss.

Die Nachricht vom Tode Hippolyts verbreitete sich wie ein Lauffeuer. Die Stadt war tief getroffen. »Der arme Hippolyt«, sagte man allenthalben, »was war das für ein guter Junge!«

Als Bonifaz davon erfuhr, sagte er: »Seinesgleichen geschieht.«

Kilian gab sich mit diesen kargen Worten nicht zufrieden.

»Warum ist Hippolyt gestorben?«, fragte er.

Bonifaz antwortete: »Der Tritt eines Pferdes an den Kopf ist eine schlimme Sache. Ich habe es gleich gesehen. Es war eine compressio cerebri, eine Gehirnquetschung. Das überlebt keiner, ohne dass ein Wunder geschieht. Aber was will man schon erwarten in dieser Zeit? Wunder geschehen bei uns nicht mehr. Was hätte ich da noch tun können? Hätte ich den armen Jungen zur Ader lassen sollen, damit er noch schneller stirbt? Merke dir: Mit einem Aderlass tötet man, sonst hat er keine Wirkung!«

Noch am selben Tag kam der gebrochene Hufschmied in die Apotheke »Cosmas und Damian« und bat »Seine Exzellenz« darum, der Trauerfeierlichkeit vorzustehen. Pfaffen gebe es ja nicht mehr, die man darum hätte bitten können. Bonifaz kam dem Wunsch nach und sprach wenige Tage später vor großem Volk am offenen Grab vom Tempel Gottes, der von Christus nach seiner Zerstörung in drei Tagen wieder aufgerichtet werden könne.

Der Tod Hippolyts zeitigte große Debatten. Der eine sprach von einem Unfall, der nächste von Totschlag und der übernächste von eiskaltem Attentat. Ein anderer mutmaßte schon einen politischen Mord, obgleich er nicht imstande war zu sagen, warum sich die Politik der Franzosen gerade gegen den Lehrling Veit Niebergalls hätte richten sollen. Wie auch immer: Die Folgen dieser Debatten waren deutlich.

Die Bürger betrachteten von nun an die Franzosen endgültig nicht mehr als ihre Befreier und Freunde, sondern als Besatzer und Sklavenhalter. Keine der schmucken, weißen Uniformen konnte mehr darüber hinwegtäuschen. Feinden aber müsse man sich entledigen. Nur wagte es keiner, diese Forderung offen auszusprechen. Den Revolutionär Jeremias, der Tag und Nacht in der Amtsstube des Rathauses sinnierend saß, um der Teuerung ein baldiges Ende zu bereiten, hatte man schon vergessen. Widerwillen oder gar Hass stieg in den Bürgern auf, wenn sie an den Oberst dachten, der seinen Gaul dazu abgerichtet hatte, unschuldige Kinder zu töten. Was war das für ein Herodes! Was war das für ein Mörder hinter der Maske eines Harlekins!

Weitere Nachrichten kamen hinzu, Nachrichten von geplünderten und gebrandschatzten Dörfern und Höfen, Nachrichten von Verhungerten und Ausgemergelten. Es roch nach Krieg. Ein Hauch von Tod und Verwesung lag in der Luft. Bald sollte etwas geschehen. Jemand musste Bewegung in die Sache bringen. Nur wer könnte dieser Jemand sein?

Da erschien eines schönen Junitags Jérôme in der Apotheke.

»Bonjour Monsieur«, grüßte der Adjutant freundlich. Bonifaz blickte aus seinem Folianten auf, den er seit dem Morgen durchblätterte. Er hatte sich bei dieser Tätigkeit etwas verloren, die schönen Zeichnungen genau betrachtet und sich immer wieder über die Macht gewundert, die sich durch die kleinen Pflänzchen und Kräuterchen offenbarte. Viele Stunden hatte er damit zugebracht, während Kilian das Gärtchen hinter dem Apothekerhaus pflegte, das um diese Jahreszeit herrlicher blühte als jemals sonst. Wäre das Läuten noch gestattet, so hörte man um diese Stunde schon die Glocken der Klostertürme, wie sie den Mittag verkündeten.

»Was wünscht Ihr, Bürger Adjutant?«, fragte Bonifaz, weiter über den Folianten gebeugt.

»Ihr habt schöne Bücher, Monsieur.«

»Nicht wahr?«, sagte der Apotheker, »sie sind ganz herrlich. Sie zeigen, was uns Gott alles auf Erden gegeben hat, damit man den Menschen helfe.«

Der Adjutant verzog den Mund: »Mais Monsieur, sagt doch nicht, dass dies Gott getan hätte, sagt doch einfach, dass dies ein Werk der Natur ist, dass die Natur für uns Menschen da ist, dass auch wir nur ein Teil von ihr sind. Gott hat hier nichts zu schaffen. Er ist ein guter alter Mann mit Bart, der in Kinderköpfen spukt. Der Mensch ist die Krönung der Natur, nicht die der Schöpfung.«

Bonifaz hatte sich aufgerichtet, aus dem Fenster gesehen und scheinbar ohne innere Anteilnahme gehorcht.

»Nun ja, das sieht man allenthalben, dass der Mensch die Krönung ist, ob nun die der Natur oder die der Schöpfung ist ja wohl Nebensache. Aber ich denke nicht, dass Ihr gekommen seid, Bürger Adjutant, damit Ihr mit mir über Gott und die Welt debattieren könnt. Ich weiß ja, dass man in Frankreich gerne debattiert und dass man es mittlerweile auch hierzulande tut. Jedoch denke ich, dass eine Apotheke nicht der rechte Platz dafür ist.«

Jérôme erwiderte: »Vous avez raison. Ihr habt vollkommen recht. Ich bin nicht deswegen zu Euch gekommen. Ich bin hier, weil ich Euren Rat als Heilkundiger brauche. Ihr seid weit und breit bekannt als ein Mann, dessen Kenntnisse über den Durchschnitt gehen, ein Mann, der auf seinem Gebiet eine Kapazität ist.«

»Genug der Ehre«, stellte Bonifaz fest und wedelte mit der flachen Hand vor seiner Brust, »es ist schmeichelhaft, dass Ihr mich lobt. Solch ein Lob bin ich von Eurer Seite nicht gewohnt. Überhaupt sind die Bürger dieser Stadt nicht Lob von den Franzosen gewohnt. Sie fühlen sich vielmehr, wie soll ich sagen ..., sie fühlen sich vielmehr etwas missverstanden.«

Der Adjutant erwiderte: »Oui, Monsieur. Es mag so sein, dass hier und dort ein Missverständnis auftaucht. Aber das mag an der Sprache liegen. Wir sprechen eben nicht dieselbe.«

»Da habt Ihr nun wieder recht, Bürger Adjutant.«

»Merci«, sagte der Adjutant, zögerte ein Weilchen mit weiterer Rede und blickte vorsichtig um sich.

Nachdem er sich versichert hatte, dass sich rundherum niemand befand, sprach er in leiserem Ton: »Aber jedes Missverständnis lässt sich ja auflösen. Gegen alles gibt es Hilfe und gegen jede Krankheit ein Mittel. Der Apotheker weiß ein Mittel gegen das Leiden, das uns bedrängt.«

Auch Bonifaz sprach leiser: »Nun, ich hoffe, dass es so ist. Aber sagt: Seid Ihr denn krank?«

Hier richtete sich der Adjutant gerade auf und verließ den sanften Ton: »Mais non, Monsieur, pas du tout. Ich bin gesund.«

Bonifaz richtete sich genauso kerzengerade auf und erwiderte: »Dürfte ich Euch dann noch einmal fragen, warum Ihr zu mir gekommen seid?«

Es war deutlich, dass Jérôme nicht so recht wusste, wie er auf sein Anliegen zu sprechen kommen sollte. Bonifaz bemerkte diese Unsicherheit, das leichte Zittern der Hände und die Feuchtigkeit auf der Stirn. Er entschloss sich, dem Adjutanten einen Weg zu bahnen.

»Ihr sucht doch sicherlich ein Medikament, mit dem Ihr einem Eurer Kameraden helfen könnt?«

»Oui, Monsieur! Genauso ist es«, antwortete der Adjutant erleichtert.

»Woran leidet er denn, dieser Kamerad?«, fragte der Apotheker weiter.

Jérôme erhob einen Zeigefinger und legte ihn sinnierend an seine Nase: »Alors ..., er ist manchmal ein wenig lauter und schreit.«

»Soso«, sagte Bonifaz, »er schreit also ... Das allein ist aber noch keine Krankheit. Das tun viele, ob aus Streitsucht, Gewöhnung oder Blödheit. Was hat er noch?«

Der Adjutant hatte seinen Finger nun ständig auf der Nasenspitze liegen und blickte durch den Raum: »Er verteilt Ohrfeigen, Monsieur.«

»Aha«, sagte Bonifaz, »das ist besonders unerfreulich. Er scheint etwas cholerisch zu sein.«

»Wie?«, fragte Jérôme.

»›Cholerisch‹ habe ich gesagt. Das könnte eine Krankheit sein. Er wird wohl schwarze Galle im Körper haben, die die Leber in zu großer Menge aussondert.«

»Ah oui, Bürger Apotheker, das könnte sein, zu viel schwarze Galle …, aus der Leber …, genau.« Der Adjutant nahm den Zeigefinger von der Nasenspitze weg, ehe er sich erkundigte: »Was kann man dagegen tun?«

Der Apotheker erklärte: »Das kommt ganz darauf an. Choleriker können verschieden behandelt werden. Es hängt davon ab, was die überschüssige schwarze Galle im Körper des Patienten so alles bewirkt. Hat denn ihr Kamerad des Öfteren das Bedürfnis, sich zu übergeben?«

»Non, Monsieur!«, schallte es deutlich und bestimmt zurück.

Bonifaz forschte weiter: »Hat er Schmerzen in seinem Schädel?«

Wieder hieß es: »Non, Monsieur!«

»Klagt er über Druck auf den Ohren?«

Mit einem Ausdruck von Empörung antwortete der Franzose erneut: »Non, Monsieur.«

»Nun …«, sinnierte Bonifaz ein wenig, »hat er denn ein übermäßiges Herzklopfen?«, und nickte vehement mit dem Kopf.

Der Adjutant nickte mit, erst zögerlich, dann ganz deutlich und mit verschwörerischer Miene: »Oui, Monsieur, das ist es: Herzklopfen. Es pocht ganz furchtbar. So laut, dass man es noch in zehn Meter Entfernung hören kann. Ja, Herzklopfen.«

»Nun gut, dann hätten wir also festgestellt, was der Kamerad für Symptome hat und wie sie sich äußern. Er hat zu viel schwarze Galle und das Herz ist aus der Reihe.«

Bonifaz holte einen Folianten aus dem Schrank, legte ihn auf den aufgeschlagenen und blätterte eifrig. »Tachyarrhythmie«, murmelte er vor sich hin.

»Comment, Monsieur?«

»Ach nichts«, flüsterte Bonifaz, »ich meine: Tachyarrhythmie heißt nichts anderes, als dass das Herz zu schnell schlägt. Lasst mich nachschauen.« Der Adjutant schwieg artig. Es brauchte noch einige Augenblicke, bis Bonifaz sagte: »Aha, da haben wir's! Ich wusste es doch.«

Dann sprach er zum neugierigen Adjutanten, dem mittlerweile die Röte ins Gesicht geschossen war: »Ihr habt Glück, Bürger Adjutant, dank einer neuen Forschung eines englischen Kollegen sehe ich eine Möglichkeit der Heilung für Ihren Kameraden. Sie heißt Digitalis.«

»Wie, Monsieur?«

»Digitalis purpurea, das ist der lateinische Name. Verdeutscht: Roter Fingerhut.«

Bonifaz rief seinen Sohn zu sich. Kilian kam in die Apotheke, hatte gegen die Sonne des Tages den Strohhut auf dem Kopf und hielt in der Hand eine kleine Harke, von der Erdkrumen auf den Boden bröselten. Den Adjutanten nahm er kaum wahr. Er fragte nach dem Grund des Rufens. Bonifaz trug Kilian auf, vier Blätter vom blühenden roten Fingerhut zu holen. Der Sohn ging hinaus, schaute im Parzellenverzeichnis nach, erntete die verlangte Menge und brachte sie hinein.

Bonifaz reihte sie feinsäuberlich auf dem Tisch auf. Es waren herrlich frische grüne Blätter.

»Hier ist das Medikament, das Euer Kamerad benötigt. Digitalis purpurea.«

»Merci, Monsieur«, freute sich der Adjutant und betrachtete die eigenartig geformten Gewächse. »Aber sagt mir bitte noch, wie man es anwendet.«

»Nun, es schmeckt sehr bitter, nehmt also ein wenig Honig und mischt den Fingerhut darunter, damit man ihn nicht so unangenehm bemerkt. Wir werden ihn jetzt gleich noch im Mörser zerkleinern, damit ihr ihn auch in der richtigen Menge anwenden könnt.«

»Merci, Monsieur«, wiederholte Jérôme. Dann zögerte er, als ob ihm etwas Wichtiges auf der Zunge läge, er es aber nicht herausbrächte: »Gut, dass Ihr die Menge erwähnt. Wie dosiert man dieses Medikament?«

Bonifaz antwortete: »Ganz am Anfang nehmt Ihr die Menge eines Blattes«, und er berührte mit seinem Finger eines und schob es ein Stück zur Seite, »danach muss es unbedingt weniger sein. Am besten nur die Menge des vierten Teils eines Blattes täglich. Mehr nicht.«

»Ah oui«, sagte der Adjutant, »ich habe verstanden.«

Dann bückte sich der Adjutant an das Ohr des Apothekers und sprach leise, dennoch konnte Kilian jedes Wort verstehen: »Aber sagt, Bürger Apotheker, ich habe gehört, dass es gefährlich werden kann, wenn man zu viel von einem Medikament verabreicht. Ist das so?«

»Ja, in der Tat, das ist so. Schon Paracelsus wusste, dass immer die Menge darüber entscheidet, ob ein Gewächs heilsam oder giftig wirkt.«

Das Interesse Jérômes war geweckt: »Was sagt Ihr, Monsieur: giftig? Kann man denn daran sterben, wenn man zu viel von einem Medikament nimmt?«

Seine Hände zitterten stark. Kilian wunderte sich über diese Aufregung.

Bonifaz sprach: »Ja, Bürger Adjutant, wo die Heilkräfte sind, da ist auch der Tod nicht weit. Gott hat es nicht gerne, wenn man in sein Wirken eingreift. Daher hat er uns die Gefahr mitgegeben, die wir nicht immer beherrschen.«

»Mais, Monsieur, was soll jetzt das wieder? Ihr immer mit Eurem Gott. Der Mensch kann die Natur doch mit seiner Vernunft beherrschen. Wozu brauchen wir da noch einen Gott?«

Bonifaz kehrte zum Praktischen zurück: »Wie dem auch sei: Aus dem Medikament kann sehr schnell Gift werden. Wenn Ihr drei Blätter des Fingerhuts nehmt, dann könnt Ihr einen Menschen töten, wenn Ihr vier Blätter nehmt, dann könnt Ihr damit ein ganzes Rudel Wölfe umbringen.«

Der Adjutant starrte auf die purpurnen Kelche: »Das ist eine sehr interessante Sache. Aber was geschieht denn, wenn man zwei Blätter verabreicht?«

Bonifaz antwortete: »Dann hat der Patient noch eine gewisse Chance zu überleben. Er wird leiden, und zwar sehr, aber er könnte mit Schmerzen davonkommen und dem Tod von der Schippe springen.«

Jérôme murmelte für sich: »Ah oui, bien. Ich bitte Euch, gebt es mir mit, damit ich helfen kann!«

»Aber natürlich, Bürger Adjutant.«

Bonifaz bat Kilian um das Weitere. Dieser zerkleinerte im Mörser die vier frischen Blätter, füllte das Ergebnis in ein Papiertütchen und gab es dem Vater.

Bonifaz reichte es an den Adjutanten weiter und sagte: »Vergesst nicht: Mischt ein wenig Honig dazu, wenn Ihr es verabreicht, damit es nicht allzu bitter schmeckt.«

Jérôme schickte sich an, seine Geldbörse hervorzukramen, um Bonifaz zu entlohnen. Der Apotheker staunte.

»Nein, brecht nicht mit Eurer Tradition! Kauft ohne Bezahlung! Es ist mir stets eine Freude, wenn ich Euch dienen kann.«

Der Franzose bedankte sich, steckte das Papiertütchen in seinen Waffenrock und verließ schnellstmöglich die Apotheke.

Nachdem er aus Bonifazens Blickfeld verschwunden war, sah Kilian zu seinem Vater hinüber: »Was war nun das?«

Bonifaz antwortete: »Mein lieber Sohn, jetzt können wir uns auf etwas gefasst machen. Jetzt geht die Sache vorwärts.«

XXIV

DER VATER SOLLTE RECHT BEHALTEN. ES DAUERTE nicht lange, nur vier oder fünf Tage, da läutete es mit Gewalt an der Tür. Die Kramers saßen um den Tisch ihres späten Abendbrotes versammelt, während Barbara hinuntereilte, um zu öffnen und dem Lärm des Glöckchens sowie den dumpfen Schlägen auf die Tür ein Ende zu bereiten. Sofort hechtete ein Mann herauf, der erst kurz vor der Tafel der Kramers haltmachte. Es war Jérôme, der keine Silbe herausbrachte. Der Vater ahnte sogleich etwas, stand auf und verließ das Haus gemeinsam mit dem Adjutanten. Kilian hechtete wie gewohnt hinterher, holte noch das kleine lederne Köfferchen aus der Apotheke und folgte den beiden durch das violette Licht des Abends.

Wieder ging es in Richtung Obertor, wieder war die Vogtei das Ziel. Kilian meinte, dass ein Fluch auf diesem Haus liegen müsse. Der Gedanke wunderte ihn kaum noch, als er sich in Erinnerung rief, dass gleich mehrere Dämonen in diesem Haus lebten. Da war der grässliche Oberst, da war die Schlange Elisabeth und da war der kahlköpfige Vogt, ein Papagei in Menschengestalt.

An der Tür des Hauses hatte Kilian den Adjutanten und Bonifaz eingeholt, eilte mit ihnen durch die Diele und stürmte hinter ihnen die breite Treppe hinauf in den Oberstock.

Das ganze Haus war vom Geschrei eines Mannes durchzogen. Es war menschliches Wehklagen, das sich zu einem tierischen Laut verzerrt hatte und ohne Unterlass durch das Gebäude schallte. Bald sah Kilian die Quelle dieser Töne.

Im Salon lag der Oberst auf einer Chaiselongue und wand sich unter entsetzlichen Schmerzen. Er trug nichts als ein weißes Leinenhemd, das seine haarige Brust nicht verbarg und seinen schwarzen Pelz sichtbar machte. Er war völlig nass. Louis Montabon war von Krämpfen befallen. In seinem Leiden konnte er nicht ruhig liegen und schlug ständig mit der Faust gegen die Wand. Er hatte sich die nackten Arme in seinen Krämpfen zerkratzt. Auf dem Parkettboden sah man Blutstropfen und Erbrochenes nebeneinander.

Der Anblick des kranken Obersten ließ Kilian unberührt. Nur mit Mühe konnte er das Gefühl von Befriedigung unterdrücken, das in ihm aufstieg. Aber es vergellte ihm jede Schadenfreude, als er sah, wie Elisabeth am Lager des Obersten kniete, wie sie immer wieder einen Lappen in kaltes Wasser eintauchte und versuchte, das Leid des Franzosen zu lindern.

Das Zimmer war voller Menschen. Im hinteren Bereich hielten sich zwei Wachsoldaten auf. In der Mitte standen der kahlköpfige Vogt und seine Frau. Eine alte Magd sorgte für frisches Wasser. Bonifaz kniete gemeinsam mit dem Adjutanten beim Patienten. Er betastete den Oberst mit seinen Händen.

Elisabeth war aufgestanden und betrachtete mit aufgelöstem Gesicht ihren Louis in seinem Leiden.

Als dieser in einem ruhigeren Moment den Apotheker sah, nahm er all seine Kraft zusammen und sprach mit großer Mühe: »Mon ami, wie gut, dass Ihr hier seid. Ihr werdet mir helfen, nicht wahr?«

Bonifaz antwortete: »Wir werden sehen, Bürger Oberst, ob wir Euch helfen können.«

Montabon verzog das Gesicht vor Schmerz, sein ganzer Körper krampfte und schüttelte sich, ehe er wieder sprechen konnte: »Im Krieg wäre ich gerne für die Revolution gefallen. Mais, s'il vous plaît, Bürger, hier will ich nicht sterben, nicht im Bett und auch nicht in dieser Stadt. Ihr werdet mir doch helfen können?«

»Nun, das wird sich zeigen. Tut mir nur einen Gefallen: Schwätzt nicht so viel von Heldentaten, das ist nicht zum Aushalten.«

Bonifaz erhob sich wieder, während Montabon von neuerlichen Krämpfen geschüttelt wurde.

Der Adjutant brachte noch immer keine Silbe heraus. Der Apotheker sah ihm in die Augen, nickte ihm bedächtig zu und presste die Lippen aufeinander, als ob er sagen wollte: »Ihr habt das also angerichtet.« Aber er sprach es nicht aus. Stattdessen zog er Jérôme zu sich.

Während Louis Montabon vor Schmerzen erneut mit der Faust an die Wand schlug, fragte Bonifaz den Adjutanten im Flüsterton: »Mein lieber Bürger Adjutant, es scheint mir, als sei der Oberst jener Kamerad gewesen, für den Ihr die Medizin bei mir besorgt habt?«

Jérôme fand noch immer nicht zu seiner Sprache zurück, sondern nickte nur.

Bonifaz fuhr fort: »Könnte es dann sein, dass Ihr meine Dosierungsanweisungen nicht richtig befolgt habt?«

Der Adjutant zögerte. Dann nickte er wieder.

Bonifaz wurde strenger: »Nun sagt schon! Reißt Euch zusammen! Sagt mir, wie viel Ihr ihm verabreicht habt! Ihr seid doch nicht stumm.«

Der harte Gesichtsausdruck des Apothekers bewirkte, dass Jérôme sich redlich Mühe gab, seine Sprache wiederzufinden. Er stammelte: »Alors, Monsieur, alors … Ich habe ihm nicht viel gegeben, nur ein wenig.« Dann fand er den Weg zur Wahrheit: »Es war wohl die Hälfte von dem, was Ihr mir mitgegeben habt.«

Bonifaz schaute dem Adjutanten bedächtig in die Augen. »Dieser Schlingel«, dachte er bei sich, »will den Oberst leiden sehen. Er wollte ihn nicht töten, da er nicht an eine Gerechtigkeit glaubt, deren Urteil diesem Leben folgen könnte. Nein, er wollte sich seine Gerechtigkeit schon hier auf Erden schaffen, jetzt und heute, nicht erst in der Ewigkeit. Deshalb nur die zwei Blätter, nicht die vier. Dieser Schlingel! Es war ihm gleich, ob es den Oberst am Ende dahinrafft oder nicht. Es war ihm aber wichtig zu sehen, wie er sich hier windet unter Qualen, die auch jene der Hölle sein könnten.«

Schließlich sagte Bonifaz: »Ihr seid doch nicht bei Trost. Was soll ich da denn noch machen? Ich bin doch kein Wunderheiler.«

»Bitte, Monsieur, er weiß nichts davon, dass er das Medikament bekommen hat, bitte sagt ihm nichts davon!«

»Aha«, sprach Bonifaz weiter im Flüsterton, »ein Verräter seid Ihr also, ein Attentäter wollt Ihr sein! Aber Ihr seid doch nur ein feiger Schmierenkomödiant. Merkt Euch das! Wir werden sehen, was die Nacht bringt. Vielleicht werdet Ihr in dieser Nacht auch noch zum Mörder.«

Jérôme hatte nun weit aufgerissene, glasige Augen. Seine Stirn war beinahe so nass wie die des Obersten. Dieser schrie wieder derart laut, dass es den Übrigen im Raume unerträglich in den Ohren schallte.

Da kam der Vogt Hardy zu Bonifaz: »Ehrwürdiger Herr Schultheiß …« Da wurde er schon unterbrochen.

»Weder bin ich ehrwürdig noch der Schultheiß.«

»Nun gut, wie dem auch sei, es ist ja auch gleichgültig«, erwiderte der Kahlköpfige, »aber ich bitte Euch, so tut doch etwas! Seine Durchlaucht, der hochehrwürdige Oberst, leidet sehr. Ihr seid der Einzige, der uns nun helfen kann.«

Seine Stimme hatte ins weinerliche Register gewechselt. Er zog ein buntes Taschentuch aus der Tasche seines Rocks und hielt es an seine Augen: »So tut doch was! Ich bitte Euch, unser lieber Bürger Oberst …«

»Ihr überrascht mich«, sagte Bonifaz, »Ihr seid erstaunlich, Herr Vogt, ich wundere mich immer wieder über Eure Person.«

Edmund Hardy liefen echte Tränen über die Wangen: »Wie …? So tut doch was und steht hier nicht nur herum!« Dieser Papagei in Menschengestalt heulte wie ein Mädchen.

Bonifaz kniete sich noch einmal zum Patienten, der wieder mit der Faust die Wand bearbeitete.

Louis Montabon keuchte: »Bürger, s'il vous plaît, macht, dass ich gesund werde. Die Revolution kann auf mich nicht verzichten.«

Er packte mit seiner Linken Bonifaz am Kragen und krampfte seine Hand hinein, während er laut aufschrie. Der Apotheker griff unbeeindruckt nach dem Handgelenk des Obersten, fühlte den Puls und stellte fest, dass das Herz des Franzosen nur noch etwa fünfzigmal in der Minute schlug. Das Gift wirkte.

»Was habt Ihr heute gegessen, Bürger Oberst?«, fragte der Apotheker.

Besänftigung trat im Wesen Louis Montabons ein. Er ließ den Kragen los und antwortete kurzatmig: »Was ich gegessen habe …? Ein wenig Wild, ein wenig Kraut, Wein habe ich getrunken, Käse dazu …, außerdem eine kleine, honigsüße Pastete.«

Bonifaz erforschte die Sache: »Wer hat Euch diese Pastete zubereitet?«

»Wer? Wieso ist das so wichtig? Ich weiß nicht. Ich glaube, Isabelle hat sie mir gemacht.«

Bei den letzten Worten schaute er hinüber zu Elisabeth, die sich sofort wieder zum Oberst knien wollte, aber durch die ausgestreckte Rechte des Apothekers zurückgehalten wurde.

»Sie ist so gut, Monsieur, sie ist ein Engel. Wenn sie nicht wäre, so wäre ich schon längst nicht mehr hier, so wären wir alle schon weitergezogen, denn der General hat eigentlich …, hat eigentlich befohlen …«

Hier verkrampfte sich wieder sein ganzer Körper, er schlug mit der Faust wild gegen die Wand und schrie aus Leibeskräften: »Helft mir, ich sterbe, helft mir!«

Bonifaz drückte dem Patienten seine beiden Hände auf die Brust: »Hört, Bürger Oberst! Ihr seid vergiftet worden. In dieser Pastete war Gift.«

Louis Montabon riss die Augen auf, sah zunächst den Apotheker an, schließlich Elisabeth. Er flüsterte: »Isabelle …!« Dann wurde er ohnmächtig.

»Er stirbt! Er stirbt!«, rief der Vogt.

Bonifaz erhob sich: »Seid doch still! Es dauert, bis der Oberst hinüber ist. So schnell geht es nicht. Er ist ein Mensch wie jeder andere. Zum Sterben braucht man Kraft und Zeit.«

Der Vogt lief hochrot an. Er zeigte seine spitzen Zähne: »Wie könnt Ihr es wagen, Herr Kramer, solche Reden zu schwingen! Ich werde Euch vor das Revolutionsgericht bringen, wenn Ihr jetzt nicht sofort das Leben dieses Helden rettet.«

Hier kam Bonifaz für einen Moment die Galle hoch: »Haltet Euer blödes Maul! Mit solchen Reden kann man niemandem das Leben retten.«

Edmund Hardy taumelte, als ob er von der Wucht der Worte im Gesicht getroffen worden wäre. Dann setzte er sich in einen Sessel.

»Also so etwas …, so etwas habe ich ja noch nie erlebt. Also so etwas …«

Der Apotheker schüttelte nur den Kopf, setzte die Miene der Verzweiflung auf und verkündete bestimmt: »Herr Vogt, wir werden hier sofort eine Hämodilution vornehmen müssen.«

Edmund Hardy beruhigte sich: »Oh ja, eine Hämo…, eine Hämodildation. Ganz recht.«

»Hämodilution«, verbesserte Bonifaz, »einen Aderlass. Nichts anderes hilft.«

Der Vogt schien zufrieden: »Sehr gut, ehrwürdiger Herr Schultheiß, eine glänzende Idee, einen Aderlass also, eine Hämo… Hämodilda…, einen Aderlass eben. Ganz recht.« Er strahlte über beide Ohren.

Bonifaz wandte sich an seinen Sohn: »Kilian, hole mir den Schröpfschnepper aus meiner Tasche! Wir machen einen Aderlass. Man hole mir außerdem noch eine Schüssel zum Auffangen des Blutes.«

Elisabeth fühlte sich angesprochen und eilte hinaus. Kilian war eigenartig zumute, als er das Werkzeug zum Einritzen der Haut aus dem ledernen Köfferchen hervorkramte. Er wusste, dass der Vater vom Aderlass nichts hielt, dass er ihn nur als eine Beschleunigung des Todes begriff. Aber es beruhigte ihn, dass hier mehrere Täter waren, nämlich die Elisabeth, die das honigsüße Backwerk zubereitet, der Adjutant Jérôme, der das Gift unbemerkt in die Pastete gemengt und der Vater, der sich zum Aderlass entschlossen hatte. Es waren so viele Menschen daran beteiligt, den Oberst zur Strecke zu bringen, dass es nicht darauf ankam, ob man sich zum Gehilfen des Todesstoßes machte oder nicht. So kramte Kilian ganz unbefangen im ledernen Köfferchen und überreichte schließlich dem Vater das Werkzeug.

Zeitgleich brachte Elisabeth eine Schüssel herbei. Die Blicke beider trafen sich. Kilian war enttäuscht, wie viel Liebe für den Oberst in ihren Augen stand. Bonifaz bemerkte diese Blicke. Er war zwar ein alter Mann, aber seine Sinne waren nicht getrübt. Im Gegenteil: Was Augen und Ohren nicht mehr recht wahrnahmen, das sagte ihm der sechste Sinn. Er meinte, in diesen Blicken etwas erkannt zu haben, das Kilians Verhalten in den letzten Tagen zu erklären imstande wäre. Er sah das Verlangen und die Enttäuschung, die Freude und das Leid, die Liebe und den Hass. Hier gab es also noch ein weiteres Problem, das es zu lösen galt. Warum nicht gleich hier damit beginnen?

Bonifaz fackelte nicht lange, ließ sich seine Gedanken nicht anmerken und nutzte die Gunst des Augenblicks, da Louis Montabon noch immer bewusstlos war. Er setzte sich an das Lager des Obersten, spannte den Schröpfschnepper und setzte ihn auf den bereits blutig gekratzten Unterarm des Patienten. Dann betätigte er den Knopf des Geräts. Zwölf kleine Stahllanzetten ritzten tief in die Haut hinein.

Ein Ruck durchfuhr den Körper des Ohnmächtigen. Sogleich spritzte sein Blut auf die Decke, an die Wand und Bonifaz ins Gesicht. Den Übrigen im Raum fuhr der Schrecken in die Glieder. Den Damen wurde flau im Magen. Die Herren schlossen entsetzt die Augen. Nur Bonifaz schien Freude bei der Angelegenheit zu empfinden, aus einem simplen Grund: Er hatte seit zwanzig Jahren seinen Schröpfschnepper nicht mehr eingesetzt. Trotzdem funktionierte der komplizierte Mechanismus mit den messerscharfen Klingen einwandfrei.

Bald bildete sich ein ansehnlicher Blutstrom, den der Apotheker in die Schüssel leitete. Die Übrigen im Raume beruhigten sich wieder. Allein der Oberst hatte von all dem nichts mitbekommen. Er hatte das Glück, in vollkommener Bewusstlosigkeit zu verharren, während sein nasses Gesicht immer mehr an Farbe verlor.

»Alle raus hier!«, befahl der Apotheker, »die Sache ist heikel. Alle raus!«

Der Vogt erhob sich gehorsam. Seine Frau, die stumm, steif und mit starrem Blick inmitten des Raumes gestanden hatte, nahm die Tochter an die Hand. Die alte Magd folgte. Jérôme schien erleichtert, die Nähe seines Opfers endlich verlassen zu dürfen. Die Wachsoldaten gehorchten der Befehlsstimme des Apothekers und nahmen vor der Tür in der Diele des Hauses Aufstellung.

»Kilian«, sagte der Vater, »du bleibst heute Nacht hier und beaufsichtigst den weiteren Verlauf! Wenn die Schüssel voll ist und der Oberst immer noch lebt, so verbindest du die Wunde!«

Der Sohn sträubte sich: »Warum denn? Ich will hier nicht bleiben, nicht in diesem verfluchten Haus, nicht bei diesen verfluchten Menschen.«

Bonifaz duldete keine Widerrede: »Du bleibst hier!«

Er winkte den Sohn heran, ließ ihn die Schüssel übernehmen, während ein Strahl dunklen Blutes weiter aus dem angeritzten Arm Louis Montabons herausquoll.

»Ich erwarte morgen früh Bericht. Bitte wecke mich in der Nacht nicht mehr. Das ist alles etwas zu viel für einen alten Mann wie mich.«

Der Vater reinigte seinen Schröpfschnepper im Wasser, packte das lederne Köfferchen, ließ einige Binden zurück, wischte sich die Blutspritzer aus dem Gesicht und machte sich auf. In der Diele unterrichtete er den Vogt in Gegenwart von Frau und Tochter vom Zurückbleiben seines Sohnes beim Oberst. Edmund Hardy verabschiedete Bonifaz daraufhin mit einem flüchtigen Handschlag ohne ein Wort des Dankes.

XXV

KILIAN WAR BALD ALLEIN MIT MONTABON. NUR DIE alte Magd kam noch einmal in den Salon, löschte einige der Kerzen und schloss die Fensterläden. Dann ging sie zur Tür hinaus, vor der die beiden Wachsoldaten auf dem hölzernen Boden saßen. Die gesamte Vogtei richtete sich auf die Nachtruhe ein. Alles ging aufgeregt zu Bett, während der ohnmächtige Louis Montabon seinem Feind Kilian Kramer ausgeliefert war.

Der vergangene Junitag war warm gewesen. Auch in der Nacht kühlte es kaum ab. Die wenigen Kerzen, die noch brannten und den Raum in ein trübes Dämmerlicht tauchten, schwängerten die Luft mit ihrem Dunst. Der bewusstlose Oberst atmete langsam und vernehmlich auf seiner Chaiselongue. Schwere, dunkle, doch mit hellem Samt bezogene Sitzmöbel standen verlassen im Raum. Der Parkettfußboden gab ab und an ein Knarren von sich. Goldgerahmte Porträts hingen an den Wänden. Die toten Augen ehrwürdiger Herren im geistlichen Ornat, hoher Beamter in Uniform oder züchtiger Damen mit gewaltiger Leibesfülle blickten auf Kilian hinunter. Von der Decke hing ein bunter Leuchter aus böhmischem Glas herab, an dem statt vierzig nur noch vier Kerzen ihren schwachen Schein in die Nacht aussandten.

»Was war dieser Oberst doch für ein Mensch!«, dachte Kilian, »was für ein Ausbeuter und Gewalttäter!« Jetzt lag er da, ganz hilflos und dem Tode nahe. Sein einstmals buschiger Bart war ausgedünnt. Seine dunklen Haare waren triefnass. Er war ein Sklavenhalter, ein Pfaffe der übelsten Art, einer, der nur seiner nackten Idee folgt und sonst nichts, einer, der den Gedanken höher achtet als den Menschen und diesem alles unterordnet, der rücksichtslos für eine schlechte Sache kämpft, gleichgültig, ob sie sich am Ende als todbringend herausstellt.

Er hatte aus Elisabeth, einer Heiligen, Isabelle gemacht, die nichts weiter war als eine Schlange. Sie sprach nicht mehr das Ave des Friedens, sondern aß vom Baum der Erkenntnis. Dahinter kam das Unheil der ganzen Welt zum Vorschein. Der Schmerz des Daseins, des Gebärens und des Todes brach aus. Montabon war schuld daran und litt unter einer gerechten Krankheit, die er selbst heraufbeschworen hatte. Er hatte mit seinem Bataillon das Idyll zerstört, in dem die Stadt bald tausend Jahre gelebt hatte. Er war der Dämon. Jetzt lag er ganz hilflos da, mit schwachem Puls und flacher Atmung. Kilian hatte Macht über ihn.

Montabons Lebenssaft quoll aus der Armwunde. Kilian hätte ihn erwürgen wollen. Aber vor der Tür standen die Wachen. Es war zu gefährlich zu morden, außerdem könnte sich dieser Gewaltakt erübrigen, wenn der Oberst an seiner Vergiftung zugrunde ginge.

Immer mehr Blut floss in die Schüssel. Es reizte Kilian dennoch, eines der Kissen zu nehmen und es dem Oberst fest auf das Gesicht zu drücken. Es wäre ein stiller Tod. Ein wenig Gezappel, dann wäre alles vorbei. Was aber würde es bringen? Er konnte keinen klaren Gedanken mehr fassen. Seine Stimmung wechselte zwischen Zuversicht, Gleichgültigkeit und Angst.

Er stand auf, ging durch den schwach beleuchteten Raum und betrachtete Louis Montabon aus der Entfernung. »Diese Chaiselongue könnte seine Bahre werden«, dachte er. Sein Gesicht war weiß, als sei er schon nicht mehr unter den Lebenden.

Es dauerte, bis die Blutschüssel randvoll war. Kilian legte den Arm des Patienten beiseite, nahm das Gefäß und stellte es im Dämmerlicht der wenigen Kerzen auf den Boden. Er griff nach den Binden, um die Blutung zum Stillstand zu bringen. Dabei war ihm, als sei außer ihm und Montabon noch ein Dritter im Raum. Er blickte prüfend um sich, aber er sah niemanden. Doch spürte er etwas und meinte, es sei der Schnitter im wallend schwarzen Gewand, der gerade mit harten Knöcheln über die Brust des Obersten fuhr.

Noch während er den Arm des Oberst umwickelte, vernahm er ein leichtes und ausdauerndes Stöhnen. Louis Montabon blinzelte. Er kam wieder zu Bewusstsein.

»Kilian!«, sagte er langsam und entkräftet in französischer Aussprache, »Kilian! Wie gut, dass du da bist, mein Freund. Was passiert mit mir?«

Der Angesprochene ließ sich nicht beeindrucken von den kaum vernehmbaren Worten. Er machte sich weiter am Arm des Obersten zu schaffen und war enttäuscht, dass er noch nicht hin war.

»Kilian!«, hauchte dieser wieder, »mon ami, sprich mit mir! Was ist passiert?«

»Jetzt wird alles gut, Louis. Ich sage dir, alles wird gut.«

Der Entkräftete keuchte: »Ich dachte schon …, dachte, es sei zu Ende mit mir, dachte, ich käme in den Himmel.«

»Nein, nein«, sagte Kilian, ohne eine Gefühlsregung erkennen zu lassen, »es ist noch nicht so weit. Es war nur zu viel schwarze Galle in dir. Wir haben dich zur Ader gelassen und das Verhältnis deiner Körpersäfte wieder ins Reine gebracht.«

»Gut, dann warte ich noch auf das Paradies. Nur denke ich, dass ein Aderlass meinen Weg dorthin eher noch befördern denn verzögern könnte.«

»Das könnte allerdings sein«, erwiderte Kilian, »aber du bist dem Tod noch einmal von der Schippe gesprungen. Du hast vielleicht noch das Glück, in den Himmel zu kommen, wenn du reuig bist.«

»Mais Kilian, wie sprichst du? Denkst du etwa, mir müssten noch Sünden vergeben werden? Gott kennt die Menschen, die auf seiner Seite sind. Er hat uns die Vernunft gegeben. Ich bringe sie den Menschen. Ich bin ein Apostel, ein Heiliger der Revolution.«

Kilian erwiderte: »Deine Vernunft ist ein Trugbild, deine Revolution ein Verbrechen. Deine Taten sind Sünden. Dein Tod wird ein Gewinn für die Menschen sein.«

Der Körper des Obersten krampfte zusammen. Es schüttelte ihn von oben bis unten. Hätte er noch Kraft dazu gehabt, so hätte er mit der Faust gegen die Wand geschlagen und vor Schmerzen lauthals geschrien. Aber er war zu schwach. Seine Kraft reichte gerade noch aus, die Augen leicht zu öffnen und die Lippen zu bewegen. Seine Schmerzensschreie erstickten im Keim. Sie wurden geschluckt von den Verzerrungen der Fratze mit dem ausgedünnten Bärtchen und den triefnassen Haaren.

»Mais Kilian, du weißt, dass ich es gut mit euch meine, dass ich den Bürger Abt entmachtet habe, um euch den Frieden zu bringen.«

Kilian verlies den unbeeindruckten Ton und klang kämpferischer: »Ich pfeife auf deine Taten, Louis. Sie waren nicht gut.«

Der Oberst nahm sich zusammen: »›Nicht gut‹, sagst du, ›nicht gut‹? Wer bist du? Bist du ein Dämon, ein Knecht der Fürsten und Pfaffen?«

Kilian sagte: »Der Dämon bin nicht ich. Du bist der Dämon. Du bist die Rechte des Teufels. Bereue deine Sünden!«

Wieder durchfuhr den Körper des Obersten ein starkes Schütteln. Kilian glaubte, ein Höllenwesen vor sich zu sehen und die Regung böser Geister hervorgerufen zu haben.

Louis Montabon fragte: »Bist du ein Agent, Kilian? Bist du mein Feind? Ja, du bist mein Feind … Dann warst du es, der den Abbé aus seinem Gefängnis befreit hat? Mon Dieu! Kilian, das habe ich nicht gedacht, dass du mich verraten würdest, das habe ich nicht für möglich gehalten ...« Er schluchzte: »Wachen, Wachen!« Doch sie hörten nicht.

Kilian fürchtete sich vor dem weißgesichtigen Dämon. Er wusste, dass er zu weit gegangen war mit dem, was er gesagt hatte. Jetzt gab es kein Zurück mehr. Als aber das Schluchzen Louis Montabons aufhörte, klang auch aus seiner Stimme Angst.

»Du bist ein Diener des Kurfürsten. Du bist ein Agent gegen die Revolution. Du wolltest mich vergiften. Du willst mich töten ... Wachen, Wachen! So helft mir doch!« Aber sie hörten die schwache und ängstliche Stimme ihres Herrn nicht, sondern schliefen vor der Tür.

Da fiel Kilians Blick noch einmal auf die Schüssel voller Blut, auf den Lebenssaft des Obersten. Er war schon so geschwächt. Warum sollte es jetzt nicht ein letztgültiges Ende mit ihm haben? Der rote Fingerhut, eine honigsüße Pastete, ein Aderlass. Was machte da noch ein Fetzen Stoff, mit dem Kilian dem Oberst das Atmen unmöglich machen würde? Jetzt musste es sein. Es musste zu Ende gehen.

Er hörte hinter sich ein leises Flüstern des Dritten im Raume. Er konnte keine klaren Worte ausmachen, meinte aber zu verstehen, dass der Schnitter ihm bei seiner Tat beizustehen bereit sei. Da nahm Kilian eines der blutbespritzten Kissen von der Chaiselongue und bewegte es in seinen Händen. Der Oberst sah es und keuchte: »Aber Kilian, was tust du?« Im Angesicht des Todes wurden seine Augen immer größer.

In diesem Moment ging die Tür zur Diele auf. Elisabeth stand in ihrem Rahmen. Kilian erschrak und ließ sogleich von seinem Vorhaben ab. Das Kissen fiel fast lautlos zu Boden. Sie näherte sich, würdigte Kilian keines Blickes, kniete sich an das Lager und strich dem Oberst liebevoll über die Stirn.

Dieser sagte erleichtert: »Isabelle, Isabelle! Hole die Wachen, vite, hole sie!«

Da sah sie erschrocken zu Kilian hinüber, der nicht anders konnte, als ihr schönes Haar zu bewundern. Er schaute ihr flehend in die Augen. Sie wich seinem Blick nicht aus.

Ihr kamen die Momente in den Sinn, in denen sie ganz für ihn gefühlt hatte. Plötzlich zweifelten ihre Gedanken an der Richtigkeit ihrer Zuwendung zu Louis Montabon. In ihrem Geist blitzten die Bilder der kniend verbrachten Morgenstunden auf dem Kirchhof und des kurzen Glücks im Zaubergarten auf. In diesen Tagen konnte sie jenem nicht widerstehen, der ihr nun ausgeliefert war, konnte sie Kilian nicht aus ihren Gedanken entlassen. Sie wollte ihre Hand nach ihm ausstrecken, wollte ihn berühren, wollte die Wärme seiner Haut spüren und den Duft seines Haars riechen. Aber ihr Arm gehorchte nicht. Obgleich sie den festen Willen besaß, sich Kilian zu nähern, war sie gelähmt, stand nur da und blickte ihm in die Augen.

Hier teilte sich ihr Wesen in zwei Hälften mit gegensätzlicher Strömung. Die eine wollte die Tage mit Montabon ungeschehen machen. Die andere aber drängte danach, Kilian zu verraten, drängte danach, ihn zu beseitigen. Beide Strömungen vermengten sich zu einem Gefühl, das zwischen Liebe und Hass lag, beides nicht trennte, beides aber auch nicht wie zwei Flüssigkeiten miteinander vermischte. Diese Spannung wich nicht von ihr. Ihr Herz flatterte, ihre Brust hob und senkte sich in heftigen Schüben, ihre Atmung wurde immer schwerer. Sie rang nach Luft.

Ihr wurde klar, dass sie sich entscheiden müsse zwischen Himmel und Hölle, um ihrer eigenen Entseelung entgegenzuwirken. Auch wenn sie das Falsche wählte, so wusste sie, würde sie sich wenigstens Geist und Sinn bewahren können. Besser noch wäre es, sie wählte das Richtige. Aber was war schon richtig oder Recht in einer Zeit, die alles auf den Kopf stellte, die zwischen oben und unten nicht mehr zu unterscheiden wusste, die Irrtum und Gewissheit vertauschte, die alles umwälzte und den festen Boden unter den Füßen aufs Spiel setzte?

Elisabeth stand kurz vor einer Ohnmacht, als Louis Montabon noch einmal vor Schmerzen seufzte. Da sah sie ihn, sah seine mitleiderregende Gestalt, gedachte der Zärtlichkeiten, die sie von ihm empfangen hatte, begriff für ihren Teil, dass dieser der Hilfsbedürftige sei und nicht Kilian, der noch immer ihren Blick suchte.

Eine Schlange war sie nicht. Eine Heilige war sie gleichfalls nicht. Sie war das unbeholfene Beispiel des ganzen menschlichen Geschlechts. Sie sollte zwischen Licht und Dunkelheit wählen, aber ihre Augen konnten Licht und Dunkelheit nicht unterscheiden. Die revolutionäre Zeit ließ dies nicht zu. Praktisch musste man sein. Entscheiden musste man sich, dem Selbstwert den Vorzug geben, der Tatsächlichkeit nicht widersprechen. Wen von beiden würde sie nun ausliefern? Louis oder Kilian?

Schließlich ging sie zur Tür und weckte mit Fußtritten die beiden Soldaten. Kilian ging nun aufgeregt im Raum umher. Louis Montabon schluchzte. Eine der Wachen trat an das Lager, die andere blockierte den Ausgang. Der Oberst nahm seine letzten Kräfte zusammen und wechselte mit seinen Soldaten einige französische Worte, die Kilian nicht verstand. Aber es war ihm bewusst, dass sein Schicksal bestimmt wurde. Elisabeth kam und ergriff die Blutschüssel. Sie trug das Gefäß weg und tat nichts weiter, als den Blick befangen auf den Boden zu heften. Der Wachsoldat warf seinem Kameraden an der Tür einen verständigenden Blick zu. Sie gingen beide auf Kilian zu. Er wehrte sich nicht, als sie ihm die Hände auf dem Rücken mit einem Strick zusammenbanden.

Als sie ihn herausführten, sah er noch, wie der Oberst wieder vom Schmerz erfasst wurde, wie er vom Scheitel bis zur Sohle geschüttelt und gewürgt wurde, wie er die Augen schloss und ganz reglos liegen blieb. Wohl hatte sich der Tod ganz zu ihm geneigt.

XXVI

SIE ZERRTEN KILIAN AN BEIDEN ARMEN DURCH DIE Straßen. Er stolperte über das Pflaster. Doch seine Beine hielten der Gewalt nicht mehr stand. Er verlor alle körperliche Spannung. Da ließen sie ihn hinunter und schleiften ihn über die Steine. Seine Knie stießen an. Sein bestickter Rock riss. Der Griff der Soldaten schmerzte. Die Fesseln scheuerten an seinen Handgelenken. Er rang nach Luft. Seine Kräfte schwanden. Er erkannte noch den Nachtwächter, der sich über seinen Anblick erschrak. Bald sah er die Nacht nur noch verschwommen. Dann wurde es vor seinen Augen dunkel.

Am Morgen kam er zu sich. Er fand sich in einem finsteren Keller wieder. Aus einem Schacht fiel ein schwacher Lichtkegel in eine staubige Höhle herunter. Rundherum waren gemauerte Wände. Nur an einer Stelle war eine hölzerne Tür mit eisernen Beschlägen. Vor ihr lag er und bemerkte seine geschundenen Kleider. Seine Hände waren nun frei. Aber an ihren Gelenken waren Spuren zurückgeblieben.

Er betastete seine geschwollenen Knie. Er versuchte, sich aufzurichten. Nur mit Mühe und der Sammlung aller Kräfte vermochte er es, auf wackligen Beinen zu stehen. Er ging ein paar Schritte und schaute nach oben in das Licht, wurde aber geblendet und sah nichts. In seinem Kopf ging alles wirr durcheinander: das Licht und die Dunkelheit, der Rote Fingerhut und das Blut, Hippolyt und Jérôme, Maria und Eva. Alles drehte sich um Louis Montabon, von dem er nicht mehr wusste, warum er ein solcher Dämon geworden war. Hier, im üblen Kellerloch, schien ihm die Stadt ganz weit weg, obgleich er sich noch inmitten ihrer Mauern befand. Er fühlte sich erlöst von der Front zwischen Revolution und Tradition. Einen Moment lang wünschte er, ewig hier unten verharren zu können. Hier war Ruhe. Hier war Frieden. Nichts ersehnte er sich mehr als das: Ruhe und Frieden. Seine innere Verkrampfung löste sich. Er geriet für einen Moment in einen Zustand innerer Glückseligkeit.

Dann aber brach es aus seinen Augen hervor wie Wasser aus geöffneten Schleusen. Er fiel zu Boden, schrie laut auf und schluchzte, während die Tränenbäche über seine Wangen rannen. Wo war er bloß gelandet? In einem Kerker, in einem Verlies! Was würden sie nur mit ihm anstellen, mit ihm, dem Verräter, den sie für einen Agenten des Kurfürsten hielten, dem sie es zutrauten, den Oberst ermorden zu wollen, dem sie es anlasteten, dass der Abt entkommen war?

»Ich bin doch kein Agent!«, stellte er leise für sich fest. Aber vielleicht war er trotzdem einer, der jedoch für eigene Rechnung handelte? Was wäre dann die Wahrheit? Sie würden sie aus ihm herausquetschen. Er würde es ihnen sagen. Er wusste zwar noch nicht genau, was das sein würde, aber er würde ihnen die Wahrheit mitteilen. Es würde reichen für die Feststellung des Hochverrats. Es würde reichen für den Tod durch den Strang, für eine Exekution vor den Augen allen Volkes, vor allem aber vor den Augen Louis Montabons. Er weinte aus ganzem Herzen.

Plötzlich sprach jemand zu ihm: »Was bist du doch für eine Memme!«

Es war ein bestimmter Satz, aber eine gebrochene Stimme. Kilian wischte sich die Tränen von Augen und Wangen und unterdrückte das Schluchzen. Er erforschte die Dunkelheit und versuchte, den auszumachen, der ihn angesprochen hatte.

»Was bist du doch für eine Memme!«, wiederholte der Mann aus dem Dunkel.

Kilian kam wieder auf die Beine und machte einige wenige Schritte aus dem Lichtkegel heraus. Als sich seine Augen an die Dunkelheit gewöhnt hatten, sah er ein ausgemergeltes Männchen in der hintersten Ecke des Verlieses kauern. Es sprach: »Eine Memme bist du, nichts weiter.«

Kilian sagte: »Wer spricht mit mir?«

Der Unbekannte fuhr fort: »Du bist gerade erst angekommen und heulst schon. Was müsste ich dann heulen? Ich bin schon länger hier. Schau mich doch an!«

Aus dem schwarzen Einerlei schälte sich der Anblick eines Geschundenen heraus, der nur einen Leinenkittel trug, sonst aber unbekleidet war. Seine nackten Arme und Beine, seine Hände und Füße boten einen Anblick des Grauens. Sie waren übersät mit blutigen und eitrigen Wunden, als hätte man das Männlein gezwungen, sich in einer Dornenhecke zu wälzen.

Kilian erschrak, als er das verkrustete und geschwollene Gesicht erkannte. Es war Schweighardt, der vorlaute Fischer, der es gewagt hatte, der Revolution vor allem Volk zu widersprechen.

»Was macht Ihr hier, Schweighardt?«, fragte Kilian.

»Was für eine dämliche Frage«, antwortete der Fischer, »ich warte auf meinen Tod.«

Kilian wurde übel: »Wer hat Euch so zugerichtet?«

Der Ausgemergelte schaute zur Seite: »Mein Junge, dich werden sie auch so zurichten, wie sie es mit mir gemacht haben. Die Soldaten haben mich gefoltert. Sie haben mich auf die Streckbank gespannt. Sie haben mich mit glühenden Eisen behandelt. Sie haben mich gebrochen. Ich habe ihnen alles gestanden: dass ich für den König von Preußen spioniere, dass ich mir geschworen habe, den Oberst zu töten. Alles habe ich gesagt, um den Schmerzen ein Ende zu machen, habe Geschichten erfunden, damit sie zufrieden mit mir waren, habe gelogen, damit sie ihre Wahrheit haben. Sie waren zu dritt. Der eine hat mich gefesselt, der andere mich gefoltert, und der Dritte hat mich befragt. Am Ende hat er mir das Geständnis aufgeschrieben, das ich nur noch unterzeichnen musste, um von den Qualen erlöst zu werden. Jetzt freue ich mich auf meinen Tod. Über allen Gipfeln ist Ruh …«

Kilian stellte fest: »Sie sind feige, die Besatzer, sie brechen uns, anstatt mit uns zu debattieren.«

Der Fischer sah noch finsterer drein als ohnehin schon: »Du bist ein Bübchen, mein Junge, nichts weiter als ein Bübchen, der Sohn eines reichen Mannes. Du hast niemals hart arbeiten müssen. Du hast immer alles bekommen, was du wolltest. Was meinst du denn, was wir hier haben? Meinst du, das alles ist nur ein Spiel? Nein, mein Junge, das ist Krieg, und zwar ein ganz bitterer, weil er den Menschen nicht nur die Köpfe wegreißt, sondern sie auch noch verdreht. Was hast du schon für eine Ahnung von der Welt? Du bist eine Memme, nichts weiter!«

Kilian schwieg eine Weile und wusste nicht, was er auf dieses Feuerwerk von Ehrverletzungen sagen sollte. Dann erwiderte er: »Bislang wurden uns ja noch keine Köpfe weggerissen.«

Der geschundene Fischer Schweighardt wurde zornig: »Du kleiner Lizenziat. Du sagst ›bislang‹. Ich sage dir: Es dauert keine drei Tage mehr, und sie werden uns abgerissen. Sie müssen endlich kommen, die Preußen und der Landgraf. Dann hält der Krieg auch in unserem Städtchen Einzug, dieser elenden Kulisse. Die Besatzer wollten von mir wissen, wann sie denn kommen würden, die Preußen und der Landgraf. Ich habe es Ihnen gesagt, habe es dem

Adjutanten ins Gesicht gebrüllt, habe ihn angeschrien, dass es keine Woche mehr dauern könne, derweil die anderen mir die Fußsohlen versengt haben …«

»Was sagt Ihr? Dem Adjutanten?«

Die zornige Rede hatte Schweighardt sehr angestrengt. Er nahm sich zurück: »Ja natürlich! Wer denn sonst? Dieser Adjutant ist der Schlimmste von allen, schlimmer als der Oberst.«

Kilian konnte es nicht glauben, konnte sich nicht vorstellen, dass Jérôme zur Folter fähig wäre. Schweighardt sprach weiter.

»Auch du bist bald in seinen Klauen. Auch du darfst dich bald auf die Streckbank legen. Wir werden sehen, was er mit dir anstellt, was er aus dir herausbringt. Am Ende werden wir nebeneinander hängen, so viel ist sicher. Aber ich will es nicht, ich will nicht neben einer Memme …« Die Kräfte verließen ihn. Er bewegte noch die Lippen. Aber er brachte keinen Laut mehr heraus. Es hatte ihn zu sehr angestrengt, sich über Kilian zu erzürnen.

Kilian fühlte eine große Schwäche in sich. Er fühlte, wie er abließ von all den Freuden des Lebens. War dieses alte Leben gut gewesen? Es war nichts als ein Kampf, nichts als eine Ansammlung von Zwängen und Pflichten. Es war nicht das Schlechteste zu sterben. Mitten im Leben sah er sich in den Fängen des Todes. Er fühlte sich matt und erschöpft. Überall um ihn her verbreitete sich Verwesung: zuerst Hippolyt, dann der Oberst, bald der Fischer Schweighardt und schließlich er selbst. Es war wie ein Sog, wie die alles in die Tiefe ziehende Kraft eines Wasserstrudels.

Gewöhnlich wehrt sich der Mensch dagegen, solange er strebt. Jetzt aber war es Kilian gleichgültig, ob er zugrunde ginge oder nicht. Ja, er fand im Ende einen Wert, den er vorher noch nicht erkannt hatte. Was hatten seine Gedanken in den letzten Jahren doch darum gekreist, an einer besseren Welt mitzubauen! Jetzt war sie ihm völlig gleichgültig, diese Welt mit ihrer Mühsal und ihrem Gram. Er wollte sich dem Schicksal anvertrauen, einer höheren Macht, von der er dachte, dass sie mit ihrem lenkenden Willen alle Fäden in der Hand hält, als ob die Menschen nichts weiter als Marionetten wären.

Kilian sah empor in das Licht. Es war wunderbar hell und strahlend. Es kündigte die Hitze des Sommers an wie ein erster Funke, der dem Feuer vorausgeht. Aber der Lizenziat Kramer hatte nicht mehr den Willen, diesen Sommer zu erleben. Er hoffte auf das Ende. Er freundete sich mit dem Gedanken an, bald am Strick zu baumeln.

Doch hatte er Furcht, zuvor so zugerichtet zu werden wie der Fischer Schweighardt. Vor dem Tod hatte er keine Angst, nur vor den Schmerzen. Wenn er daran dachte, so ganz hilflos auf die Streckbank gespannt zu werden, wurden ihm die Knie schwach. Wenn er sich vorstellte, wie seine Glieder unter Geschrei gedehnt würden, so wurde ihm schwindelig. Wenn er sich aber vor Augen führte, wie seine Haut mit glühenden Eisen traktiert würde, so musste er erbrechen. Nein! Nicht diese Schmerzen! Er würde ihnen gleich alles sagen, was sie von ihm hören wollten. Er würde ihnen sagen, dass er von Anfang an der Agent des Kurfürsten gewesen sei, der nichts anderes im Sinn gehabt hatte, als das Unternehmen der Revolution zu hintertreiben.

Der Fischer Schweighardt hatte recht. Kilian Kramer war eine Memme. Er hatte Angst wie ein Bübchen, er hatte Angst, mit voller Geistesgegenwart mitzuerleben, wie sein Körper bedroht und zerstört würde.

Noch einmal dachte er an Elisabeth. Er dachte an das feierliche Osterhochamt, währenddessen sie inbrünstig den Worten des Abtes gelauscht hatte. Er dachte an die Wallfahrten, die alles Volk zu ihr hin unternommen hatte, bevor die Franzosen einmarschiert waren. Er dachte an den verschlossenen Garten. Er dachte an ihren Verrat, ihre Verwandlung von der Reinen hin zur Bemakelten, zur Sünderin, zur Schlange. Er führte sich ganz deutlich vor Augen, dass es sich nicht lohnte, für einen solchen Menschen zu kämpfen. Warum sollte er Angst vor dem Tod empfinden, wenn aller Kampf nutzlos war?

In solcherlei Gedanken eingetaucht verbrachte Kilian den Tag. Gegen Abend verschwand das Licht aus der Höhe, aber nicht, ohne zuvor einen rötlichen Schimmer auf die Wände des Verlieses gezaubert zu haben. Es war der rötliche Schimmer des Sommers, der hier zu sehen war, der Schimmer einer besonderen Wetterglut, die auch in die kühlsten Gewölbe zu dringen imstande ist.

Kilian ging auf und ab. Oder aber er saß auf den Steinen, den Rücken gegen die fensterlose Wand gelehnt. Auf dem Boden kroch allerhand Getier, vor dem er sich unter gewöhnlichen Umständen geekelt hätte. Aber es war ihm, als habe er in diesem Gezücht das Ideal eines sorgenfreien Lebens vor Augen, eines kurzen Lebens, das fast schon zu Ende war, kaum dass es begonnen hatte, ein Leben, das ohne die Kämpfe von Revolutionen zu führen war, ein Leben, bei dem alles auf seine immergleiche, elend-banale Weise vonstatten ging. Nur der Fischer erinnerte ihn noch daran, dass er nicht der einzige Mensch auf der Welt war, dass da noch andere waren. Aber diese schwiegen jetzt.

Schweighardt öffnete von Zeit zu Zeit die Augen. Er sagte jedoch nichts. Er kämpfte mit sich selbst. Er war ein stolzer Mensch. Obgleich er gebrochen war, wehrte er sich immer noch gegen die Ausweglosigkeit und das, was Kilian als sein Schicksal bezeichnet hätte. Diese Wehrhaftigkeit aber war zu nichts mehr nütze. Warum sollte er sich seinem Schicksal noch entgegenstemmen, obwohl er doch wusste, dass er in nicht allzu langer Zeit am Galgen baumeln würde?

Nachdem das rötliche Licht des Abends verschwunden war, öffnete sich die schwere eisenbeschlagene Tür. Kilian fuhr es durch Mark und Bein. Er rechnete damit, zur peinlichen Befragung abgeholt zu werden. Aber stattdessen kam ihm ein Teller mit etwas Brot darauf entgegen. Außerdem wurde ihm ein Becher Wasser hingestellt. Genaueres konnte er nicht erkennen. Es war düster hier unten. Nur der Mond warf sein silbernes Licht auf die Wand.

Kilian näherte sich dem Teller und aß sofort beide Scheiben des Brotes auf, ohne sich darüber Gedanken zu machen, ob denn die eine dem geschundenen Fischer vorbehalten war oder nicht. Auch stürzte er das Wasser hinunter, um seinen großen Durst zu stillen. Dann spürte er seine Erschöpfung, spürte, wie das Nachsinnen über Tod und Leben an seinen Kräften gezehrt hatte. Er schloss die Augen.

XXVII

DIE NACHT GING BALD VORÜBER. IM MORGENgrauen wachte er auf, als er ein leichtes Beben fühlte. Er richtete sich auf und weckte den Geschundenen.

»Schweighardt, wacht auf! He, Schweighardt!«, rief er.

Der Fischer öffnete mit Mühe seine Augen: »Was ist los?«

»Sagt: Spürt Ihr diese Erschütterungen?«

Der Fischer machte ein nachdenkliches Gesicht. Dann sagte er: »Ja, ich spüre sie auch. Mein Gott …«

»Aber was ist das, warum rumort die Erde?«

Schweighardt antwortete: »Nicht die Erde rumort, es ist etwas anderes. Es ist eine Armee, eine große Armee. Es sind Rosse und Wagen, Kanonen und Gewehre, es sind Tausende von Beinen, die über den Boden trampeln. Es ist so weit. Die Preußen sind da, genauso, wie ich es meinen Peinigern geweissagt habe. Jetzt können sie zufrieden sein. Und wir mit ihnen.«

Kilian konnte sich vorstellen, wie die Laute zum Gleichschritt einer Masse von Soldaten passten, wie die Pferde geritten, wie die Kanonen über Stock und Stein gezogen wurden. Er wusste nicht, was er von dieser Entwicklung der Dinge halten sollte, wusste nicht, ob es gut sei, dass seine Versöhnung mit dem Tod hier unterbrochen würde, dass wieder Hoffnung auf Leben in ihm aufstieg, die er ja eigentlich in der Kellernacht fern von sich begraben hatte. Wieder schien das aufstrahlende Licht aus der Höhe hinunter in das Verlies. Zunächst zauberte es noch einen rötlichen Schimmer auf die Wände. Dann breitete sich der Lichtkegel in der Mitte des Raumes aus. Mit ihm kam eine Hitze herunter, die den faulen Eindruck des Sommers machte. Der Frühling war vorbei.

Die Erschütterungen wurden von Minute zu Minute heftiger. Kilian bemerkte auch zahlreiche Schritte in der Nähe. Da waren zum einen die Tumulte vor der Gefängnistür, begleitet von fremdländischen Wortwechseln. Zum anderen aber meinte er, auch vor dem Loch in der Decke einiges an Aufregung zu vernehmen.

Auf einmal war ihm, als sei die alte Zeit wieder da. Er hörte die Glocken der Stadt. Erst war es eine, dann wurden es immer mehr. Es war das festlichste Geläut, das überhaupt nur möglich war. Doch verkündete es nicht den Frieden, sondern den Krieg. Kilian wusste, dass Alarm geschlagen wurde. Er wusste sich zugleich inmitten der Stadt. Er befand sich unter dem Rathaus, unter dem Marktplatz, befand sich in den alten Folterkellern, die er schon lange verschüttet geglaubt hatte.

Es schien, als sei alle Welt auf den Beinen. Der Fischer Schweighardt lachte und zeigte dabei die wenigen Zähne, die er noch im Munde hatte. Dieses Lachen war deutlich. Es war das Zeichen eines Wiederauferstandenen. Obgleich er ein Geschundener war, der kaum noch dazu in der Lage zu sein schien, auf eigenen Beinen zu stehen, hatte er seine Zuversicht nicht verloren. Kilian merkte, was für eine Memme er war. Nur eine Nacht war er bislang in diesem Verlies gewesen und hatte schon jeden Glauben an die Zukunft verloren. Auch jetzt, wo der Fischer so viel Zuversicht zeigte, wollte er sich dem nicht anschließen, sondern war aus tiefster Seele verunsichert.

Die Luft wurde unerträglich dick. Es war die träge Feuchtigkeit des Sommers, die das Atmen so schwer machte. Hinzu kam das Hin und Her zwischen Tod und Leben, Himmel und Hölle, zwischen Schwarz und Weiß, zwischen Ende und Anfang. Kilian wurde es heiß. Seine Atemzüge wurden immer kürzer. Das Wasser rann ihm über das Gesicht.

Er setzte sich in eine Ecke seines Verlieses. Er streckte die Beine von sich und stütze sich mit den Händen auf dem Boden ab. Er starrte in das Licht aus der Höhe und wusste nichts mehr, wusste nicht, wer er war, wusste nicht, wo er herkam, wusste erst recht nicht, wohin er gehen würde. Er spürte nur noch seinen Körper, spürte die Not seiner Lungen, spürte seine fleischliche Existenz ohne einen Funken Seele darin.

Dann wurde es still. Schweighardt lachte nicht mehr. Alle Erschütterungen hatten aufgehört. Alle Laute waren verschwunden. Die Glocken verstummten.

»Das ist die Ruhe vor dem Sturm«, sagte der Fischer.

Während er sich zu freuen schien, war die Spannung für Kilian unerträglich. Diese totenstille Hitze, dieser unbewegliche Augenblick, dieses Vakuum allen Lebens. Er fühlte sein Herz nicht mehr und dachte schon, es habe zu schlagen aufgehört.

Da schallte es durch die Luft. Es war ein Kanonenschuss. Dann noch einer. Schließlich formte sich das Donnern der Kanonen zu einem einzigen Strom, dazu kamen Gewehrsalven, kamen die Kommandos der Offiziere, der Klang einstürzenden Mauerwerks und das Geschrei der Menschen. Doch löste sich in Kilian die Spannung. Er saß da, als interessiere ihn das alles nicht mehr, als habe er schon all das überwunden, was dort draußen erst noch durchgemacht und durchlitten werden musste.

Plötzlich vernahm er einen gewaltigen Lärm über sich. Er meinte, etwas zusammenstürzen zu hören. Im nächsten Augenblick war der Lichtkegel verschwunden. Der Fischer lachte ganz laut, als es von der Decke zu rieseln begann. Erst war es nur Staub, dann Sand. Schließlich rieselten Kiesel herunter wie Hagelkörner bei schwerem Unwetter. Kilian zitterte, spürte, wie ihm die Luft schwand, und hielt schützend die Hände über sich. Das Einstürzen der Welt ringsum war jetzt nicht mehr bloße Empfindung. Es prasselte auf ihn nieder. Dann war die Welt verschwunden.

XXVIII

ES WAR VIEL GESCHOSSEN WORDEN. ES WAR VIEL ZU Bruch gegangen. Aber es hatte nur Schrammen und Schutt gegeben. Ein Einziger hatte sein Leben lassen müssen: Rudolf Kuhn, der Sekretarius. Als die Preußen anmarschierten und den Boden zum Beben brachten, als die Franzosen auf ihre Posten gingen und die Bajonette auf die Feinde richteten, rannte er aufs Feld hinaus. Weder die Preußen noch die Franzosen wussten, was er vorhatte. Als er in Höhe der Schäferkapelle angelangt war, richteten sie allesamt ihre Gewehre auf Rudolf. Dann fielen Schüsse. Keiner wusste, wer zuerst geschossen, welcher der Offiziere Feuer befohlen hatte. Rudolf streckte sich sofort der Länge nach hin und stand nicht mehr auf. Weil nun schon die ersten Schüsse gefallen waren, schoss man gleich weiter und bemühte nicht nur die Gewehre, sondern auch die Kanonen.

Die Preußen setzten sich in Bewegung. Im Nebel der Geschütze arbeiteten sie sich wehrhaft Schritt für Schritt vor. Unter ihnen ritt Landgraf Ludwig und lechzte nach seiner Beute. Er hoffte, noch an diesem Tag seinen Anspruch auf die Klosterstadt geltend machen zu können. Ihm war es gleich, ob es in ihr von Pfaffen wimmelte oder nicht. Nur die Franzosen mussten verschwinden.

So war er zufrieden, als er den Eifer der preußischen Armee ringsum betrachtete, bangte allerdings zugleich um sein neues Eigentum, dessen desolate Mauer immer mehr Einschläge verkraften musste. Ihn schmerzte es, als er sah, wie der morsche Turm des Rathauses, auf dem noch immer der Freiheitsbaum geprangt hatte, unter dem Kanonendonner zusammenstürzte.

Er ritt zum kommandierenden Major und ersuchte ihn inständig darum, das Feuer einzustellen. Herr von Dieskau stimmte zu. Es gehe anscheinend kein Widerstand mehr von den Franzosen aus. Warum also noch länger Schwarzpulver verbrennen?

Landgraf Ludwig war beruhigt. Dazu kam ein besonderes Zeichen: Der Torwächter hatte das weiße Laken aus dem obersten Fenster wehen lassen, wie einst, als die Franzosen angelangt waren. Weit und breit war keiner von ihnen mehr zu sehen. Es war Befehl zum Abzug gegeben worden. Während die ersten Preußen die Wallanlagen passierten, verließ der letzte französische Soldat die Stadt mit dem Floß. Angesichts der Übermacht des anrückenden preußischen Bataillons räumten sie kampflos die Stadt.

Den Einzug der Befreier begleitete kein rauschendes Fest. Es war nicht wie damals, als die Franzosen mit ihrem Oberst angelangt waren. Zwar kamen auch an diesem Tag die Menschen hinter ihren Fenstern hervor, um zu sehen, was geschehen war. Zwar sahen sie auch heute eine ganze Horde schmucker Uniformen. Man war aber skeptisch geworden, was überschwängliche Begrüßungen angeht. Man wusste wohl, dass mit den Preußen etwas Stabileres angekommen war, hatte die unbestimmte Hoffnung, dass nun endlich wieder alles zum Alten zurückfinden könne, wusste aber nicht recht, wie man sich geben solle, wo man doch fast - ja, man meinte: nur fast - mit der Revolution paktiert hatte.

Die Franzosen hatten mit ihrem Gerede von Freiheit, Gleichheit und Brüderlichkeit einen Anspruch in den Köpfen hinterlassen, auch wenn sie ihn zu keiner Zeit erfüllen wollten. Einen ähnlichen Anspruch konnte die neue Garde nicht bieten. So musste die preußische Armee auf einem fast menschenleeren Marktplatz Aufstellung nehmen, in dessen Mitte sich der große Schuttberg des eingestürzten Rathausturms aufhäufte. Darauf saß Bruder Jeremias, der kurzzeitige Volkstribun, der froh war, endlich von seiner Gefangenschaft im Rathaus befreit worden zu sein. Er stützte den Kopf verzweifelt in seine Hände.

Die Menschen kamen nur zögerlich aus ihren Häusern. Was sie diesmal trieb, war pure Neugierde und nicht die Lust zum Tanzen und Feiern. Auch wendeten sich weder Herr von Dieskau noch Landgraf Ludwig mit einer Rede an das Volk, in der sie hehre Ideale beschworen oder das Wort von der Freiheit des Menschen bemüht hätten. Herr von Dieskau ritt stattdessen zu Landgraf Ludwig hinüber und sagte leise: »Wieder ein Kaff mehr, das wir von dieser Pest erlöst haben.« Der Landgraf nickte.

Kilian kam in diesem Augenblick zu sich. Einige Kiesel waren von der Decke seines Verlieses herabgestürzt, als der morsche Rathausturm von einem Kanonenschuss getroffen worden und zusammengebrochen war. Im ganzen Raum lagen die Brocken herum. Er schüttelte den Staub von sich und betastete die verwundete Stirn. Er richtete sich auf und rüttelte an der Tür seines Verlieses. Sie war unverschlossen.

Kilian gedachte seines Zellengenossen, der ohne jede Regung, aber mit grinsender Miene dasaß, und half dem Geschundenen auf die Beine. Dominikus Schweighardt konnte nicht mehr aus eigener Kraft stehen. Kilian umklammerte ihn und wuchtete den Lahmen auf seinen Rücken. Er schritt durch die Folterkammer und mit Mühe die enge Kellertreppe hinauf, um schließlich unbemerkt ins Freie zu kommen und sich über die preußische Armee zu wundern, die um einen Schuttberg herum Aufstellung genommen hatte, auf dem ein schwarz gewandeter Benediktinermönch saß und das Gesicht verzweifelt in die Hände stützte.

Kilian brachte den Fischer Schweighardt zunächst in sein Haus am Fluss, legte ihn dort auf das Lager und vertraute ihn seiner Frau an, die dankbar und erschüttert war. Dann ging er nach Hause und betrat die Apotheke. Der Vater verarbeitete die Erzeugnisse seines Kräutergärtchens zu faden Pülverchen und bitteren Säften, als ob nichts geschehen wäre. Er widmete sich weiter seiner Arbeit und schien, den eintretenden Herrn Sohn nicht zu bemerken.

Erst nachdem Kilian an den Arbeitstisch getreten war, sagte Bonifaz: »Das war's dann wohl. Die Vorstellung ist vorbei.«

Kilian nickte, und Bonifaz ergriff, dankbar den Sohn wohlbehalten wiederzusehen, dessen Hand.

Herr von Dieskau ließ für den Rest des Tages seine Truppen fleißig um den Schuttberg herumexerzieren. Den Kramers kam es vor, als wohnten sie an einem Kasernenhof. Der kommandierende Major kam mitsamt Landgraf Ludwig in der Vogtei Edmund Hardys unter. Der Vogt zeigte sich als beständiger Charakter, versuchte, es seinen neuen Gästen in vorauseilendem Gehorsam recht zu machen, und sagte hier: »Sehr wohl, Königliche Hoheit!«, und dort: »Jawohl, Herr General!« Die Gäste ließen es sich gefallen und lachten ihn aus.

Der kahlköpfige Hardy lächelte mit spitzen Zähnen zurück, obgleich ihm nicht nach Vergnügtheit zumute war. Denn Elisabeth war fort. Sie war am Morgen mit den Franzosen gegangen. Der Oberst hatte es so befohlen, mit zitternder und ersterbender Stimme. Montabon hatte man auf einer Bahre aus der Vogtei hinaustragen müssen, als die Kanonenschüsse der preußischen Truppen auf die Stadtbefestigung niedergingen. Edmund Hardy wusste nicht, ob diese Bahre im letzten Augenblick die eines Kranken oder die eines Toten war.

Herr von Dieskau und Landgraf Ludwig saßen am späten

Abend in jenem Salon, in dem noch gestern zur Ader gelassen worden war. Sie hatten sich in den breiten Sesseln niedergelassen, trugen noch immer ihre dekorierten Uniformen, öffneten die Knöpfe am Kragen, legten die Füße hoch und rauchten zur Feier ihres Sieges dicke Zigarren.

Landgraf Ludwig fragte: »Was meint Ihr, Herr Major, wie wird es hier wohl weitergehen?«

Herr von Dieskau zog genüsslich an seiner Zigarre und ließ einen Schwall grauen Rauchs durch geschürzte Lippen ausströmen.

»Euer Gnaden, das ist eine gute Frage. Derzeit weiß keiner, was in zehn oder fünfzehn Jahren sein wird. Auf jeden Fall muss jetzt bald mit den Pfaffen Schluss sein. Da haben die Franzosen schon ganze Arbeit geleistet.«

Landgraf Ludwig erwiderte: »Zum Glück sind diese Papisten entmachtet. Aber ich fürchte, wir werden sie erst einmal wieder in ihre Ämter lassen müssen. Sie sind zu stark. Wie ich hörte, ist der Kaiser noch auf ihrer Seite und das Reich in ihren Händen.«

Aus den Lungen beider strömten weitere Rauchsäulen, sodass sich die geschwängerte Luft allmählich in Nebel verwandelte.

Herr von Dieskau sagte: »Erwartet nicht, dass der Kaiser noch lange auf der Seite der Pfaffen steht. Er ist ein aufgeschlossener Mann und kein Papist von der alten Sorte. Bald werden Preußen und Österreich sich einig sein. Wenn dies aber der Fall ist, dann gehen tausend Jahre Reich zu Asche. Darauf könnt Ihr zählen. Wenn die Herrlichkeit der Krone Karls des Großen ein Ende gefunden hat, werdet Ihr als Fürst einen Gewinn davontragen. Allerdings erwarten wir als Preußen auch eine Gegenleistung. Und zwar in Form beständiger Treue und Redlichkeit, denn darauf wird es ankommen, auf Treue und Redlichkeit.«

Landgraf Ludwig inhalierte tief: »Ihr könnt Euch auf uns verlassen, Herr Major. Ich hoffe nur, dass es mit dem Reich möglichst bald vorbei sein wird. Der jetzige Zustand ist nicht befriedigend. Dieses Städtchen wirkt wie ein Artefakt vergangener Zeiten. Alles scheint Staffage, so glücklich ist die Wirklichkeit versteckt. Diese mittelalterliche Rückständigkeit ist nicht zum Aushalten. Die Menschen leben in einer Kulisse, in sonst nichts.«

Herr von Dieskau sprach: »Und trotzdem seid Ihr begierig, Euer Gnaden, dieses Städtchen eines Tages Euer Eigen nennen zu dürfen?«

»Allerdings, das bin ich«, antwortete Landgraf Ludwig bestimmt, »wir müssen Frieden und Freiheit bringen, wir müssen für klare Verhältnisse sorgen.«

Hier lachte Herr von Dieskau: »Nun, das haben die Franzosen auch schon vorgehabt. Aber keine Angst, Euer Gnaden, beim nächsten Sturm gibt es kein Zurück mehr. Es mag sein, dass die Papisten noch einmal zurückkehren. Doch spätestens bei der nächsten Invasion von Westen, die wir abwehren müssen, ist Schluss mit den Pfaffen. Dann könnt Ihr Euch nehmen, was Euch zusteht.«

Landgraf Ludwig seufzte: »Ich danke Euch, Herr Major. Doch bleiben die Papisten gefährlich, auch wenn sie keine Ämter mehr haben. Das garantiere ich Euch.«

Der Major nickte gleichgültig: »Was geht's mich an? Ich lebe heute und denke an meine Haut. Auf dem Schlachtfeld geht es um den Sieg und nicht um die Ewigkeit. Was soll ich mit Gott, wenn mir mein Säbel am Gürtel steckt? Alles ist Politik, und Religion ist nur ein Teil von ihr.«

»Das glaube ich nicht, Herr Major. Es ist umgekehrt. Alles ist Religion, und Politik ist nur ein Teil von ihr.«

Herr von Dieskau nickte gleichgültig, lehnte sich in seinem Sessel zurück und zog genüsslich an seiner Zigarre, während Landgraf Ludwig davon träumte, eines Tages als Großherzog in die Stadt einzuziehen und ihr als Zeichen seiner Gnade ein neues Rathaus zu stiften.

XXIX

ALS KILIAN AM NACHMITTAG DES NÄCHSTEN TAGES gemeinsam mit seiner Schwester Katharina in der Wohnstube des Apothekerhauses saß und Florian, vollends in seine Fantasiewelt versunken, auf einem Holzpferdchen den preußischen Infanterieoffizier gab, brachte die Magd Barbara eine Nachricht, die sie kaum auszusprechen imstande war. Mit großer Mühe berichtete sie davon, dass man den Sekretarius Rudolf Kuhn auf dem Feld gefunden habe. Er sei tot und derart verstümmelt gewesen, als habe ihn eine ganze Herde wilder Pferde überrannt.

Die Geschwister nahmen die Nachricht gefasst auf. Die Magd hingegen verzog sich in die Küche, wo sie in lautes Weinen ausbrach, das durch das ganze Apothekerhaus schallte. Katharina sah betreten zu Boden.

Dann blickte sie Kilian in die Augen und sagte: »Es ist wohl alles besser so. Es war kein Feld der Ehre, nicht für mich, nicht für ihn. Er hat mich nur betrogen.«

Kilian erwiderte: »Du hast recht. Es war alles nur Betrug. Darin liegt auch unser Irrtum. Wir sind betrogen worden. Wir haben uns geirrt. Doch weiß ich nicht, ob man uns auch betrügen wollte. Die anderen waren wohl selbst Betrogene und sind es noch immer.« Katharina aber verstand ihren Bruder nicht.

Noch am selben Tag brachen Herr von Dieskau und Landgraf Ludwig mitsamt militärischem Gefolge auf. Bei den Bürgern der Stadt blieb das Gefühl zurück, dass diese Umzüge militärischer Garden, wie sie sie in der letzten Zeit erlebt hatten, etwas ganz Besonderes seien. So dachte man darüber nach, ob man es nicht jedes Jahr so halten solle, dann aber nicht in kriegerischem Ernst, sondern in karnevalistischem Spaß.

Der Major von Dieskau ließ eine kleine Kompanie in der Stadt zurück. Ihr Hauptmann, Herr von Kottwitz, wurde bei der Familie Kramer einquartiert und führte im Haus am Marktplatz den Ton des preußischen Kasernenhofs ein, den er vor allem gegenüber der Magd Barbara pflegte. Sie liebte alsbald diese Kommandos und vergaß den verstümmelten Rudolf Kuhn, an dessen Grab sie keine Träne mehr vergoss.

In den sommerlichen Nächten kühlte es nicht mehr ab. An den Tagen legte sich eine dunstige Hitze über das Land. Des Morgens ging Kilian dem Vater bei der Apothekenarbeit zur Hand, rechte die Beete im Kräutergärtchen und pflückte frische Blüten von den Zweigen. In ihm wuchs jedoch das Gefühl, dass er sich nicht mehr am rechten Fleck befinde, dass alles nur vorläufig sei, dass das Endgültige sich noch nicht ergeben habe.

An den Nachmittagen streifte er über das Feld, schritt mit nackten Füßen über die Blumenwiesen und besuchte Hyazinth. Die beiden Freunde ließen in der Hitze die Musik sein, wanderten gemeinsam über die weite Flur und ließen sich unter einer frei stehenden Eiche nieder, deren breiter Wipfel Schatten spendete, während in der Nähe der Bach plätscherte und einen Hauch Kühlung brachte.

Hier schien ihm all das Geschehene so fern und nichtig. Hier war ihm, als habe Elisabeth allenfalls in seinen Gedanken existiert, als sei sie bloß von seiner Vorstellung erzeugt worden. Ihm wurde mehr und mehr bewusst, dass er eher von einem Bildnis gelebt hatte, als von der Erfahrung eines Menschen aus Fleisch und Blut. Alles kam ihm jetzt unwirklich vor, wie ein Märchen. Seine Einsicht ließ ihn abschließen mit den Vorkommnissen, ließ ihn vergessen, ließ ihn erwachen aus seiner geheimnisvollen Versunkenheit, in der er in den letzten Monaten gelebt hatte.

Kilian kam in dieser Stunde die Gewissheit, dass er aufbrechen musste. Er plante, die enge Stadt mit ihren Kirchen, Mauern und Türmen bald zu verlassen. Märchenhaft sah er sie in der Ferne liegen, sah, wie ihre grauen Dächer im Sonnenschein glänzten. Doch war alles in seinen Augen nichts wert und nur Kulisse. So gruben Kilian und Hyazinth ihre Füße ins Gras, umfassten ihre Knie mit den Armen und starrten vor sich hin, während sie ihren Sehnsüchten und Traurigkeiten nachhingen.

Eines frühen Abends spazierte Kilian über den Klosterhof. Die Benediktinermönche hatten ihre schwarzen Gewänder wieder angelegt und wohnten allesamt in ihren Zellen. Auch die Glocken läuteten in regelmäßigen Abständen, wie sie es in den beinahe tausend Jahren davor schon getan hatten. Man hätte fast meinen können, es sei in den letzten Monaten nicht das Geringste geschehen, wäre da nicht die ausgebrannte Prälatur inmitten des Klosterhofs gewesen, deren rußgeschwärzte Fensterrahmen auf die Verletzungen hindeuteten, die ihr in einer revolutionären Nacht zugefügt worden waren.

Kilian betrat die Ruine und betrachtete die Zerstörungen. Er sah, dass die Wandverkleidungen herausgerissen waren, dass die letzten Möbel demoliert herumlagen, dass sich überall die Spuren des Feuers zeigten, das durch einen Regenguss auf wundersame Weise gelöscht worden war. Auf dem Boden lagen die Scherben des Kronleuchters. Stücke von Bandelwerk aus Gips fanden sich daneben.

Im Obergeschoss gab es kein Dach mehr, sodass Kilian ungehindert in den rötlich gefärbten Abendhimmel hinaufschauen konnte. Im Alkoven der alten kaiserlichen Wohnung fand sich noch der Rahmen eines Bettes. Er setzte sich darauf und dachte an den vergangenen Frühling. Er wusste zwar mit Gewissheit, dass seine Zeit hier zur Neige ging. Nur hatte er noch nicht die leiseste Ahnung, wohin er aufbrechen wollte.

Als er darüber nachsann, wohin ihn sein Weg wohl führen könnte, hörte er Geräusche vom Klosterhof hinaufdringen. Er erhob sich und lehnte sich aus dem Fenster. Eine schwarz lackierte vierspännige Kutsche hatte angehalten. Auf dem Bock saß hochaufrecht jener Lenker, den er schon einmal gesehen hatte. Zwei Herren stiegen aus. Der eine war schwarz gewandet, der andere trug das Kleid eines geistlichen Fürsten.

Kilian beobachtete, wie sie die Prälatur betraten. Er wollte ihnen entgegengehen. Als er aber in jenem Raum stand, der einmal der Festsaal des Hauses gewesen war, hörte er, wie die beiden Herren im Treppenhaus miteinander sprachen.

»Ein Jammer ist es, wie das hier zugerichtet worden ist«, sagte der eine.

»Jammert mir nicht so viel! Eines Tages wird es noch schlimmer kommen.«

»Noch schlimmer? Wie könnte es denn noch schlimmer kommen?«

»Ihr seid ein Kleingeist, Marcellus. Ihr verkennt den Ernst der Lage. Ich habe Euch schon einmal gesagt, dass Goethe recht hatte. In Valmy hat eine neue Zeit begonnen. Wir können sie nicht aufhalten.«

»Ihr immer mit Eurem Goethe, vergesst nicht, dass er kein Gott ist, sondern ein Mensch. Vergesst auch nicht, dass Ihr ein Mann der Kirche seid!«

»Ihr seid wahrhaft einer von den kleinen Pfaffen, mein lieber

Marcellus. Macht doch die Augen auf: Das, was wir jetzt haben, ist alles nur vorläufig. Ihr werdet bald ganz weggeblasen sein.«

Marcellus erzürnte sich: »Ihr seid doch ein Revolutionär, Dalberg!«

»Das mag sein. Ich bin aber trotzdem aufmerksam. Deshalb weiß ich, dass die Pfaffen bald vom Kaiser verlassen sein werden. Seine Majestät macht demnächst gemeinsame Sache mit den Preußen. Daher ist für Euch Schluss.«

Marcellus wurde nachdenklich: »Ich kann mich noch erinnern, wie uns der Kaiser besucht hat, kurz vor seiner Krönung, wie er bei uns genächtigt hat, wie wir ihm ein glänzendes Fest ausgerichtet haben. Der Saal war hell erleuchtet. Die Platten bogen sich unter dem Gewicht der Speisen. Die Musik spielte in höfischer Pracht auf. Unten drängte sich das Volk und jubelte Seiner Majestät zu. Das ist gerade mal ein Jahr her. Seine Majestät war vornehm und freundlich. Er saß neben dem alten Abt und hörte sich höflich an, was ihm mein seliger Vorgänger zu sagen hatte. Ihr saßt damals auch an diesem Tisch. Ich kann mir einfach nicht vorstellen, dass uns dieser höfliche und vornehme Mann, dieser Kaiser des Heiligen Reiches, in den Rücken fallen könnte. Seine Macht kommt schließlich von Gott. Die Kirche ist seine Stütze. Wir Priester aber sind die Mittler zwischen Gott und den Menschen.«

Dalberg lachte: »Papperlapapp, was für ein Geschwätz! Die Macht des Kaisers kommt von seiner Armee, von nichts sonst. Der arme Mann musste sich solch ein Gesäusel von Eurem seligen Vorgänger anhören, dass es ihm noch die ganze Nacht in den Ohren schmerzte. Als ich im Winter zur Audienz bei ihm in Wien gewesen bin, hat er sich an diesen Aufenthalt hier erinnert. Er beklagte sich bitter und sagte: ›Mein Gott, was für ein Kaff! Und dieser fürchterliche alte Langweiler! Sie wollen es einfach nicht lernen, diese Pfaffen. Das war doch schrecklich, Dalberg, nicht wahr?‹ Genauso äußerte sich seine Majestät. Er konnte sich gar nicht schnell genug von hier verabschieden, um endlich zur Krönung nach Frankfurt zu kommen.«

Marcellus seufzte und sah Dalberg in die Augen: »Es ist viel Abschied in Europa.«

Dalberg aber blickte ihn steinern an und erwiderte: »Nicht Abschied, sondern Aufbruch, lieber Marcellus. Erkennt doch die Chancen, die für unseren alten Kontinent in diesem Abschied liegen! Endlich streift er die Fesseln ab, die ihm die Tradition angelegt hat. Er schleppt seit Tausenden von Jahren das Alte mit sich. Was für ein Ballast! Er muss ihn abwerfen, um endlich in die lichten Höhen emporsteigen zu können. Es ist eine Chance, größer als jede, die wir vorher jemals hatten. Endlich schwingen sich die Menschen auf und dulden die Knechtschaft nicht mehr, tauschen Unmündigkeit gegen Mitbestimmung, Gehorsam gegen Teilnahme ein. Das Alte hat nur sich selbst zementiert. Aber das brüchige Fundament, das es täglich pflegen musste, taugte nicht für den Bau eines neuen Hauses. Es taugte nur für sich selbst, für nichts anderes als für sich selbst. Ein Torso, nichts weiter als ein Torso …«

Der müde Blick des Abtes ließ Dalberg verstummen: »Ihr seid doch ein unverbesserlicher Illuminat, Dalberg. Ihr wollt das Licht sehen, aber weigert Euch anzuerkennen, dass die Sterne in der Nacht heller leuchten als bei Tag. Was Ihr Befreiung nennt, das heiße ich Entfesselung. Wenn Ihr Euch in den Himmel erheben wollt, so lauft Ihr Gefahr, Euch zu überheben, Euch gleichsam einen neuen Turmbau zu Babel zuzulegen. Ihr werdet aber in die Tiefe gestürzt werden. Mag es auch wie ein neues Stockwerk in lichter Höhe wirken, das Ihr ansetzt, so ist es doch nichts weiter als ein neues, noch tieferes Kellergeschoss, das Ihr grabt. Denn das wahre Licht seid Ihr nicht mehr zu sehen gewillt. Vor den wahren Worten verschließt Ihr Eure Ohren mit Wachs. Entfesselung wird es geben. Man wird sich nicht mehr an Regeln und Werte gebunden fühlen. Man wird zu Verbrechen, zu einer ganz eigenen, vermeintlichen Moral imstande sein, die im Grunde nichts als Schall und Rauch ist vor dem Eigentlichen. Dalberg, um Eure Ansichten beneide ich Euch nicht, ich bemitleide Euch dafür!«

Da lachte der Koadjutor laut und tat nach einer kurzen Weile, als müsse er sich die Tränen aus den Augen wischen.

Marcellus aber verspürte Zorn: »Ihr seid eitel, Dalberg, nichts als eitel. Euch geht es um die Macht, um nichts sonst. Aber ich prophezeie Euch: Das Jahrhundert, das jetzt kommt, wird ein schlechtes werden!«

Dalberg versuchte sich gar nicht mehr in einer Antwort. Er sah Marcellus noch tiefer in die Augen und lachte aus vollem Halse.

Kilian tat dieses schallende Gelächter in den Ohren weh. Ihm war, als breche der letzte Pfosten weg, der seinem Leben eine

Stütze hätte sein können. Übelkeit stieg in ihm auf. Er wollte weg, einfach weg von diesem verbrannten Ort und eilte die Treppe hinunter, er wollte an den beiden geistlichen Herren einfach vorbeistürmen.

Doch als er auf dem mittleren Treppenabsatz angelangt war, entdeckte ihn der geknickte Marcellus, überwand seine Überraschung und freute sich über das Wiedersehen.

»Seht, Dalberg, wen wir hier haben!«, rief er aus.

Kilian gab seinen Fluchtplan auf, schluckte seine innere Übelkeit hinunter, schritt die letzten Stufen gemessen hinab, kniete vor den hohen Herren und küsste ihre Ringe.

Als er sich wieder erhoben hatte, erklärte der Ehrwürdige Vater: »Darf ich Euch den Lizenziaten Kilian Kramer vorstellen? Ich kann ihn Euch nur empfehlen.«

»Soso«, murmelte Dalberg, »Kilian Kramer …, aha.«

Im nächsten Augenblick schien es, als sei Dalberg etwas eingefallen. Er neigte sich zum Ohr des Lizenziaten und fragte flüsternd, aber dennoch eindringlich: »Sage Er mir, der Herr Lizenziat: Findet Er dieses Kaff hier auch so fürchterlich langweilig wie ich?«

Kilian verstand zunächst die Frage nicht. Das Unverständnis wich jedoch alsbald der Erinnerung an den Pfosten, den das Gelächter dieses hohen Mannes gerade erst zum Wegbrechen gebracht hatte. Daher nickte er heftig, ohne ein Wort zu sagen.

Dalberg fuhr fort: »Nun ja …, wenn dem so ist, wenn Er dieses Kaff hier auch so schrecklich findet, dann komme Er einfach mit mir! Der Kurfürst sucht gute Beamte. Er könnte ihm einer werden.«

Hier war der Ausweg. Schweißperlen rannen Kilian von der Stirn. Wieder nickte er heftig.

»Was meint Er mit dieser Kopfbewegung?«, fragte Dalberg mit deutlicher Stimme, »spreche Er mit mir und beantworte diese Frage! Wird Er dem Kurfürsten ein guter Beamter sein?«

Kilian fuhr mit seinem Kopf ganz deutlich hoch und herunter. Er sagte mit klaren Worten: »Ja, Exzellenz, das werde ich!«

Dalberg lächelte und verfiel dem gleichgültigen Ton des Herrschers: »Was für ein Glück: Es gibt sie noch: die Braven, die Redlichen, die Treuen. Also gut, morgen bei Sonnenaufgang brechen wir auf.«

Alles ging rasend schnell. Kilian hatte während der Nacht gerade noch Zeit, seine Siebensachen zu packen und sich von seiner Familie zu verabschieden. Die Mutter war in Tränen ausgebrochen, als sie von dem Entschluss des Sohnes hörte, und raufte sich die langen, rötlichen Haare. Bonifaz Kramer hingegen schaute zufrieden drein und murmelte: »Seinesgleichen geschieht.« Katharina stützte traurig das Gesicht in die Hände. Florian blieb gleichgültig auf seinem Holzpferd sitzen. Kilian aber kam seine eigene Familie schon wie eine Ansammlung von Wachsfiguren vor.

Nachdem im Morgengrauen die schwarz lackierte Kutsche mit vier angespannten Pferden vor dem Apothekerhaus am Marktplatz angehalten hatte, stieg Kilian ein, ohne sich noch einmal umzudrehen. Der Kutscher schloss hinter ihm sogleich den Schlag, auf dem das kurfürstliche Wappen prangte. Im Inneren wartete Dalberg mit der Zopfperücke auf dem Haupt und gab den Befehl zum Aufbruch. Das Gefährt setzte sich in Bewegung.

Sie fuhren an der Vogtei vorüber, passierten das Obertor und befanden sich bald auf der Landstraße. Über ihnen ging die Morgensonne auf. Ein letztes Mal glänzten Mauern, Dächer und Türme. Kilian aber scherte sich nicht darum. Er fühlte sich ganz und gar aufgeräumt. Es war nicht die Freiheit, die er sich erträumt hatte. Es war auch nicht die Versklavung, vor der er sich gefürchtet hatte. Es war etwas dazwischen.

EPILOG AUF DER ERDE

So fahren sie dahin. Schon entwinden sie sich allen Blicken. Sie verlassen die Sphäre des Ortes, der für eine Weile eine Bühne war und dessen trüber Glanz sie eine Zeit lang angelacht hat. Sie schwinden dahin. Das Dunkel nimmt sie weg von allen Augen. Schon ist daran zu zweifeln, ob sie wirklich waren.

Es war alles lediglich zu vermuten, nicht aber zu wissen. Es erscheint dennoch ohne Belang, wie das Verhältnis von Wahrheit und Fantasie zu bestimmen sein mag. Auch das, was als wahr zu gelten hat, kann aus der Fantasie geschöpft sein. Und das, was aus der Fantasie ans Licht gezogen wurde, muss deshalb noch lange nicht ohne Existenz sein. Eine Grenze ist nicht zu ziehen. Denn jede Unterscheidung zerrinnt unter den Händen des Richters.

Und doch ist, trotz aller scheinbaren Unbestimmtheit, alles wahr in einem anderen, höheren Sinne. In jenem Sinne ist auch alles Wahre nichts anderes als unwirklich, wenngleich ihm auch das Gute und Schöne nicht abzusprechen sein mag. Dieses alles wird plötzlich still und erstirbt. So liegt jetzt wieder stumm die Welt wie eines Menschen Grab.

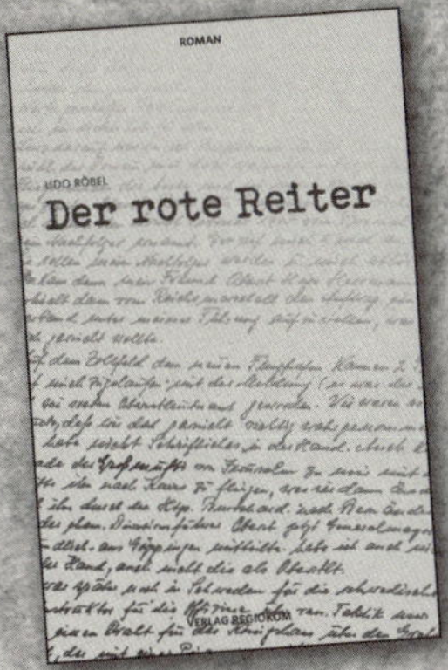

Der neue Roman des langjährigen Chefredakteurs von BILD: Eine tödliche Spur führt zurück bis ins Dritte Reich

Einen Tag vor Ende des Zweiten Weltkriegs fliegt die deutsche Luftwaffe den Großmufti von Jerusalem, Hadsch Mohammed Amin el-Husseini, in die Schweiz aus. 65 Jahre später findet die Hamburger Psychologin Dr. Eurydike Schmitz im Nachlass ihres Vermieters ein Foto, das den Großonkel Arafats in Begleitung zweier junger Männer zeigt. Doch wer waren diese beiden Männer? Neugierig geworden beginnt Eurydike nachzuforschen – und ahnt nicht, in welche Gefahr sie sich damit begibt. Die Spuren führen zu einer alten Privatbank in Zürich – und zu einem monströsen Verbrechen an einer jüdischen Familie in Hamburg.

Udo Röbel: Der rote Reiter. 1. Auflage 2011.
468 Seiten, 13,5 x 21,5 cm, Paperback. Preis: € 15,95 (D).
ISBN 978-3-9810660-6-7. Lieferbar